沈阳故宫博物院院刊

武　斌　主编

2005

第一辑

中　华　书　局

图书在版编目(CIP)数据

沈阳故宫博物院院刊/武斌主编.-北京:中华书局,2005
ISBN 7-101-04954-0

Ⅰ.沈… Ⅱ.武… Ⅲ.故宫-沈阳市-文集 Ⅳ.K928.74-53

中国版本图书馆 CIP 数据核字(2005)第 144273 号

责任编辑:王守青

沈阳故宫博物院院刊

武 斌 主编

*

中 华 书 局 出 版 发 行

(北京市丰台区太平桥西里 38 号 100073)

http://www.zhbc.com.cn

E-mail:zhbc@zhbc.com.cn

北京未来科学技术研究所有限责任公司印刷厂印刷

*

889×1194 毫米 1/16·9 1/2 印张·4 插页·170 千字

2005 年 12 月第 1 版 2005 年 12 月北京第 1 次印刷

印数 1—2000 册 定价:28.00 元

ISBN 7-101-04954-0/K·2156

沈阳故宫博物院院刊

文德坊

大清门龙形抱头梁

大政殿额枋与檐柱的关系

崇政殿檩楸

大政殿斗拱

穿插枋和抱头梁的关系

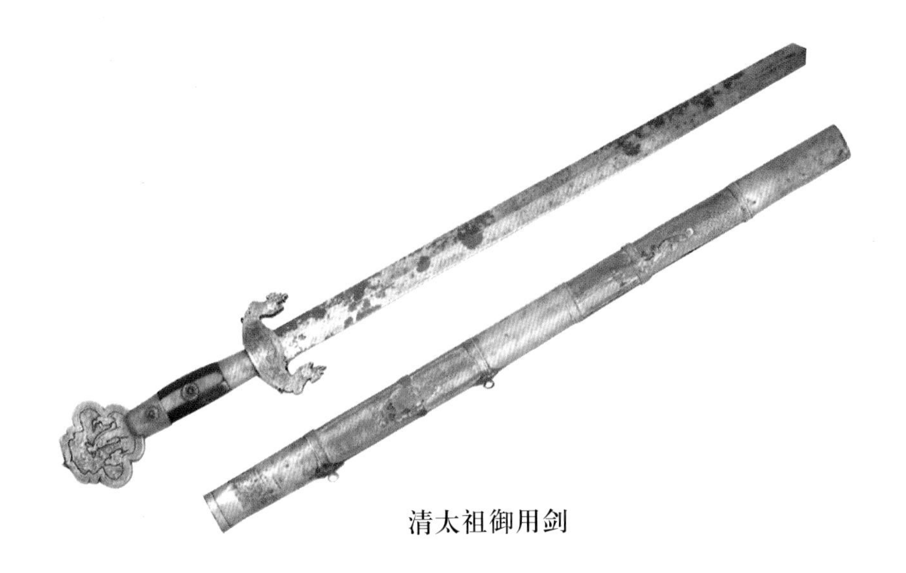

清太祖御用剑

清太宗御制鹿角椅

沈阳故宫凤凰楼

乾隆御书“紫气东来”匾

清乾隆·中和韶乐编钟

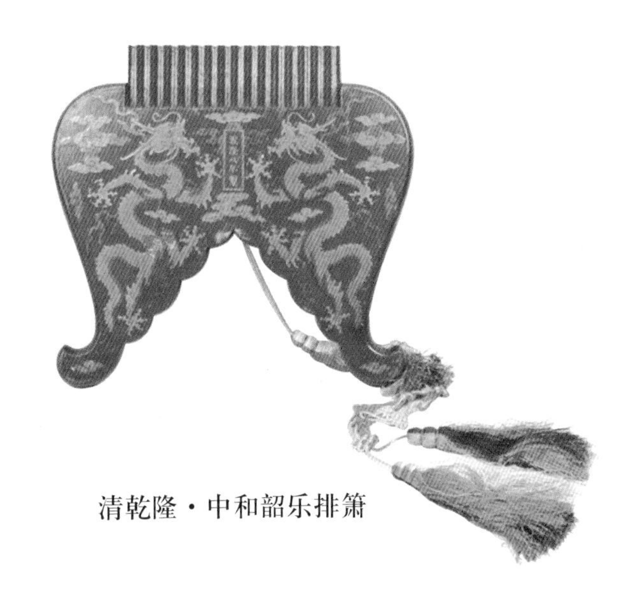

清乾隆·中和韶乐排箫

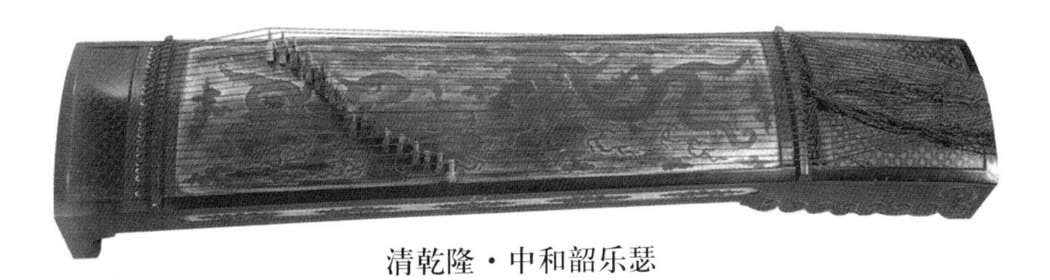

清乾隆·中和韶乐瑟

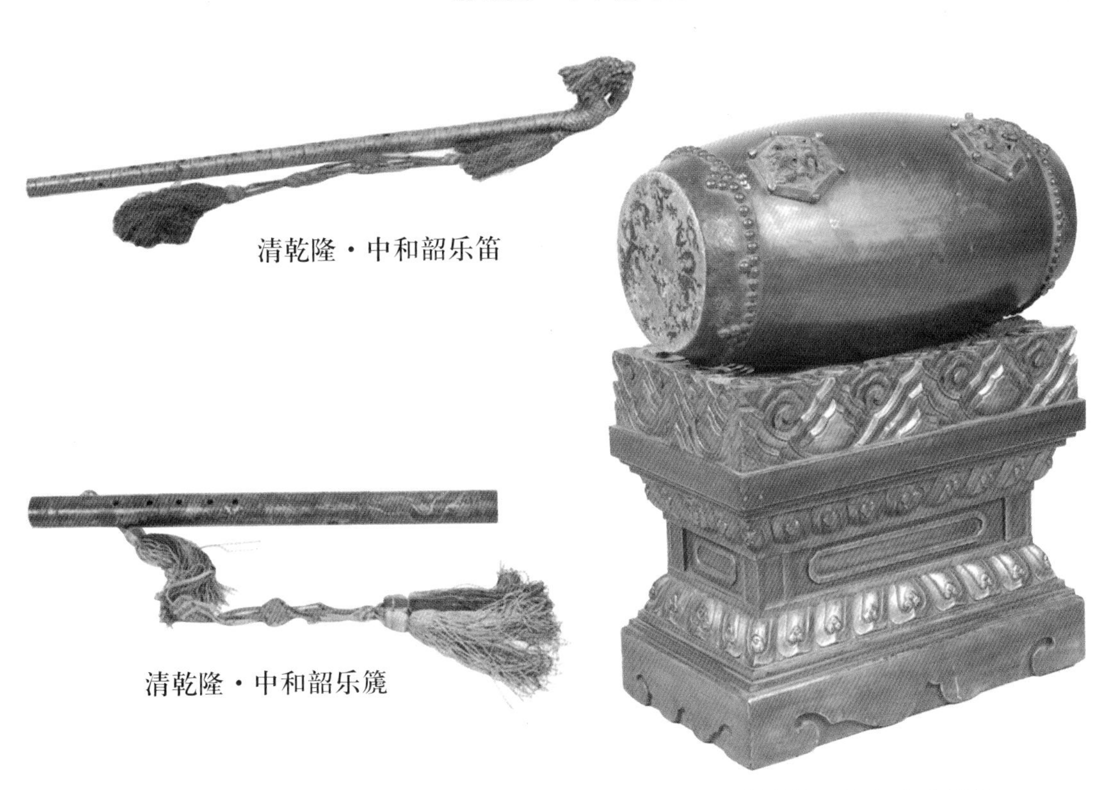

清乾隆·中和韶乐笛

清乾隆·中和韶乐篪

清乾隆·中和韶乐搏拊

1	2	3
4	6	
5		

1. 清　袁江　《设色出峡图》
2. 清　袁江　《设色村居即景图》
3. 清　袁江　《设色立马看秋山图》
4. 清　袁耀　《设色山水图》
5. 清　袁耀　《设色盘车图》
6. 清　袁耀　《海峤春华图》

目　　录

沈阳故宫博物院院刊　2005—1

写 在 前 面

一年多前，即2004年7月1日，在中国苏州举行的第二十八届世界遗产委员会会议上，沈阳故宫被正式列入世界遗产名录。沈阳故宫的文物价值、文化价值在更大范围内得到认同，而且也使这处遗产地的管理单位——沈阳故宫博物院，登上了一个更高的平台。我们不仅要加强对这座宫殿建筑群的保护，也有责任和义务进一步做好相关的推介、展示和学术研究。为此目的，我们提出了建设“研究型”博物院的主张，要把沈阳故宫博物院建设成为与世界文化遗产地位相称的，集文物展示、学术研究、服务社会功能于一体的现代化博物院。其具体措施之一，就是将以往由内部编印的《沈阳故宫博物院院刊》改版增容，在中华书局的鼎力支持下公开出版发行。

沈阳故宫不仅是一处著名的清代皇家建筑遗存，也是一座有着近八十年历史的大型博物馆。由于这座皇宫与清入关前历史、陪都盛京历史和满族文化等都有着非常密切的关联，又收藏着大量的明清历史文物和工艺品，因此自20世纪后期以来，一直作为清史和满族文化研究的重要基地，为中外学术界所瞩目。改版后的《沈阳故宫博物院院刊》，仍将努力发扬以往的学术传统和沈阳故宫古建筑、文物资源方面的优势，定位为以清前期历史文化、满族文化及相关历史建筑和文物为主要研究对象的学术刊物，同时兼顾有关历史文化遗产保护方面的学术成果和动态。

我们力求使改版后的《沈阳故宫博物院院刊》成为一方具有较高水平的学术园地，成为沈阳故宫联系中外专家学者的平台。我们诚挚地希望通过它促进沈阳故宫的保护和推介，促进中华民族优秀传统文化的研究和弘扬，并把更多的学术成果运用到加强社会主义先进文化建设的实践中去。为此，我们热切地期盼海内外学界同仁密切关注我们的刊物，大力支持我们的刊物，把最新的研究成果惠赐《沈阳故宫博物院院刊》，以为增色。

沈阳故宫博物院院长

武　斌

清沈阳故宫
及申报世界文化遗产简记

李声能

沈阳故宫又称盛京皇宫，位于清朝入关前的都城——沈阳古城区中心，是后金定都沈阳至清迁都北京前（1625—1644）的帝王宫殿，也是清迁都北京后皇帝到东北地区巡幸和祭祀祖陵时使用的行宫。这是除北京明清故宫外中国仅存的一座古代宫殿建筑群。自1926年起，沈阳故宫即已成为中国著名的皇宫遗址博物馆之一。1961年3月，沈阳故宫被列入首批全国重点文物保护单位。2004年7月，沈阳故宫作为明清故宫的扩展项目被正式列入《世界遗产名录》。清沈阳故宫是前清文化的重要代表，也是中华文化的重要组成部分。在经过朝代更迭、社会动乱等历史变迁后，目前地面建筑仍保存完整。

肃穆庄严的宫殿建筑

清沈阳故宫于1625年（后金天命十年）开始兴建，至1783年（清乾隆四十八年）始告建成，形成了南北长280米，东西宽260米，总占地面积60000平方米的宫殿建筑群。清沈阳故宫的建筑布局可划分为东、中、西三路，现存各类古建筑一百一十四座，包括皇帝处理政务的殿和皇帝、后妃居住的宫及其他多种类型的配套附属建筑，建筑群自成体系，特色鲜明。

东路

东路有古建筑十四座，是当时国家举行重要典礼活动的场所。东路是清太祖努尔哈赤时期创建的早期建筑，主体建筑大政殿位于本区域北侧正中，殿前两侧各有方亭5座，俗称十王亭；殿亭南侧另建有供举行典礼时演奏乐曲的东、西奏乐亭各一座，大政殿后为銮驾库十一间。

大政殿是当时国家举行大型庆典集会时使用，也是皇帝和诸王大臣议政审案之处。

在清入关前，诸如皇帝的继位、宣布重大军事活动的军令状、迎接凯旋将士、举行国宴等重要仪式都在这里举行。当年的顺治皇帝就是在这里宣布了进军中原的号令。大政殿八角重檐攒尖顶的建筑形式在历代皇宫大殿中独树一帜；殿顶正中高耸的宝顶用五彩琉璃烧制而成，鲜艳的相轮宝珠和飞龙既富有宗教的神圣又蕴含着帝王的高贵。周围八个形象生动的彩塑力士，仿佛正在用力保护宝顶的稳固。大政殿正面两侧红柱上，各有一条金龙昂首腾飞，在殿门前形成了吉祥热烈的装饰；殿檐下精巧的斗拱、奇异的兽面、别致的木装修，则以满汉蒙藏多民族的特色把这座大殿的外观装扮得更加美丽。进入殿内，同样是龙飞凤舞的世界，正中藻井中木雕金龙如从天而降，周围的彩绘、木雕以及八根擎天大柱，有姿态各异的龙纹装饰。大政殿在建筑外形和图案装饰上体现了多民族建筑艺术结合的特色。

十王亭分列在大政殿前的东西两侧，也称“八旗亭”。各亭建筑式样相同，单檐歇山青布瓦顶周围出廊式。靠近大政殿的是左右翼王亭，其余八亭按照八旗旗序排开。早在1616年努尔哈赤在辽宁新宾的赫图阿拉山城建立后金国的时候，就已经建立了军事、行政、生产三位一体的八旗制度，把全部国民都编入其中，八旗成为国家的基本组成部分，八旗的“衙门”也和皇帝的大殿构成同一个布局，成为当时满族独特政治制度在建筑上的生动体现。又由于擅长骑马射箭的满族人外出狩猎和作战时都是居住在类似蒙古包的帐篷里，他们也别出心裁地把一殿十亭设计成这种样式，从远处望去好像十一座帐篷按顺序排列在宽敞的殿庭中，具有鲜明的民族特点。“八旗亭”是清代大政殿前举行集会时，王公大臣按所属旗份排列之处。皇太极时期这里成为八旗值班官员听候传唤的处所。

中路

中路有古建筑五十余座，清代称“大内宫阙”。中路建筑主要是皇太极时期所建。按古代“前朝后寝”的宫殿制度，前部以崇政殿（俗称金銮殿）为中心，是清太宗时期皇帝临朝理政之处。崇政殿两侧，东为飞龙阁，西为翔凤楼。崇政殿正南为大清门，大清门外，东为文德坊，西为武功坊，两坊以南是东西奏乐亭和朝房。崇政殿身后还建有师善斋、日华楼、协中斋、霞栖楼等单体建筑。再后是寝区，寝区正中是清宁宫，其南为凤凰楼，此外还有关雎宫、衍庆宫、麟趾宫、永福宫等建筑。

大清门是一座面阔五间的硬山式建筑，屋顶铺满黄琉璃瓦，饰以绿剪边，是通往皇宫大内的正门。

进入大清门，沿御路向北不过百米，便是当时的金銮殿——崇政殿，这是清太宗皇太极日常处理政务的地方。皇太极通常在这里召见外国使臣、封赏文武百官及接见少数民族的头领。崇政殿面阔五间，硬山前后廊式建筑，周围有石栏杆围绕，雕有麒麟、狮子和梅、葵、莲等纹饰。崇政殿的装饰富丽华贵而又绚烂多彩，每根殿柱的顶端都有一条形象生动的金龙，好像从殿内腾飞而出，在墀头和房脊的部位，都有用五彩琉璃烧制的美丽装饰，飞龙彩凤、瑞兽奇花，象征着富贵与吉祥。据说烧造这些琉璃构件的是山西的一位姓侯的工匠，他在明朝末年避难来到辽东，正逢这里修筑宫殿，于是使用祖传的技艺烧制成龙砖彩瓦，皇帝看了十分赞赏，封他为世袭五品官，清代沈阳故宫和东陵、北陵的琉璃瓦件，都是出自侯家的后人之手。崇政殿里金漆彩绘的堂陛内安放着装饰有九条金龙的宝座和屏风，作为皇权的象征。这里就是国家政治权力的中心，宝座上方有乾隆皇帝御笔题诗和楹联，表达出对其祖先开基创业功绩的赞颂。

在崇政殿后，有一座建在人工堆砌的近四米高台上的三层单檐黄琉璃瓦绿剪边式建筑，把前殿后寝截然分开，叫做凤凰楼。它既是后宫的大门，又是整个宫殿建筑的制高点，甚至是当时整个盛京城的最高点。在这里登高俯瞰，全城景色可尽收眼底。乾隆皇帝为赞赏它的美丽，特意亲笔题写"紫气东来"四个大字悬挂在楼内。

穿过凤凰楼底层门洞，直通高台上后妃生活区。在沈阳故宫中，殿都是建在平地上，宫都建在高台上，和北京故宫截然相反。清太宗和他的皇后妃子们居住的寝宫之所以坐落于近四米的高台之上，是因为沿袭早期满族居住山区时住宅"以高为贵"的风俗，由此人们还把"宫高殿低"列为沈阳故宫区别于北京故宫的一大特色。

寝宫是一组四合院建筑，统称"台上五宫"。皇太极和皇后居住的中宫清宁宫，是一座五间硬山前后廊式建筑，屋顶铺满黄琉璃加绿剪边，正脊为五彩琉璃，其纹饰中间为五彩火焰珠。清宁宫是最有满族传统住宅特色的一座建筑，宫门不开在正中而开在偏东一间，使室内形成从一端开门的空间，称为"口袋房"。室内设三面相连的火炕，称为"万字炕"，这是长期生活在冬季严寒的东北地区的满族人在一千多年前即已普遍流行的取暖方式。连接火炕的烟囱不在房顶，而是从地面起建，形状像一座小塔，满族人称这种烟囱为"呼兰"，在山林中都是由空心的大树做成，是就地取材的典范。清宁宫内东侧一间是清太宗和皇后居住之处。1643 年，五十二岁的皇太极就是在这间屋子的南炕上病逝，结束了他十七年的皇帝生涯。室内西侧的四间，是按照宫廷中举行祭神典礼时的情景陈设的，西墙正中是拜祭的神位，而北炕一端的两口大锅则是供祭祀时煮肉用的，除了室内的祭神外，满族还有祭天的礼俗，清宁宫庭院中的索罗竿就是祭天时用的。按照满族民间的传说，努尔哈赤年轻时有一次被明朝军队追赶，正在危急之时，一大群乌鸦落在他的身上，化险为夷，所以在他当皇帝以后，就在祭天时把碎肉放在竿子上的锡碗里饲喂乌鸦，以报答救命之恩。

清宁宫的两侧是皇太极四位蒙古皇妃的寝宫，其中永福宫最为著名，因为它的主人庄妃就是清初宫廷中显赫一时的孝庄文皇后，清朝入关后的第一代皇帝顺治也诞生在这座宫里。

清朝入关以后，沈阳故宫作为开国创业的荣耀见证，仍备受历代皇帝重视，康熙皇帝三次东巡祭祀祖陵，每次都在故宫举行典礼，乾隆皇帝则凭借“太平盛世”的雄厚财富，又在沈阳故宫中路建筑的东西两侧增建了一批新宫殿，称为东所、西所。东所有供东巡时期皇太后居住的介祉宫和皇太后举行典礼用的颐和殿以及贮藏皇族族谱《玉牒》用的敬典阁。西所迪光殿是东巡时期皇帝批阅奏章处理公务的地方，室内有乾隆皇帝亲笔题写的御制匾联，表达出对祖先的敬仰之情。殿后的保极宫是皇帝东巡时的寝宫，乾隆、嘉庆、道光皇帝共六次住在这里。宫后的继思斋小巧别致，独具特色，屋顶是很少见的卷棚三波浪样式，与房檐下龙飞凤舞的建筑彩画相互衬映，更有一番富丽典雅的情趣。屋内的装修更是奇特，共分成九个各自独立而又彼此贯通的小屋，犹如设计精巧的迷宫。这里是随同皇帝东巡的后妃们居住之处。从其华丽的装饰，珍奇的陈设，人们也不禁会产生一种“金屋藏娇”的感觉。在继思斋后，是存放清代史籍的崇谟阁。

西路

西路有古建筑十五座，主要是皇帝听戏和读书作画的地方。西路建筑主要为乾隆时期所增建。南为轿马场，往北依次为戏台、嘉荫堂、文溯阁、仰熙斋、九间殿等主要建筑。其中戏台和嘉荫堂是皇帝东巡期间赐宴赏戏的地方，当年皇帝在故宫里驻跸和政务之暇，在这里与王公大臣们一同小作消遣，也为森严的宫殿增添了一些轻松气氛。

在戏台和嘉荫堂之北，穿过一座红色的宫门，又进入一个独立区域，迎门而建的就是西路的主体建筑——文溯阁。文溯阁，实际上就是藏书楼，乾隆皇帝当时为珍藏《四库全书》、《古今图书集成》而建。其外形仿宁波范氏“天一阁”之制，外观以黑色、绿色为主，彩画则用以水和书为主的图案，与黄瓦红墙的其他宫殿形成明显的对照。采用这种装饰的用意是以代表水和木的颜色，取代像火的颜色，因为藏书之处是最忌讳与火有关的寓意的。文溯阁外观两层，内部却是上、中、下三层，共藏书四万多册，用特制的书架排列摆放，显示出皇帝对《四库全书》的重视和珍爱。乾隆皇帝还特意写了《文溯阁记》并刻成石碑立在阁东侧的碑亭中，以表达自己对能亲眼看到这座藏书楼建成的无比欣慰，同时，也是为沈阳故宫宫殿规模的最后形成，画上了一个圆满的句号。

清沈阳故宫作为举世仅存的中国少数民族地方政权宫殿，是刚刚从渔猎、采集经济转入农耕经济的满族人，按照本民族的社会制度、生活习俗和审美观念，吸收和借鉴汉族及蒙、藏等少数民族的建筑技术和艺术，设计建造出的宫殿建筑杰作。它既吸收了中原王朝宫殿制度的理念，又把满族在政治体制和生活习俗、宗教信仰方面的特色及地方建筑的风格等融入宫殿建筑的布局、造型和装饰之中，在继承中国古代建筑传统的基础上，兼具独特的民族特征、时代特征和地方特征，是中国古代宫殿建筑珍贵而有特色的优秀范例，也是中国古代汉族和少数民族建筑文化相互融合的罕见杰作。

琳琅满目的馆藏精品

清沈阳故宫，不仅是一座闻名中外的古代建筑群，而且也是具有近八十年历史的清代历史艺术博物馆，收藏着数万件珍贵精美的明清文物和工艺精品。沈阳故宫的馆藏文物以宫廷遗物、工艺美术品、清代服饰、明清绘画尤具特色。

记载清初历史、体现宫廷文化的宫廷遗物弥足珍贵。清朝入关前皇帝御用文物，保存至今的已寥寥无几，沈阳故宫收藏的清太祖努尔哈赤宝剑、清太宗皇太极腰刀是其中最为名贵的。铸有“大金天命”年号的云版和满蒙文信牌、印牌，是近四百年前后金时期历史的见证。用皇太极亲自猎获的鹿角制成的坐椅，堪称天然的杰作，乾隆皇帝还特意赋诗一首刻在椅背上，表达自己的敬仰和赞赏之情。清宁宫祭祀所用的神帽、腰铃、索绳、神鼓、神刀等，为满族萨满教的文物精品。盛京太庙原藏清历朝帝后玉册玉宝，乾隆、嘉庆、道光诸帝东巡时所用丹陛大乐、中和韶乐、卤簿乐乐器等，均是与皇家典制密切相关的重要历史文物。

瓷器、漆器、珐琅、雕刻为代表的工艺美术品制技精良、美轮美奂。沈阳故宫所藏瓷、漆、玉、石、竹、木、牙、角、珐琅等类工艺品，多为清宫御用之物。清朝的工艺美术集前代之大成，宫廷中所用，大都是康、雍、乾三朝制作的精品。清代官窑瓷器种类繁多，异彩纷呈，三彩、五彩、斗彩、粉彩、珐琅彩、单色釉、复合釉、仿古瓷、仿生瓷，或超越前代，或另有创新，都达到古代制瓷工艺的最高水平。用于宫廷中陈设的炉、瓶、尊、盘等，图案典雅而具有吉祥喜庆气氛，烧制工艺更是精益求精，成为当时工艺美术水平的典型代表。漆器是我国古代具有二千多年历史的传统工艺品，发展到清代则以雕漆、填漆、彩漆为主要种类，宫廷中所用都是汇集能工巧匠精心制作，造型自然流畅，雕刻绘画细致入微，仅漆盒一类就有剔红、填彩、金漆等诸多工艺和圆型、瓜棱型、八方型等多种变化，其复杂的工艺和别出心裁的设计令人叹为观止。沈阳故宫所藏雕刻品以象牙雕和玉石雕最为著名，不仅用料珍稀名贵，而且出自清宫著名匠师的作品无不构思新颖，设计别致，刀法纯熟，成为皇帝后妃宫中不可缺少的御用陈设。从外国传入的珐琅器，在清代已经成为具有中国特色的工艺品，宫廷中所用多是炉、瓶等大型制品，像掐丝珐琅的各式熏炉、象征“子孙万代”的珐琅嵌玉葫芦瓶等，都运用中国传统器具造型和纹饰寓意，体现帝王之家的华贵雍容。

具有满族特色的清代服饰，图案和工艺俱佳。清代服饰，既承袭中原文化传统又保留鲜明的满族特色。清代官服，有朝服、吉服、常服等诸式，按规定于不同场合穿用。冠、朝珠、朝带等为官服佩饰。清代帝后服饰都具有鲜明的满族特色，其中最著名的是后妃穿用的旗袍和花盆底、马蹄底的旗鞋。清宫服饰所用面料和织绣工艺，都出自清代设在南京、苏州、杭州的江南三织造，成为中国传统染织刺绣工艺与民族风格完美结合的艺术精品。

沈阳故宫的明清绘画收藏，在国内各博物馆中名列前茅。明清画坛，流派纷出，名家济济。沈阳故宫所藏明清绘画，既有"四王吴恽"、"扬州八怪"等画派的名家作品，也有郎士宁、唐岱、董邦达等宫廷画家的精心之作。祖籍铁岭的高其佩，是清代指头画派的开创人物，他的作品以五指代替毛笔，纵横挥洒，生趣盎然，不仅在画坛广受赞誉，而且也深得清代皇帝的喜爱。

清代宫廷中，还收藏着家具陈设和许多西洋人送给皇帝的贵重礼品，其中以钟表最为华贵精巧。这些几百年前由英国、法国、西班牙等国家汇集的舶来品，或形如欧洲教堂的楼阁，或装饰着繁复的动植物雕刻，有的在打点报时之际还会发出奇妙悦耳的声响，并伴随着意想不到的机关开合，成为融机械和艺术为一体的珍奇之物。这些琳琅满目的宫廷文物精品，与沈阳故宫古建筑所代表的时代融为一个完美的整体，信步徜徉在这昔日的宫阙禁地之中，犹如进入一个由历史和艺术共同编织成的精美画卷。

艰辛漫长的申遗历程

1961 年 3 月 4 日，见证了清王朝兴衰成败的清沈阳故宫被列为首批全国重点文物保护单位，此后四十多年来一直受到妥善的保护。2002 年初，当中国政府决定将辽宁省的清沈阳故宫和清盛京三陵分别作为明清故宫和明清皇家陵寝的扩展项目申报世界文化遗产时，清沈阳故宫和清盛京三陵中的清福陵、清昭陵所在地的沈阳市政府给予了高度重视。当年的 2 月 20 日，沈阳市政府成立"一宫两陵"申报世界文化遗产工作领导小组，组长由副省长、市长陈政高担任，副组长由市委常委、常务副市长李佳和副市长吕亿环、邢凯、王玲担任，成员由各区政府和市政府相关部门组成；领导小组办公室设在市文化局，负责日常工作。沈阳故宫的申遗工作从此正式拉开帷幕。

组织专家编撰文本，申述列入理由。按照世界遗产的申报程序，遗产申报地首先要向世界遗产中心递交申报文本。2002 年 3 月，沈阳市的申遗机构组织有关专家正式起草清沈阳故宫的申遗文本，同时进行沈阳故宫图片及幻灯片的拍摄、建筑物的测绘和电视录像片的制作。申遗文本于 5 月中旬完成初稿，10 月 21 日获得国家文物局通过。在申报中，专家们细细梳理了清沈阳故宫作为文化遗产的文化、科学、艺术价值，申述了将它列入世界文化遗产的理由。专家们指出，沈阳故宫是在继承中国古代建筑传统的基础上形成的具有民族特征、时代特征和地方特征的皇宫建筑群，具备独特的价值。

2003 年 1 月 21 日，清沈阳故宫的中英文申遗文本及其他附件由国家文物局代表中国政府正式递交联合国教科文组织世界遗产中心。1 月 31 日，世界遗产中心正式接受清沈阳故宫的申报项目。

投入资金上亿元,整治周边环境。作为世界文化遗产,除了文物本体要具备符合公约所规定的价值外,还要求遗产地周围的环境不得对遗产本身造成不利的影响。所以与申报工作相伴随的,往往是投入巨资的环境整治工作。同样,在清沈阳故宫的申报过程中,当地政府花大力气,拆除了大量的违章建筑,对一时无法全面完成的治理工作,也做出了承诺。

近年来,由于沈阳市旧城区改造工程的实施和住宅建筑规模的加快,清沈阳故宫所在的旧城区陆续增加了一些新的建筑,对清沈阳故宫周围的环境造成了一定的影响。为此,沈阳市政府制定了保护清沈阳故宫环境的整体规划,开始整顿工作,拆除了距离沈阳故宫较近的一些现代建筑,如红墙市场、原东亚商场F区、盛京花园两栋建筑的超高部分、御苑新村六栋别墅、清城广场的超高部分、东煤地质局办公楼和宿舍等建筑,涉及的总建筑面积为4.4万平方米(其中房屋住宅1.1万平方米,商业网点和公建房屋3.3万平方米),被拆迁居民82户,经营业户138户,被拆迁企业10家(职工1117人),共投入资金1.8亿元。此外,沈阳市政府还对拆迁后的环境进行绿化,并承诺将在今后几年继续改善和恢复沈阳故宫周围的旧有环境,通过制定规划法规,严格禁止在沈阳故宫控制范围内建设任何新建筑。

清沈阳故宫周边环境的整治,使文物保护区的生态环境和人文环境得到了进一步的优化,形成了与古代建筑群和谐的景观风貌。

修缮工程四十项,总投资两千五百多万元。与申报相伴随的,除了环境整治,还有就是对文物本体的修缮。2003年3月,沈阳市组织有古建筑设计和施工资质的专业机构,按照国家文物局的具体要求,依据史实资料及相关专家的指导意见,以不改变文物原状及遗产的"完整、真实"为原则做出修缮细化方案。此次修缮是建国以来对沈阳故宫最全面、规模最大的一次修缮工程,共完成维修工程四十项,总投资两千五百多万元。维修项目主要包括古建筑屋面、木构架、墙面和地面修缮;剔除和更换以前维修所用的水泥等现代建材;最大限度拆除非文物建筑,恢复文化遗产原始风貌等。

为了体现文物的"真实性"、"完整性",在修复的过程中,采用了大量的传统工艺。当初在建造沈阳故宫时,古建筑的表面通常都敷有用桐油、猪血、面粉、砖粉等材料调制成的地仗,在地仗的上面再进行涂漆或彩画。由于这些物质的耐候性有限,尤其是在外檐,老化后就很容易与木构脱离。轻者局部空鼓,重者整片脱落。所以在进行文物修缮时,一项主要的工作就是对开裂或脱落的地仗部分进行修复。首先将地仗开裂、脱落处砍至木基层,木结构开裂地方,采用撕缝、下竹钉等填塞办法,然后按照清代的传统工艺做一麻五灰地仗。

对彩画不清晰的地方,也是采用土办法,用滚面法去除彩画上的灰尘。在面粉中加入一定数量的温水，同时加入烷基苯磺酸钠等成分，形成面团。用配置好的面团在旧的彩绘上来回滚动，去掉彩绘上表面的污垢，然后做拓片、铺子，最后根据年代及等级彩绘出相应的彩画，增补雀替。

清理内部商业用房，调整展览内容。为了达到验收标准，尽量减少遗产的商业化倾向，沈阳市的申遗机构制订了沈阳故宫内现有商业用房的清理及展览的调整方案，只允许沈阳故宫保留两处商业用房，用于出售相关图书、纪念品等；根据调整方案，对沈阳故宫内部展览进行适当调整；将原附着在建筑物上的各建筑说明牌及标志牌统一更换成单体落地式，组织专家对说明牌和标志牌进行了符合国际规范的编写和翻译。

出台保护法规，建立档案资料信息检索系统。2002年4月初，沈阳市申遗机构开始起草《沈阳市故宫、福陵和昭陵保护条例》，2003年2月25日由沈阳市第十三届人大常委会第一次会议审议，并登报向社会征求意见；4月23日沈阳市第十三届人大常委会第二次会议通过该条例；5月28日经辽宁省第十届人大常委会第二次会议批准，于7月1日起正式施行。该条例对沈阳故宫的保护范围和建设控制地带进行重新划定，是沈阳市第一个文物保护的专项法规。同时，沈阳市申遗机构还制订了清沈阳故宫保护计划，将其作为今后古建维修和环境整治的依据。

沈阳市的申遗机构还组织专业人员进行档案资料的收集、整理、分类、复制、装卷等工作，并建立一整套完备的档案信息检索系统。沈阳故宫的档案包括古建筑类（单体和综合）、馆藏文物类、管理制度类（法规、规章及内部管理制度）、基础设施类（消防、安防、避雷）、规划和环境治理类、文书类；图书声像资料包括图书文献资料类、声像资料类、科研成果类和宣传资料类。这些档案资料，较为完整地体现和记载了沈阳故宫的历史沿革、文化价值及管理保护情况。

顺利通过专家的实地考察，最终摘取世界文化遗产桂冠。根据世界遗产申报的程序，世界遗产中心要委托国际古迹遗址理事会的专家对申报世界文化遗产的地方进行实地的审核，并写出审核报告，随同推荐意见报给世界遗产中心。2003年9月10日至13日，国际古迹遗址理事会专家稻叶信子女士受世界遗产中心委托来到沈阳，对清沈阳故宫进行实地考察。在整个考察过程中，沈阳市的陪同专家从专业角度圆满地回答了稻叶信子女士提出的各种问题，她对清沈阳故宫的古建筑管理、文物保护、环境治理和档案资料管理等工作给予了充分肯定，并代表国际古迹遗址理事会对沈阳市所做的工作表示感谢。

2004年1月，在国际古迹遗址理事会上，清沈阳故宫的申报工作获得大会的认可。同年7月1日，在中国苏州召开的第二十八世界遗产大会上，清沈阳故宫毫无争议地获得一致通过，列入《世界遗产名录》。

变两难困窘为双赢策略：传统/现代与保护/开发

——为纪念沈阳故宫创建三百八十周年学术研讨会作

彭定安

一

当我们面对具有三百八十年历史的沈阳故宫的时候，我们很自然地会想到一种现实的困窘，这就是传统/现代与保护/开发之间的纠葛、对峙与矛盾。

的确，实现现代化，首先就意味着对传统的疏离、亵渎、批判以至背叛；因为，没有从现代性出发的对于传统的这种逆向运作，就不可能有现代化的进展。同时，保护与开发也存在同样的关系。为了保护传统，就试图用真实的或象征说法的"玻璃罩"把古物、古迹及一切在"传统"名下的事物，笼罩起来，不许触摸甚至不允许观看。但是，"开发"，却恰恰意味着打开、开放、发掘，将"传统"示众、展示和展览。这是人类面临的两难困境。

一般地说，在现代化的进程中，人们是把眼光放在了"现代"和"开发"这一方面。在认识的、实践的和心理上，"现代"是新的宠儿，而"传统"未免是"弃儿"；"开发"是前进和"钱进"，而"保护"则是保守和"捧着金饭碗要饭"。

然而，长久的现代化历史进程发展到今天，人们遗憾地发现，"现代"破坏、摧残、毁灭了"传统"，"开发"冲击、冲毁、摧垮了保护计划。

这结果，不仅是经济的损失，也不仅是老家故宅被破坏了，而是人类产生了失去家园的惶惑，感觉那双脚，虚悬在故土之上。人类感觉离开家太远了，感觉到一种失去根基的"不能承受的轻"。这道理现在越来越明显，越来越为人们所接受：人类不仅是从"历史"和"传统"中来的，而且是生存在活着的"历史"和"传统"中的。没有"历史"就没有现在，没有"传统"就没有"现代"。因为"现代"不可能是"零"起点，不可能在空地尤其不可能在一片废墟上建立起来。

在20世纪的“三大反思”的基础上，21世纪出现了许多值得人们深思的新的文化思潮和文化生活以至一般生活的举措、模式和方式。其中特别引人注目的是对传统的适度回归。以下种种说法、提法和呼吁，诸如“人类调整自己的文化方向”、“人类正走向回家的路”、“人类在寻找丢失的草帽”、“人类在从古老的智慧中寻找现代灵感”，等等，不是在回荡着带着乡愁的忆旧、留恋、“思归”的声音和情绪吗？联合国教科文组织的物质文化遗产和非物质文化遗产的保护工作的世界性展开与大量的投资，以及西方出现的《通过孔子来思维》这样的著作，从实际方面和思想方面，表现了这种人类“思归”的情感和“回家”的行动。

还有，“现代性是不是出了问题”的提出，更进一步地表现了人类对传统，对保护传统的急迫心情和对“另谋出路”的期盼。

回答其实已经有了，出路也已经摆在面前了，曙光已经在地平线上出现。前面说到的联合国的世界性行动，向传统适度回归的潮流的出现，可持续发展思想的提出与其在世界范围的推行，等等，都是这曙光照射的光柱。

至此，我想，我已经把我提出的问题的答案，展现出来了，至少提供了一定的线索。

现在，在两个方面，人们发现了传统的价值及其现实意义。一个方面是：传统的浩如烟海的文化资源，我们还没有——不是一般的没有，而是远远地、远远地没有，充分地发掘，更没有很好地利用；已经发掘的，也还没有经过充分的整理、研究、诠释，并运用于现代化。第二个方面是，人们越来越发现，古代、传统以及非常落后的原始民族中，许多东西比现代的要好，要更科学、更合理，也更符合人性，更具有原始但高超的智慧和灵性，足可供我们现代人去发掘“现代灵感”。

这答案和线索就是：我们在实现和追求现代化的进程中，不要把传统破坏得过多、过重，更不可完全摧毁、抛弃。我们是，也需要在传统的坚实的、美好的基础上，来建设现代化的大厦，而不是更不可能在传统的废墟上来建设新的崇楼宏宇。因此，我们要在保护的前提下，开发传统资源，保护但不阻挡和禁绝开发；开发而不破坏、毁灭传统。只要我们具有历史的眼光和历史主义态度，只要我们懂得尊重、珍爱、保护传统，只要我们理解人类在总结、反思基础上产生的新的世纪意识和“回家的想望与行动”，我们就可以走出困窘，在调查研究、探索思考的基础上，制订出在传统/现代、保护/开发上的双赢策略。

二

在我们面对沈阳故宫讨论这个双赢策略的时候，我想我们应该可以寻觅到一种思路，即如何既保护又开发沈阳故宫这个沈阳的瑰宝，这个沈阳的“传统”所系、历史所在。

首先,我想先提出一个也许为内行所窃笑的看法,即:沈阳故宫作为世界文化遗产,作为我们保护和开发的对象,实际上并不是一个一般的"故宫"的概念所能包含的。它应该包含四个方面的"遗产链条":一,故宫建筑本身,即通常的"故宫"概念,这是本体、主体;二,皇宫藏品;三,故宫范围内的一切存在物,如自然物事、各种设置等;四,故宫周围环境。这四个方面都是我们保护和开发的对象。

这四个方面,从保护的意义上看,可以说是"一荣俱荣,一损俱损"。一方面是要保护好本体、主体,又要保护好非主体和次要方面;另一方面,保护好了后者,前者也会受益。这虽然是一个自然而然的浅显道理,但就我颇为狭浅的接触所及,许多名胜古迹、旅游胜地、文化遗产,往往是本体、主体部分倒是注意保护了,但其他方面则存在许多令人遗憾的地方,甚至到了惨不忍睹的地步,令人痛心疾首。如果次要的、连带的、附属的部分被破坏了,主体就不仅显得逊色,而且实际上也受到影响和破坏。这是一个保护工作的观念问题,是否值得作为一种"工作思路"和指导思想加以提出和强调?

在这种"广义保护"思想指导下,就应该不仅是对本体、主体部分加意保护;而且,对于故宫范围内的一切,对其一草一木,包括宫墙内的花草、树木上的小鸟,如果是无害的,也都精心加意保护。当然,更不要说宫内所有的藏品了。这里需要加以强调的是,对于故宫附近的环境,由近处到较远处直到远处,都加意保护和建设,使它在整体上、外观上、审美情调上统一、协调,构成一个完美的整体。

这些保护自然不能、不应该影响开发。"死死的保护"、"守财奴"式的保护,是没出息的,而且最终是保护不好。

有一种思路,或许可以考虑接纳的,这就是:在保护前提下的物质性的开发的同时,还注意"开发性的保护"。这种保护的内涵是极为丰富的,可以说,保护者的眼界有多开阔,思想有多丰富,情趣有多广泛,开发就会有多丰富。比如对于故宫本体、主体的保护,对于建筑主体的开发性保护,就可以包括对建筑在"建筑学意义"上的一切方面,在研究的基础上,在建筑学、史学、民族学、民俗学、文化人类学、社会学,以及其他学科上,给予种种的介绍、说明和提示,那是把静止的、以往的历史的东西,"保护"活了,讲解活了。(举个极小的例子,比如斗拱、屋脊、六兽的含义、来源、发展沿革等等,就颇有说头)对于宫中的花草树木,也可以考虑多所研究与说明,一些真正的而不是牵强附会的历史故事与民间传说及其产生的意义,也都可以应用。至于宫中宝藏,那就更有极大的开发性保护的广阔丰富的内涵和意义了。那里珍藏的字画、瓷器等等,都是具有研究价值和展示、介绍价值的,其内涵也随挖掘、研究的深入而扩大和深化。我翻阅过《盛京皇宫和关外三陵档案》,其中,盛京档案占了相当大的比重。虽然,它已经是档案馆的藏品,但是,出自沈阳故宫,就应该仍然算是它的藏品。(因此,顺便提一下,沈阳故宫是否可以在本宫内陈列、展览其复制品?)这部书真是具有极大可读性和多方面的研究价值以及开发价值。从民族学、满学、文字学、史学、清史、文化人类学、民俗学等学科的角度，都具有发掘的价值。

如果我们更进一步思考，可以说，更重要的是，在深沉的、有效的研究基础上，去开发故宫遗址与遗存的内在文化蕴涵与文化价值，作"内涵的扩大再生产"和"内涵的开发"，并且，在研究的基础上，实现"从古老的智慧中去寻找现代灵感"，也就是，从"传统"中去挖掘、寻觅、发现、创造性开掘对于今天的物质生产和精神生产有用的东西。这包括建筑的、设置的、艺术的、布局的以至生产与生活的等等方面。

在开发的意义上，我们还可以作"延伸"、"伸发"和"说开去"的保护—开发。比如我们在昔日的宫殿里，在满族发祥地，注意满族皇家的礼仪与生活，以及满族贵族的生活的演示与表演，是完全应该的，是收到了好的效果的。但是，我们同时是不是还应该把眼光转向平民的生活，转向满族全体的生活？比如萨满是受到国际注目的研究对象，我们在沈阳故宫里是否也可以考虑加以介绍、演示和说明？那可是十分丰富而又有文化意义的。这里，只是提供一种思路，具体的做法，我想会在实践中得到和创造出来。

此外，开发性保护，除了故宫本身的保护工作与措施之外，还可以对广大参观者也制订保护性规则、规矩和规范，要求其遵守。

三

在保护性开发和使传统为现代化尽力方面，我想，更深层也更重要的是，充分利用故宫的所有文化资源，在保护基础上，进行创造性现代开发。我们需要让故宫的所有遗存，都以经过富有文化含量的、在研究基础上提出的阐释下，以"传统"—"历史"的面貌展现在人们面前，使他们经受传统—历史的洗礼，从而接受正确的历史态度和民族精神的教育，并学习如何从传统的根基上，去检验和选择现代化事物；同时，又以现代眼光和观念去检验传统和选择传统。

我们还可以利用故宫的传统文化资源，去向现代人进行"从传统汲取现代灵感"的启示和教育。比如建筑、书画、服饰、工艺品、生活方式以至礼仪等等，我们都可以设想，从其中获得启迪，作现代诠释和现代化利用。比如器皿造型审美气质的汲取，旗袍的现代处理与改制等等。

为此，我们极需要对种种文物进行更深入的挖掘、整理、研究，更重要的是进行现代诠释和现代处理。这是十分需要又非常艰巨的工作。但是它的效用与效应也极为巨大、深刻。

我在这里只是举例而言，肯定是挂一漏万。也只是提供一种思路，供有关人士，创造性地去寻找传统→现代/保护→开发的通道和坦途。

（彭定安　教授　辽宁社会科学院　110031）

沈阳故宫之政治文化性略谈

杜家骥

三百八十年前，以清太祖努尔哈赤为首领的具有发展朝气的满族政权迁都沈阳，为沈阳这座古城镇注入新的生命力，沈阳开始步入她划时代的发展阶段，成为整个东北的政治中心，汗家皇宫（汗宫）及一系列政治性设施开始创建并不断扩建。清入关后，盛京又成为统一的清王朝的陪都。历经三百年的历史沧桑，其政治地位、作用及诸方面的影响，是极具开发性的文化资源。现仅就沈阳故宫在政治文化方面应加强发掘研究的问题谈一点粗浅之见。

沈阳故宫，是我国现存仅次于北京故宫的完整的皇宫建筑群，汉唐宋元等朝的皇宫荡然无存，仅留某些遗址或遗迹，我们只能从文献上了解其大致风貌；少数民族政权留下的帝王宫殿，则仅沈阳故宫一处。沈阳故宫虽不如北京故宫宏大，但有其自身特色，具有丰富的政治文化内涵。从建筑及布局上看，既反映了古代王朝家国一体的特性，又有满族特色及满蒙结合的特质内容。古代的王朝国家，具有家与国结合、家国一体的私性特征，在其皇宫建设布局上就有鲜明形象的体现，王朝都城的所有政治设施，以皇家的皇宫为政治中心，皇宫的建筑格局，是前朝后寝、左祖右社。左祖之太庙，供奉该王朝之列祖列宗；右社之设施指“社稷”，社稷即江山、国家；而前朝后寝之宫殿部分，则既是主掌国家之汗、皇帝的家庭生活区，又是处理国务、发布大政之所在。这一切浑然一体，鲜明地体现了古代王朝家国一体的特色。与北京故宫相比，沈阳故宫虽然规模小，布局尚未完备，但上述特性已基本具备，清太宗皇太极与其后妃生活在沈阳故宫凤凰楼后边的“后寝”宫区；而与诸王、大臣商议国政、发布训谕，则是在皇宫东路的大政殿、中路的凤凰楼[①]；举行体现国家权威的王朝大典，又常在中路的崇政殿，均在汗家皇宫之中。这一简单的外在形式，也体现着它与近现代国家性质之根本不同点。历史发展到近现代，国家

① 顺治九年修《清太宗实录》卷二三、卷二四皆作翔凤阁。《满文老档》太宗崇德朝第三十六卷（册），满文 funghuwang leose，汉义凤凰楼子，其原始之本《旧满洲档》是否即凤凰楼？待查。

之私性消失，完全体现为公（有）性，具有这种功能与政治含义的建筑群，已不可能在近现代性质国家的最高政权机关中出现。这是政治文明之历史性进步与演变。现代人如果不了解古代这方面的知识，就无法认识这种历史的进步，而现存古代的故宫，恰为我们展现了反映这种知识的实物。当我们漫步在古代的故宫之中，遥想当年帝王的生活与行政，国家大政，就是由这皇家（汗家）的皇宫中决定与发出，某些政务，又是体现专制帝王个人之意志与动机，或与其私人、近人密议私定，也就自然体会到今天历史的进步。这也正是现存故宫建筑群所蕴含的政治文化意义的要点之一。

沈阳故宫还体现了鲜明的民族特色与其政治特点。大政殿即笃恭殿与八旗亭，不仅在建筑样式与艺术上具有民族特色，也是当时后金——清政权以八旗立国的形象展现，这还只是映入我们眼帘的直观感觉，若认识其深层次的政治内容，则这组建筑群中的殿、亭之政治功能，还有待进一步深入研究。清代各朝所修《大清会典》所记“国初，于笃恭殿前列署十，为诸王议政之所”，并不准确，所谓“列署十”，是指八旗亭加上左翼王亭、右翼王亭共10个亭子，这10个亭子不可能是诸王大臣议政之所，更非昭梿《啸亭杂录·十王亭》所述：当时“造十王亭于宫右侧（应为左侧），凡有军国重事，集众宗藩议于亭中”，因为众人会议，应是会聚一处，不可能在互有一段距离的十署——十个亭子中。这种说法，不过是根据当时的八旗合议制或八和硕贝勒共议国政制所作的随意性述说。实际诸王大臣共议国政，主要是在最北端的大政殿，这在《清太宗实录》中有大量记载。又据档案记述，左翼王亭为左翼四旗诸王聚集之所，右翼王亭为右翼四旗诸王聚集之处。两个王亭居八旗亭之前端，八旗亭为八旗大臣官员聚集之处。这种“聚集处”，类似于北京故宫乾清门前左侧的诸王、官员之“待漏所”，为等待皇帝召见之暂憩之处。另外，是否也可作朝议时诸王、八旗大臣的排序之处？再有，若认为还是八旗各旗办公之所，那么宫外是否有八旗各自的办公衙署？均需辨别，进一步考察。

皇太极后宫居住之五妃，全部是蒙古女，这种联姻，是满蒙民族政治上的结合，而五宫宫名又是汉文化的内容。五宫后妃的册立、五宫建筑的规格与方位，则体现了颇具特色的等级性礼制，并立之五宫后妃，在身份地位上明显高于其他庶妾，这是北方一些少数民族的后宫制度，五宫之中又分等次：清宁宫正宫大福晋为国君福晋，东厢关雎宫福晋为东大福晋，西厢麟趾宫福晋为西大福晋，再以下，东衍庆宫福晋为东侧福晋，西永福宫福晋为西侧福晋。其居宫之规格与方位，正宫清宁宫规模大且居中，其他四妃之宫规模小又分列两厢，此四宫之后两宫——衍庆宫、永福宫，在方位上又比前两宫——关雎宫、麟趾宫退后，在排序上，则是东居上，西居次，这又是仿从汉族尚左（东）之等级礼制，与皇太极称帝前尚右、以西为上的礼制不同，体现了汉化的政治色彩。

沈阳故宫的研究，是否可借鉴北京故宫博物院提倡的“故宫学”，再根据自身实物之特色，作系统性的深入探研？诸如沈阳故宫的建筑布局、规格、式样、纹饰、用料等等之政治文化内涵，工艺水平、民族特色、多民族文化交融之内容，宫中各建筑之政治功用，作为政治中心中的核心皇宫在国家机器中的功能，如何进行行政运作，与宫外衙署之行政关系，宫中典制礼仪、帝王后妃之日常起居，政治、宗教、文化活动，与外界乃至蒙藏民族之交往，联姻及姻亲往来，宫中典籍、档案收藏之文化意义、政治意义、史料价值，宫中文献、图籍、器物所反映之历史与文化等等，都是值得考察的内容。再有，清入关后，沈阳故宫曾几次修葺、扩建，这一过程有必要理清，以准确了解不同时期的建筑状况。另外，所增建的建筑之功用、政治意义，清帝东巡时在沈阳故宫中的政治活动等等，也应属这一研究范畴。

沈阳故宫之研究是否应与北京故宫的研究联系起来？两处都是满族爱新觉罗家族帝王之皇宫，前者为关外旧居，对关内皇宫之建筑也有影响，比如，明代皇宫中的皇后寝宫坤宁宫，入清以后便按盛京皇宫皇后的清宁宫进行改建，偏东开门，进门之西部辟为萨满祭祀的场所，且以西为尊，西壁供奉神祇，以下北、西、南三面建成东北式的连形弯子炕，门外立祭祀之索伦杆。清代北京紫禁城内冬天的取暖设施，是否也受到盛京皇宫的影响？再如，满族入关前男女之防不如汉族那样严厉，宫中习俗也有这方面体现:汗家内部、他们与蒙古姻亲男女之间互行抱见礼，皇太极的后妃们常出宫参加活动。入关后北京的皇宫宫禁，较明代相对松弛，内务府包衣就在宫中前朝区服役，咸安宫官学也设在宫中，南书房及皇帝处理日常政务的养心殿，均在后寝区内，入直之翰林及承直之军机大臣，以及被引见之官员，都被召入这后宫内廷，这种相对开放性，是否与前述满族遗俗有关？

沈阳故宫的研究，与清皇族尤其清入关前皇族之研究密切相关，清朝汗家族统领八旗，是国家大政的主要参预者，权力斗争复杂，疑案颇多，均事关宫廷，皇族参政状况、政治斗争等等研究的深入，是推进盛京宫廷史研究深化的一个重要方面。

沈阳故宫的学术研究，是否还应与盛京之研究相结合？后金政权迁都沈阳后，随着汗宫、皇族贵族及大臣府第的建造，政治制度的发展，一系列行政衙署及其他政治性设施也不断在都城盛京兴建，皇宫与宫外之六部二院、堂子、钟鼓楼、郊天祭地之所，乃至某些寺庙，形成当时互相关联、系统性的政治性建构，体现着当时带有特色的行政制度与统治理念。清入关后，又以发祥地盛京为陪都、后院，陪都的地位及其政治功能，决定了清帝对盛京旧皇宫的重视及扩建。陪都的政治体制与设施，也与盛京皇宫密切相关。盛京皇宫的宫廷事务，就由盛京内务府管理。备存陪都的皇朝实录、圣训、玉牒，尊藏于盛京皇宫之中。清帝东巡发祥地，恭谒盛京陵墓，驻跸于盛京皇宫，并举行各种政治性活动。这一切，都为陪都时期的盛京皇宫注入新的政治内容，有必要作系统考察。

（杜家骥　教授　南开大学历史文化学院　300071）

清太祖迁都沈阳时间考

阎崇年

清太祖努尔哈赤从东京辽阳迁都沈阳的时间,《清太祖高皇帝实录》天命十年即天启五年(1625)三月己酉朔条记载:

上欲自东京迁都沈阳,与贝勒诸臣议。贝勒诸臣谏曰:"迩者筑城东京,宫室既建,而民之庐舍,尚未完缮。今复迁移,岁荒食匮,又兴大役,恐烦苦我国。"上不许曰:"沈阳形胜之地,西征明,由都尔鼻渡辽河,路直且近;北征蒙古,二三日可至;南征朝鲜,可由清河路以进;且于浑河、苏克苏浒河之上流,伐木顺流下,以之治宫室、为薪,不可胜用也;时而出猎,山近兽多;河中水族,亦可捕而取之。朕筹此熟矣,汝等宁不计及耶!"①

同书接着记载:

庚午,上自东京启行,夜驻虎皮驿;辛未,至沈阳。②

上文中的庚午,为天命十年(1625)三月二十二日,辛未为二十三日。就是说清太祖努尔哈赤从辽阳迁都沈阳的时间,天命十年(1625)三月二十二日起行,二十三日到达③。

查《清太祖武皇帝实录》的记载却是:

三月,帝聚诸王、大臣议,欲迁都沈阳。诸王大臣谏曰:"东京城新筑宫廨方成,

---

① 《清太祖高皇帝实录》卷九,页10,天命十年三月己酉朔,中华书局影印本,1986年,北京。

② 《清太祖高皇帝实录》之今藏中国第一历史档案馆的大红绫本、今藏辽宁省档案馆的大红绫本、今藏故宫博物院的小红绫本和今藏中国第一历史档案馆的小黄绫本,其记载清太祖努尔哈赤从辽阳迁都沈阳的时间均相同。

③ 《清太祖高皇帝实录》卷九,页11,天命十年三月庚午,中华书局影印本,1986年,北京。

民之居室未备，今欲迁移，恐食用不足，力役繁兴，民不堪苦矣！”帝不允曰：“沈阳四通八达之处，西征明国，从都尔鼻渡辽河，路直且近；北征蒙古，二三日可至；南征朝鲜，自清河路可进；沈阳浑河通苏苏河，于苏苏河源头处伐木，顺流而下，材木不可胜用；出游打猎，山近兽多；且河中之利，亦可兼收矣！吾筹虑已定，故欲迁都，汝等何故不从？”乃于初三日，出东京，驻虎皮驿；初四日，至沈阳。[①]

上文《清太祖武皇帝实录》明确记载，清太祖努尔哈赤从辽阳迁都沈阳的时间为："乃于初三日，出东京，驻虎皮驿；初四日，至沈阳。"

那么，《满洲实录》是怎样记载的呢？查《满洲实录》的记载是：

三月，帝聚诸王、大臣议，欲迁都沈阳。诸王、大臣谏曰："东京城新筑官廨方成，民之居室未备，今欲迁移，恐食用不足，力役繁兴，民不堪苦矣。"帝不允曰："沈阳四通八达之处，西征明国，从都尔弼渡辽河，路直且近；北征蒙古，二三日可至；南征朝鲜，自清河路可进；沈阳浑河，通苏克素护河，于苏克素护河上流处伐木，顺流而下，材木不可胜用；出游打猎，山近兽多；且河中水族，亦可捕取矣！吾筹虑已定，故欲迁都，汝等何故不从！"乃于初三日，出东京，驻虎皮驿；初四日，至沈阳。[②]

上文《满洲实录》也明确记载，清太祖努尔哈赤从辽阳迁都沈阳的时间为："乃于初三日，出东京，驻虎皮驿；初四日，至沈阳。"

同时，《满洲实录》的满文本、蒙古文本也都记载："乃于初三日，出东京，驻虎皮驿；初四日，至沈阳。"[③]

以上《清太祖武皇帝实录》与《满洲实录》汉文本、满文本、蒙古文本所记清太祖努尔哈赤从辽阳迁都沈阳的时间均相同。

《满文老档》的记载又是怎样的呢？查《满文老档》记载：

三月初三日，汗迁沈阳。辰时，出东京，谒父、祖之墓，祭扫清明。于两殿杀五牛，备纸钱而祭之。祭扫毕，前往沈阳，宿于虎皮驿堡。初四日，于河水桥台有巴珲台吉叩见。于沈阳之河渡口，有率兵往征瓦尔喀之塔玉、噶尔达、富喀纳叩见。未时，入城。[④]

---

① 《清太祖武皇帝实录》卷八，页5，天命十年三月初三日，台北故宫博物院藏本，台湾广文书局影印，1970年，台北。

② 《满洲实录》卷八，页5，大红绫本，中国第一历史档案馆藏，北京。

③ 今西春秋：《满和蒙和对译满洲实录》，页639，刀水书房，1992年，东京。

④ 《满文老档》译注本，页626—627，中华书局，1990年，北京。

以上《满文老档》记载清太祖努尔哈赤从辽阳迁都沈阳之史事，不仅时间载述明确，而且情景记述详细。这说明其记载不会是误记，也不会是错简。

此外，日本国“满文老档研究会译注”的《满文老档》，也为清太祖努尔哈赤于三月初三日出东京辽阳，当夜驻虎皮驿；初四日，至沈阳[①]。

然而，《清太祖高皇帝实录》的成书较《满文老档》、《清太祖武皇帝实录》、《满洲实录》和《清太祖高皇帝实录（稿本三种）》为晚。《清太祖高皇帝实录》最后定稿于乾隆四年（1739）。此书，崇德间初纂，顺治时修订，康熙朝重修，雍正时再修，乾隆初定稿。其间，康熙重修《清太祖高皇帝实录》时之稿本，现残存三种。罗振玉刊印《清太祖高皇帝实录（稿本三种）》中的康熙一次稿本，记载：

> 乃于壬午，出东京，往沈阳，驻虎皮驿。癸未，至沈阳。[②]

上文的壬午为二月初三日，癸未为二月初四日。其原稿在“癸未”旁有“初四”二字，但被圈画。以上可知《清太祖高皇帝实录》的康熙重修一次稿时，其清太祖由辽阳迁都沈阳的时间，已与《满文老档》、《清太祖武皇帝实录》和《满洲实录》记载发生差异。

上引《满文老档》、《清太祖武皇帝实录》、《满洲实录》所记清太祖努尔哈赤从辽阳迁都沈阳的时间均完全相同，均为天命十年（1625）三月初三日，即都是天命十年（1625）三月初三日从东京辽阳出发，当夜驻虎皮驿；初四日，到达沈阳。但《清太祖高皇帝实录（稿本三种）》所记时间相差一个月。

《清太祖高皇帝实录》与《清太祖高皇帝实录（稿本三种）》记载清太祖努尔哈赤从辽阳迁都沈阳时间，与《满文老档》、《清太祖武皇帝实录》和《满洲实录》记载差异之原因何在？

其一，《清太祖高皇帝实录（稿本三种）》中的康熙重修一次稿时，清太祖由辽阳迁都沈阳的时间为：“壬午，出东京，往沈阳，驻虎皮驿。癸未，至沈阳。”虽然壬午为初三日，癸未为初四日，但是本年二月初三日为壬午，初四日为癸未，三月初三日为辛亥，初四日为壬子，其干支纪日，相差一个月。可见《清太祖高皇帝实录（稿本三种）》的康熙重修一次稿，清太祖从辽阳迁都沈阳的时间，日子对上了，却差一个月，已经发生一个月的差误。

其二，《清太祖高皇帝实录》记载清太祖由辽阳迁都沈阳的时间为：“庚午，上自东京启行，夜驻虎皮驿；辛未，至沈阳。”虽然庚午为初三日，辛未为初四日，但是三月初三日为“庚午”，初四日为“辛未”，却为天聪元年即天启七年（1627），其干支纪日，日月对上了，差了整两年。清太祖从辽阳迁都沈阳的时间，已经发生两年的差误。

---

① 神田信夫等译：《满文老档·太祖》Ⅲ，页965，东洋文库，1962年，东京。

② 《清太祖高皇帝实录（稿本三种）》，不分卷、页，史料整理处影印本，癸酉年（1933年），北平。

其三,《清太祖高皇帝实录》乾隆四年(1739)定本后,编修官在纂修换算干支纪日时之推算错误,清太祖迁都沈阳时间随之差误。

总之,清太祖努尔哈赤在宣布由东京辽阳迁都沈阳的上述汗谕后,于天命十年(1625)辛亥日(初三日),从东京启行,夜驻虎皮驿;壬子日(初四日),至沈阳。清太祖从辽阳迁都沈阳的时间,应以《满文老档》、《清太祖高皇帝实录》和《满洲实录》的记载为是。

清太祖努尔哈赤从辽阳迁都沈阳,从此沈阳(盛京)继赫图阿拉(兴京)、辽阳(东京)之后,成为清朝的第三个都城。清太祖努尔哈赤从辽阳迁都沈阳,既是清朝发展史上的一个转折点,也是沈阳发展史上的划时代事件。从努尔哈赤迁都沈阳以及随之兴建沈阳宫殿,至今已整三百八十周年。兹做以上考证,冀求历史真相。

(阎崇年　研究员　北京社会科学院　100101)

沈阳故宫
独特的木作营造技术述略

朴玉顺　陈伯超

满族的崛起改写了中国的历史，也为我们留下了两座皇宫建筑群。沈阳故宫建筑总体规模上虽然不及北京故宫那么宏大，但是由于它所处的特殊的地理位置和历史背景，使得它有着独特的风格和鲜明的特色。北京故宫并非由满族人所建，仅为其所用。而沈阳故宫却是地地道道按满人的意图建造，又为其利用的皇家宫殿。因此，沈阳故宫建筑与北京故宫在许多方面都不尽相同。仅从营造技术上看就有很多独特的做法，表现在大小木作、砖瓦石作、彩画作等方面。正是这些特色，使得它如此地不同凡响和如此地具有艺术魅力与文物价值。它代表着中国建筑文化和建筑技术的精华，也是满族建筑发展到巅峰时期的代表作和重要遗存。本文仅举几例，就木作上有独特做法的地方进行分析。

大木作是建筑的骨架，包括柱、梁、檩（桁）、枋、椽和斗拱几个部分，是整个结构承受荷载的部分，独特的大木结构不仅是形成沈阳故宫独特艺术风格的重要因素，而且更是其文物价值的体现。

笔者通过对沈阳故宫建筑的实测，通过对沈阳故宫建筑与历代遗存的比较分析，通过对沈阳故宫建筑与我国古代两部重要文法书宋《营造法式》和清《工部工程做法》的比较分析，发现沈阳故宫大木作有诸多独特的做法，甚至有些是已知的遗存中的孤例。

首先，举三个在结构体系上采用独特方法处理的例子。

灵活多变，不拘泥于某种固定的结构形式，比如平面柱网多用减柱造和移柱造，梁架常用大内额等，是金、元建筑的鲜明特点，而明清时期，特别在雍正十二年（1743）颁布《工部工程做法》以后，结构则变得规规矩矩，非常的程式化。而在沈阳故宫中，整体构架的搭接处理十分灵活。

实例1——大清门，据《大清会典事例》记载："各官及侍卫、护军晨、夕入朝集于大清门，门内外或坐或立，不许对阙。"从平面柱网上看（如图1所示），其最显著的特点之一是采用了减柱造。减柱造是平面柱网灵活处理的一种方式，为了满足某种功能，而将部分内柱减去的做法。大清门前后外槽金柱之间的距离是9600mm，为了适当减小梁跨，同时不影响候朝的使用，仅仅使用了一排内槽后金柱，前金柱则全部减去。其特点之二是正身梁架前后檐柱和金柱之间是龙形抱头梁（见彩页），龙尾直达七架梁下，而且没用穿插枋。龙形抱头梁在这里既是重要结构构件，同时也成为该建筑一种十分醒目的装饰。

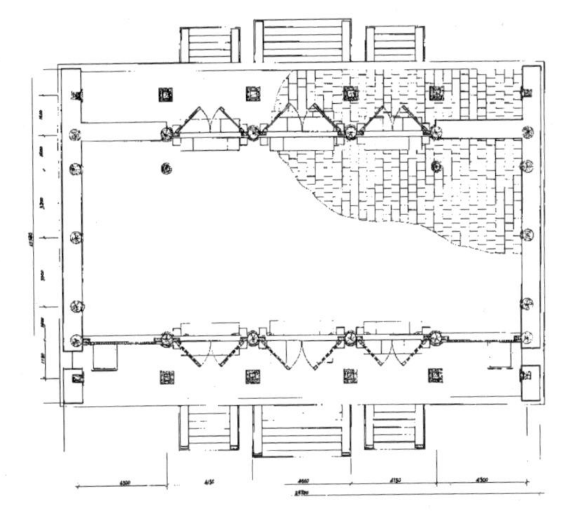

图1　大清门平面图

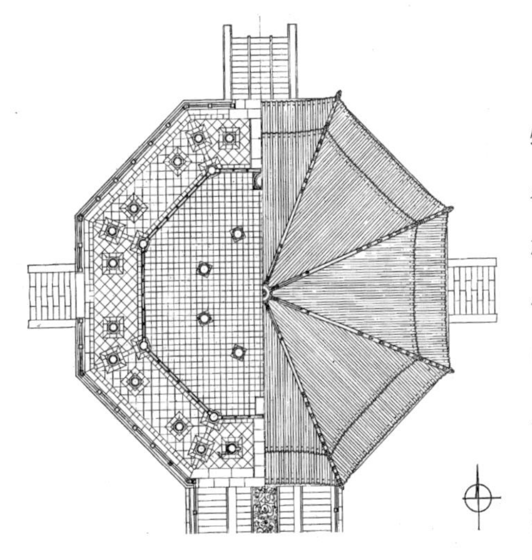

图2　大政殿平面图

实例2——大政殿，平面三层柱网（图2），其特点是为了加强角部的承载力，在每个角柱左右各加一根檐柱，通常八角重檐建筑是采用二围金柱即可，而如同大政殿的这种柱网布置方式在历代的八角形建筑中是很少的。我们目前所能看到的实物遗存，只有应县木塔的平面，明清的木构中几乎没有相同的实例。

从构架上看（图3），大政殿最外圈的檐柱支撑下檐，外槽金柱通达上层檐，内槽的八根金柱承托上部藻井。这种结构部分与装饰部分融在一起的做法，在现存的遗构中实属少见。北京天坛的祈年殿，平面是圆形，也是三层柱网，十二根檐柱支撑下层檐，十二根金柱支撑中层檐，正中四根巨大的金龙柱支撑上层檐，从构架上看仍属于梁架结构，但其结构部分与装饰部分是分开的。

图3　大政殿剖面图

由于大政殿在东路的一组建筑中，无论出于构图还是礼制上的需要，它都处于中心的地位并起着统领作用，因此对于它的形状、形式、装饰等要加以特别的强调和突出之外，也必须赋予它超常的建筑体量和空间。于是，由此造成了大政殿内部空间设计的困惑——如何使具有凡人之躯的皇帝在庞大的尺度的宫殿空间对比之下并不相形见绌，反而使他的形象十分突出，建造者在八棵内金柱之上做了一个藻井[①]，界定了一个具有实际功能的使用空间，它的存在使端坐于其中的皇帝相对高大了。这样，建筑的高大和皇帝的崇高同时得到了实现。而且与通常宫殿中以小木作为主构成皇帝宝位“堂陛”的做法不同的是，大政殿采用的是大木作与小木作相结合的做法。这是沈阳故宫的一大创造。

实例3——文德坊（见彩页）和武功坊，绝大多数的木牌楼平面都只有一排立柱，无依无靠。但沈阳故宫中的这两座牌楼除有一排立柱外，每根柱前后两侧均有斜撑，其上端支点的标高在明间小额枋处；其次，每间都用了两根素枋，而素枋是宋以前常用的构件，宋以后很少用，到明清已经基本不用。灯笼榫是一般木牌楼都有的构件，它可以增强上下架构件的联系和整体性，但沈阳故宫中的这两座牌楼恰恰没有用灯笼榫；马炳坚先生在其专著《中国古建筑木作营造技术》一书中说：“凡木牌楼，皆有戗杆支撑。”但沈阳故宫中的这两座牌楼却也没有。为什么呢？笔者认为，相比较常规的做法，巨大的斜撑加大了结构竖向的稳定性；素枋的使用，加强了结构的水平向联系，如同现代建筑的联系梁。因此可以认为，沈阳故宫的这两座牌坊的结构是空间网架，而非一般做法的平面排架，所以，虽然未用增加结构整体性的附属构件，但却丝毫没有影响结构的稳定性和整体性，而且，还将艺术造型与结构很好地结合到了一起。

其次，举几个在重要部位上的处理上有独特做法实例。

实例1——檐枋（额枋）与檐柱的关系

沈阳故宫的早期建筑的檐枋（额枋）与檐柱的关系有三种形式：A. 以大政殿为代表（见彩页），额枋位于柱头上，雀替插于柱的两侧；从时间上看，南北朝及以前额枋大多置于柱顶，隋唐以后才移到柱间。说明早期建筑的特点在沈阳故宫建筑有所体现；B. 以崇政殿为代表，柱头之上置似坐斗，似坐斗之上置大雀替，其上再置额枋；这是藏式建筑的典型做法，沈阳故宫早期建筑传承了藏族传统建筑的做法，从现在藏族的重要遗存大昭寺和布达拉宫中都可以看到类似的做法；C. 以清宁宫为代表，额枋穿过柱上部。从结构力学的角度进行分析，额枋穿过柱上部比额枋位于柱头对整个结构的稳定性来说是有利的。

实例2——檩楸

沈阳故宫早期建筑（见彩页）在金柱的柱头位置，沿面宽方向相当于金枋的是一根同金檩直径相当的一根圆木，我们当地人称为“楸”，在檩与揪之间安装有垫板，但有些建筑二者之间的距离很小，垫板的高度也很小，也有个别建筑二者之间的距离几乎为零，两根圆木直接跌落在一起。檩楸式的构架组合，是满族民居的主要特点，在皇宫中出现充分体现了沈阳故宫的地域性和民族性，也是其他宫殿建筑所不具备的独特做法。

---

① 大政殿现存的藻井为乾隆年间所做，但根据笔者对大政殿梁架的分析，推断该建筑兴建之初，八棵内金柱之上也应该有藻井，只是其形式暂无定论。

实例3——穿插枋和抱头梁的关系(见彩页)

在沈阳故宫早期楼阁式建筑中,在檐柱和金柱之间有穿插枋和抱头梁相联系,但穿插枋的位置同清官式做法不同,即穿插枋紧贴抱头梁。一般清官式做法是,穿插枋与抱头梁之间有一定距离。穿插枋是清中后期简化结构,增强结构整体性的措施,沈阳故宫早期建筑建于明末清初,穿插枋这种构件的出现,并像沈阳故宫这样设置,可否理解为沈阳故宫穿插枋是从无到有,再到定型化的一个过渡阶段的产物?如果结论成立,其文物价值可想而知。

实例4——斗拱,按照通常对宫殿建筑的理解和常规做法,其主要建筑是应该用斗拱的。但沈阳故宫的情况并非如此,皇太极和努尔哈赤时期修建的东路和中路,只有大政殿用了斗拱(见彩页),其他的建筑,包括皇太极的金銮殿都没用,这在中国历史上是不多见的。

大政殿斗拱本身有特点的地方:每攒斗拱的尺度大于清常规做法,平身科仅一攒,坐斗有内凹曲线;撑头木成龙形;无盖斗板;斗拱在挑檐枋的位置安装有透雕的兽面(藏族建筑的常见装饰形式),所有散斗的平面均为平行四边形,拱在垂直面上抹斜,这一点同辽金建筑有相似之处。

沈阳故宫的早期建筑中斗拱之所以出现如上所述的特点,主要原因在于:首先,突出和强调大政殿的地位;其次,大政殿的斗拱均为双下昂五踩斗拱,所用昂又都是假昂,可见其结构作用已经减弱了。但由于斗拱构件的尺度比较大,所以其承托屋檐的作用仍很明显,建筑出檐较清式的做法大,使得建筑的体量感更强;最重要的是突出强调建筑的装饰性,清常规做法的斗拱同样也是为了装饰,但二者强调的方法不同,清常规做法的斗拱是通过增加斗拱的攒数,即通过檐下繁密的斗拱来实现,而沈阳故宫主要是通过斗拱构件的形态变化进行直观的表达,这样做是符合满族人的审美喜好的。

结　语

从建筑发展史的角度,沈阳故宫有着任何其他地区的建筑所不具备的极高的文物价值,具有历史过渡期建筑的鲜明特点,可以认为是我国建筑历史的活化石。

(朴玉顺　副教授　陈伯超　教授　沈阳建筑大学建筑研究所　110000)

主要参考文献:

1. 陈伯超、支运亭《特色鲜明的沈阳故宫建筑》,机械工业出版社,2003年。
2. 马炳坚《中国古建筑木作营造技术》,科学出版社,2003年。
3. 朴玉顺《沈阳故宫木作营造技术研究》,博士学位论文(未公开发表),2005年。

清帝东巡谒陵期间盛京故宫的两项典礼

佟　悦

清帝幸盛京谒祭祖陵，其间除在永陵、福陵、昭陵举行飨祭等典礼外，都曾在沈阳（时称盛京）城内的清入关前皇宫驻跸并举行相关仪式，而且自清高宗弘历初次东巡起，逐渐形成了清帝在盛京皇宫驻跸期间的几项固定礼仪，正式列入清代国家典制之中。

清王朝入主中原后，自1671年至1829年间，康熙、乾隆、嘉庆、道光四帝先后十次东巡。这些典礼的适用范围，仅限于皇帝东巡谒陵的特定时间和盛京故宫内的几处固定场所，既具备清宫典制的一般特点，又因举行于清朝的“发祥之地”而别具特色。本文结合对这些礼仪的举行场所——沈阳故宫古建筑群的实地考察，综合各种文献的记载，对其中的两项重要典礼加以考述，以期对清代宫廷文化和盛京地区文化的研究提供一些参考。

一　崇政殿庆贺典礼

东巡盛京谒陵礼成庆贺典礼，是皇帝祭祀盛京三陵后举行的例行仪式。自康熙十年（1671）圣祖初次东巡始，康熙二十一年、三十七年、乾隆八年（1743）、十九年、四十三年、四十八年、嘉庆十年（1805）、二十三年、道光九年（1829）历次清帝东巡谒陵皆有之，但康熙年间玄烨的三次东巡谒陵，此项礼仪均是皇帝回銮后在北京宫殿举行。如康熙十年玄烨于十一月庚戌还京，至丙辰日，“上以谒陵礼成，御太和殿，王以下文武各官行庆贺礼，颁诏天下”①。

乾隆八年，高宗弘历奉皇太后初次东巡谒陵，即于此项典礼有所改变。是年九月二

---

① 《清圣祖实录》卷三七，页497，中华书局1986年影印本。

十四日，弘历结束三陵祭礼，入盛京故宫驻跸。次日“上以恭谒祖陵礼成，率王大臣等诣皇太后宫行庆贺礼。御崇政殿受贺，赐诸王文武大臣官员及朝鲜国使臣宴……”[①]。次月甲戌日“上奉皇太后还（北京）宫”，丁丑日“上以谒陵礼成，率诸王贝勒……诣皇太后宫行庆贺礼，上御中和殿，内大臣、侍卫、内阁、翰林院、礼部、都察院、詹事府等衙门行礼，御太和殿，以下大臣官员等进表行礼”[②]。与康熙时期相比，此次的庆贺典礼已不只是回銮后在北京举行，而是在谒陵仪式结束后，即先在盛京故宫举行由扈从王公大臣和盛京地方官员及朝鲜使臣等参加的庆贺典礼，回銮后再于京师宫殿举行谒陵礼成庆典。嗣后历次皇帝东巡均按此制而行，“盛京崇政殿朝贺”遂成为其驻跸沈阳故宫期间的专项典礼。

按清代盛京内务府档案所记，乾隆八年六月弘历尚未出京时，礼部已将是年九月二十五日在盛京故宫“皇上升殿，王公大臣官员等进表行庆贺礼”的详细仪注拟就呈览：

> 是日清晨，礼部、鸿胪寺官员设表案一于崇政殿内之东，銮仪卫陈卤簿于崇政殿前，乐部设中和韶乐于殿檐下二层阶台下之两旁，陈丹陛乐于两乐亭，皆向北设，陈龙亭、香亭于礼部。礼部堂官捧王以下文武各官所进贺表置于亭内，校尉舁亭，作导引乐前导，至大清门外东边安设。礼部官从亭内捧表由大清门左旁门入，安设于崇政殿内东旁黄案上。
>
> 鸿胪寺官导三品以上大臣于崇政殿丹墀内齐集，三品以下大臣官员等于大清门外齐集，耆老、领催等皆于大政殿外齐集，礼部堂官奏请皇上具礼服升崇政殿座，中和韶乐作，奏《元平之章》，皇上升座，乐止。
>
> 銮仪卫官赞鸣鞭，丹墀内三鸣鞭，鸣赞官赞排班，鸿胪寺官、诸王文武各官排班，时戏竹合，丹陛乐作，奏《庆平之章》，鸣赞官赞进赞跪，王以下各官俱进跪。赞宣表，宣表官至黄案前捧表跪于殿檐下正中，大学士二员跪于左右展表，戏竹开，乐止。
>
> 宣表官宣毕，捧表立，丹陛乐作（《嘉庆东巡纪事》卷三载，此时丹陛乐作，奏《庆平之章》），捧表官捧表置于黄案上，鸣赞官赞叩兴，王以下各官行三跪九叩头礼，兴，鸣赞官赞退，王以下各官俱退，复原位立，乐止。
>
> 鸿胪寺官员引朝鲜国使臣至大清门外，戏竹合，丹陛乐作，奏《治平之章》，鸣赞官赞叩兴，朝鲜国使臣行三跪九叩头礼，退，戏竹合，乐止。
>
> 王以下入八分公以上俱各携坐褥入殿内，行一跪一叩头礼，殿内外排立之文武官员亦行一跪一叩头礼，皆坐，赐茶毕，銮仪卫官鸣鞭，王以下皆立，中和韶乐作，奏

---

① 《清高宗实录》卷二〇一，页579，中华书局1986年影印本。

② 《清高宗实录》卷二〇三，页619—620，中华书局1988年影印本。

《和平之章》，皇上还宫[1]。

上述典礼的主要场所——盛京故宫崇政殿，建于清太宗天聪初年，是清入关前皇宫的“正殿”即“常朝之所”，俗称“金銮殿”。面阔五间、进深三间，黄绿琉璃瓦硬山顶，墀头、搏风等部位装饰的五彩琉璃构件颇具特色。其建筑体量虽不算高大，但却是沈阳故宫大内宫阙“外朝”部分最重要和最美观的建筑物。高宗弘历初次东巡盛京，即命修葺此殿，又将殿前两侧原有高低长短各异的平房和楼房，改修为东西对称的飞龙、翔凤阁和两座七间楼[2]，殿内则仿北京乾清宫所用式样，重新制作了宝座、屏风，安设堂陛。乾隆十年，还仿北京宫殿午门、太和殿和乾清宫之制，在殿前增设日晷、嘉量，并因此将殿前原有的平水月台改为起高月台[3]。经如此一番整饰后，崇政殿的外观和内部设施基本上可以适应举行重要宫廷礼仪之需。

高宗弘历前两次东巡盛京谒陵均奉皇太后同行，按制在崇政殿举行庆贺典礼前，皇帝应先率王公大臣朝贺皇太后。乾隆八年所定仪注中，载其仪式云：

> 礼部堂官奏请皇上诣皇太后宫行庆贺礼。时和硕亲王以下入八分公以上，皆穿朝服于皇太后行宫门外两翼齐集，文武各官皆穿朝服于大清门外按翼排班。执事官预将皇上拜褥设于皇太后行宫门外正中。皇上具礼服御宫，于东旁门内乘轿，礼部堂官前导至皇太后行宫门外下轿，东旁立。礼部堂官转传内监奏请皇太后升座，礼部堂官引皇上就拜褥立，王以下文武各官俱向上立。鸣赞官赞跪、叩、兴，皇上率王以下各官行三跪九叩头礼，兴。鸣赞官赞礼毕，礼部堂官引皇上复原位立，转传内监奏请皇太后还宫。俟皇太后还宫，礼部堂官赞礼成，引皇上还宫，王以下文武各官皆退。[4]

乾隆十一年至十三年，高宗弘历命于盛京旧宫原有宫殿两侧增建行宫建筑，其中位于崇政殿左侧的“东所”即为皇太后行宫，包括皇太后接受皇帝和王公大臣朝贺叩拜的颐和殿及寝宫介祉宫等建筑。乾隆十九年的上述仪式即于其内举行。道光九年皇帝东巡谒陵时亦奉太后同行，仍按乾隆时成例而行。

崇政殿庆贺典制形成后，乾隆十九年以后历次皇帝东巡谒陵循例举行，基本未作大的变动，并作为朝贺礼仪的一部分，载入国家典制之中。

---

① 辽宁省档案馆藏《黑图档》乾隆十九年部来档之二。

② 乾隆四十九年内府刻本《钦定盛京通志》卷二〇，页3。

③ 见铁玉钦等著《盛京皇宫》页314—315，紫禁城出版社1987年。

④ 辽宁省档案馆藏《黑图档》乾隆十九年部来档之二。

如乾隆二十四年修成的《大清通礼》内载此项礼仪为“皇帝时巡盛京特行庆典升殿庆贺之礼”即:

预日,群臣具贺表送盛京礼部。

届日,鸿胪寺设诏案表案各一于崇政殿内东旁,又设案一于丹陛正中;銮仪卫陈法驾卤簿于崇政殿外;乐部陈中和韶乐于殿阶下,陈丹陛大乐于丹墀南;工部官设台于大政殿外,鸿胪寺官设案于台上(此台、案均为颁诏时用,详见后述——引者注);礼部官陈表于龙亭内,校尉自部舁行,作乐前导至大清门,亭止,奉表进崇政殿恭设于表案;内阁官奉诏书陈于诏案如式。

黎明,内外王公百官朝服、朝鲜国使臣服本国服,毕集。皇帝率王公朝于皇太后宫,百官会于大清门外,均随行礼,毕,鸿胪寺官序王公暨二品以上官班次于崇政殿前丹陛左右,序三品以下百官班次于大清门外左右,外藩王公台吉、朝鲜国陪臣各为一班附于班末,耆老、领催等于大政殿外东西。

礼部尚书侍郎奏请御殿。皇帝礼服乘舆出宫御崇政殿,作乐、鸣鞭,群臣表贺行礼均如三大节朝贺仪。

是日颁诏布告天下。①

崇政殿庆贺典礼的仪式,基本上根据清代“三大节”(元旦、万寿、冬至)在北京举行的群臣进表朝贺皇帝大典的模式编制,故清代较具权威性的官修礼制典籍如《钦定大清会典》、《大清通礼》等载此项礼仪于“嘉礼”项中。其所记虽与前引乾隆八年仪注和《大清通礼》略同,但也增入历次实行过程中所作具体变更,有的则作为新的定制保留。若将记载仁宗颙琰初次至盛京谒陵过程的《嘉庆东巡纪事》及道光以后纂修的《大清通礼》、《大清会典事例》、《皇朝文献通考》等清代后期史料中相关记载与上述文献相对照,即可发现一些明显的不同之处。

如原定典礼时各官皆穿朝服,但道光年间续纂的《大清通礼》则记“内外王公百官蟒袍补服”②。光绪《会典事例》中则记此项变动是因“道光九年谕,此次恭诣盛京,所有随扈王公大臣文武官员,凡遇陪祀、升殿、庆贺、筵宴,俱著穿蟒袍补服,勿庸携带朝服前往”③。其实早在乾隆四十八年就有此类上谕,并规定“其盛京官员亦著一体穿蟒袍补褂行礼”④。典礼时皇帝服饰,原只作“具礼服至崇政殿升座”,道光时的记载中则已改作

① 乾隆内府刊本《大清通礼》卷一八。

② 光绪九年江苏书局刊本道光续纂《大清通礼》卷一九,页9。

③ 光绪二十五年续修重刊本《钦定大清会典事例》卷二九五,页17。

④ 《皇朝文献通考》卷一二六,“王礼考”。

“皇帝御龙袍衮服乘舆出宫御崇政殿”[①]，较之更为具体。

又如典礼时王公官员朝鲜使臣等排班的具体位置，清后期文献中所载亦与乾隆初年所定略有不同：

(皇太后宫朝贺后)鸿胪寺官引皇子王公并外藩王公等在(崇政)殿外两旁侍立，引随驾之文武大臣官员等在丹墀东旁各按品级侍立。引盛京文武大臣官员并陵寝官员在丹墀西旁各按品级侍立，引朝鲜使臣于丹墀西旁百官之末侍立，耆老、领催等祗候于大清门外。[②]

再如典礼中原有朝鲜使臣另于大清门外行礼的仪节，其间丹陛乐奏《治平之章》。但后来有所改动：“朝鲜使臣向例另班行礼，乾隆四十八年具奏谒陵礼成庆贺事宜，夹片声明，令朝鲜使臣附于西班末行礼。”[③]此后原在大清门外的单独行礼连同丹陛乐的《治平之章》随之取消。

这种变化，也是该项典礼不断趋于正规化的过程。

自乾隆八年起，崇政殿庆贺礼后即有颁诏仪式，且在此后的几次东巡中继续保留，其地点虽不在崇政殿而是在盛京故宫东路的大政殿，但却是庆典仪式不可缺少的组成部分之一。因为皇帝在重大喜庆典礼后颁布包括赏赐官员、蠲免赋役等内容的“恩诏”，也是清代的惯例。关于此项颁诏仪式，上引乾隆早期史料中记载欠详，而从清后期的相关记载中则可以了解得比较清楚。

在庆贺典礼开始前，礼部官员即陈设诏案于崇政殿内，并在殿前丹墀陈设黄盖云盘(其用途见后。《光绪会典事例》内载“如不颁诏则不设黄盖云盘及诏案”，应为特例)，典礼过程中，宣表仪式之后，“大学士奉诏书至崇政殿檐下，授礼部堂官，礼部堂官跪受，由中阶左旁至丹墀正中，安设于黄案上，行一跪三叩头礼，跪奉诏书起，礼部官跪奉云盘受诏书安置云盘内，兴，黄盖前导由中道出大清门，文武各官随出大清门左右门”。此为至大政殿宣表之准备。是时，“皇帝赐王公大臣坐，赐茶毕，鸾仪卫官鸣鞭，王以下皆起立，中和韶乐作，奏《和平之章》，皇帝还宫”[④]，崇政殿仪式就此结束。

此后即为颁诏仪式：

礼部官捧书诏至大清门外，置于龙亭，行一跪三叩头礼，兴，校尉舁亭，亭前作导

① 道光续纂《大清通礼》卷一九，页9。

② 光绪《钦定大清会典事例》卷二九五，页25—26。

③ 光绪《钦定大清会典事例》卷二九五，页26。

④ 光绪《钦定大清会典事例》卷二九五，页26—27。

引乐，御仗前导，礼部堂司官随至大政殿外，亭止。礼部官行一跪三叩头礼，奉诏置于高台黄案。王以下文武各官皆于大政殿外排立，鸿胪寺官赞排班进，众排班皆进，耆老、领催等另一班排立。

宣诏官登台西向立，鸣赞官赞有谕旨，众皆北面跪。宣诏官宣满汉诏书毕，礼部官恭奉设于龙亭，鸣赞官赞三跪九叩礼，行礼毕，校尉舁亭，作导引乐，御仗前导至礼部月台上，亭止。礼部官预设香案，恭奉诏书设于案上，礼部堂官行三跪九叩头礼，誊黄刊刻，颁行天下。①

由于东北地区是清朝"发祥之地"，盛京故宫又是清太祖、太宗两朝皇帝创建和使用的宫殿，所以清入关后来此诸帝对在这处特殊场合举行的仪式都十分重视。如清宫较大规模的庆典按制都配有相应乐章，为适应盛京朝贺典礼之需，"乾隆八年，奏请建设盛京乐，悬以中和韶乐一分、丹陛大乐一分，留盛京礼部衙门，朝贺时乐部会同礼部陈设"②。崇政殿庆贺礼仪所用各乐章的歌词，亦非照搬北京宫殿"三大节"等类似场合所用，而是按照皇帝的旨意，结合在这里举行典礼的具体需要专门配写的。

如，中和韶乐在皇帝升殿时所奏《元平之章》辞为：

维天眷我清，一统车书四海宁，法驾莅陪京，祠谒珠丘展孝诚，陟降旧宫廷，思祖德，答天明，佳气绕龙旌，暾圣日，海东升。

群臣行礼时所奏《庆平之章》辞为：

重熙累洽，纮瀛被仁风，穆如神孙临镐丰，桥山礼成御故宫，零露瀼瀼，有来雍雍。

朝鲜国使臣单独行礼时所奏《治平之章》（乾隆四十八年后省去）辞为：

万方和敬，同爱所亲尊，思木有本水有源，东西朔南咸骏奔，纯固恪恭，曰子云孙。

皇帝还宫时所奏《和平之章》辞为：

---

① 光绪《钦定大清会典事例》卷二九五，页19—20。

② 光绪《钦定大清会典事例》卷二九五，页24。

文思洽九瀛，神孙继治洊升平，皇初七德成，缔造艰难景命膺，抚序惕中情，凝旒伫，若奉盈，昭兹万亿龄，列祖武，敬其绳[①]。

这些专为在盛京宫殿举行典礼而创作的歌词，较贴切地体现出典礼的主旨和现场气氛，也成为清代盛京宫廷文化特有的内容。

二　大政殿筵宴典礼

清宫大型庆典，一般都包括宴赏仪式。皇帝巡幸盛京是重归开国故里展谒祖陵，祭礼之后，既要庆贺告成，也要款待随驾王公大臣和故乡八旗父老、官员等，筵宴自不可少。康熙帝东巡时就曾在故宫举行筵宴，从其《告祀礼成宴群臣于旧宫》诗（二十一年作）及《清实录》、《起居注》等相关记载中可以看出，筵宴颇为隆重，但在场所、规模、仪节等方面尚未形成固定的制度。高宗弘历初次东巡入故宫，即于大政殿宴赏盛京文武大臣及父老，规模至为隆重，皇帝不仅亲自参加，而且即兴作筵宴间所进乐舞歌词[②]。此后“大政殿筵宴”便成为皇帝东巡驻跸期间定例。

此项筵宴属清宫正式专项典礼，仪注亦载入国家典制。但各种官书和档案所载或记在崇政殿举行，或记在大政殿举行，其说不一。其主要原因是此项典礼曾经改变地点。

清代盛京内务府档案中保存有乾隆八年筵宴仪注，所拟典礼开始时间为是年九月二十五日崇政殿庆贺礼后的“巳时”，地点为崇政殿[③]；《嘉庆东巡纪事》中，亦照录此项筵宴仪注，时间、地点与乾隆八年所定相同；而光绪《会典事例》中所载“大政殿筵宴”仪注，除地点为大政殿外，几乎与上述两种记载中完全相同。

据此分析，大政殿筵宴应是用原拟在崇政殿所行之筵宴仪注更改地点而成。《清实录》记，乾隆八年九月二十五日，皇帝于盛京崇政殿典礼后“御大政殿赐盛京文武官员宴及父老酺。御制《盛京筵宴世德舞辞》”[④]。当日在崇政殿典礼中虽亦有赐宴，但似应属“赐茶饭”之类，不可能是长时间大规模的筵宴，而真正按仪注所行的应是大政殿的这次筵宴。至于嘉庆十年皇帝在盛京故宫所举行的大型筵宴，《清实录》中明确记载“丙午（八月二十六日），上御大政殿，赐扈从王公大臣官员，蒙古王、贝勒、贝子、公、额驸、台吉及盛京文武官员朝鲜使臣等宴”，此前一日“上御崇政殿，扈从王公大臣官员，蒙古王、贝

---

① 见乾隆《大清通礼》卷一八。道光续纂本（卷19）无《治平之章》；《元平之章》首句作“维天眷我清，一统车书帝道亨”，余略同。

② 《清高宗实录》卷二〇一，页579，中华书局1986年影印本。

③ 辽宁省档案馆藏《黑图档》乾隆十九年部来档之二。

④ 《清高宗实录》卷二〇一，页579，中华书局1986年影印本。

勒、贝子、公、额驸、台吉及盛京文武官员朝鲜国使臣等行庆贺礼。礼成，颁诏天下”[①]。可见筵宴并非于崇政殿而是在大政殿举行。

兹录光绪《会典事例》所载具体仪节如下：

皇帝御大政殿筵宴：随驾王以下及盛京文武大臣官员皆穿蟒袍补褂先集，预设中和韶乐于大政殿檐下，设清乐于东旁，设丹陛乐于大政殿前北向。预设御宴桌于宝座前正中稍远，张黄幕于丹墀正中，陈金器于反坫桌上。殿内两旁设入班王公大臣并蒙古王公等桌张，丹墀左右设群臣宗室等桌张。朝鲜使臣等桌张设于左旁之末。

此为典礼之前的陈设。宴桌的摆放，据乾隆时盛京内务府档案记载，当年皇帝东巡时大政殿筵宴共为一百零一桌，其中大桌一张（档案中称“御宴桌”）设于殿内，为皇帝专用；其余一百桌（档案中称“跟桌”）为随驾及盛京王公官员等与宴者所用[②]。此应为大政殿筵宴的基本规模。另据《嘉庆东巡纪事》，嘉庆十年八月二十六日“皇上辰正乘轿出大清门，至大政殿升宝座，作乐，筵宴。王、贝勒、贝子在殿内排座，本省将军、诸位大人在殿外阶上东边排坐，蒙古王公在西边排坐，宗室觉罗、姻戚、官员、朝鲜陪臣在阶下院内排坐”[③]。此为著者亲历、据实所录，记载与典制大致相符，但更具体可信。

以下为皇帝升殿：

鸿胪寺、理藩院官引班入，各就本位立。至时，内务府大臣奏请皇帝御龙袍衮服升大政殿，中和韶乐作，奏《元平之章》，皇帝升座，乐止。王以下文武各官暨朝鲜使臣等各就位次行一叩头礼，坐。

其次为进茶、赐茶：

内管领、护军参领等进饽饽桌张。丹陛乐作，奏《海宇升平日之章》，尚茶正进茶，皇帝用茶时，众俱于坐次行一叩头礼。侍卫分赐众茶毕，各于坐次行一叩头礼。饮毕，复行一叩头礼，坐，乐止。

其次为进酒、赐酒：

---

① 《清仁宗实录》卷一四九，页1042—1045，中华书局1986年影印本。

② 辽宁省档案馆藏《黑图档》乾隆四十八年京行档。

③ （清）佚名《嘉庆东巡纪事》（《辽海丛书》本）卷一，页9。

展席幂，掌仪司官由反坫桌上奉壶、爵、金卮从中路进，丹陛乐作，奏《玉殿云开之章》。众先起立，掌仪司官上殿阶西向立酌酒，进爵大臣出殿，释补褂入殿内跪，众俱于坐次跪，掌仪司官奉爵入，跪授进爵大臣，起退。进爵大臣接爵起，进御座侧跪进爵，复至原跪处跪。皇帝用酒时，进爵大臣行一叩头礼，众皆行一叩头礼，进爵大臣起，进御座侧跪接爵退，仍至原跪处跪，掌仪司官跪接爵退。众皆起立，掌仪司官以金卮酌酒，立赐进爵大臣，进爵大臣跪受，行一叩头礼。饮毕，掌仪司官立接卮退，进爵大臣复行一叩头礼，兴，出殿穿补褂入就原坐。众皆就坐，乐止。

其次为进馔、赐馔：

尚膳正进馔，中和清乐作，奏《万象清宁之章》。皇帝用馔，尚膳正分给各筵恩赐食品，领侍卫内大臣起，监视侍卫等分赐酒，众行一叩头礼，饮毕，复行一叩头礼，乐止。

其次为宴间乐舞等：

随进世德舞乐曲，次喜起舞大臣分队于殿廊下依次进舞，毕，蒙古乐曲进，次进善扑人十对，毕，众皆于坐处行三叩头礼，兴。内务府大臣奏筵宴礼成，中和韶乐作，奏《和平之章》，皇帝还宫，乐止，各退。[①]

举行此项筵宴的大政殿，位于沈阳故宫东路北侧正中。八角重檐攒尖式黄绿琉璃瓦顶，总高逾20米，始建于后金天命十年(1625)努尔哈赤迁都沈阳之初，是沈阳故宫最早和最著名的建筑。殿前两侧排列左右翼王亭和八旗亭，合称“十王亭”，最南端左右各有四角攒尖黄绿琉璃瓦顶奏乐亭一座。

早在入关前的清太宗时期，这里就是经常举行庆典暨筵宴之处。清迁都北京后东巡盛京的皇帝选择此处为筵宴场所，一是因为这里是清入关前宫殿的“圣地”，能形象地体现出清政权开国时期以“八旗制度”为主要内容的政治、军事特色，便于领略太祖、太宗开基创业的“文治武功”；另一方面是因为此处殿亭间形成的广场平坦开阔，如盛京内务府乾隆八年禀报故宫各处情况呈文中所述，“文德坊外东边有大政殿一处，地方甚是宽敞，南北长四十二丈，东西宽十二丈五尺”[②]，欲举办数百人参加的大型筵宴，盛京故宫范

① 光绪《钦定大清会典事例》卷二九五，页20—22。

② 辽宁省档案馆藏《黑图档》乾隆八年京行档之一。

围内非此处莫属。

大政殿筵宴的进酒、赐酒、进馔、赐馔等礼节，与清入关后其他类型的宫廷筵宴类同，其间所奏丹陛大乐《海宇升平日》、《玉殿云开》、《万象清宁》等乐章及歌词亦与京师同类场合所用无异，但中和韶乐所奏《元平》、《和平》之章，应与前述崇政殿朝贺所用者同。其宴间舞蹈、善扑人（摔跤手）等表演，都源自清入关前盛京大政殿庆典，颇具特色。

早在后金时期（1616—1635），满族宫廷中即“每于除夕、元旦备陈乐舞设大宴”[①]，此种“乐舞”或称“百戏”，从有关清太宗时期沈阳故宫元旦等庆典时大政殿筵宴演出的记载中，可知包括歌舞、杂技、角抵（摔跤）、戏曲等类，而舞蹈为其中的主要项目，如《钦定满洲源流考》所云：“国朝旧俗喜起舞，宴乐每用之，谓之玛克珅。”[②]“玛克珅”或译“莽式”、“蟒势”，乃满语“舞蹈”之意。

清迁都北京后，仍沿袭入关前旧俗，宫廷筵宴上演的满族舞蹈分为两类：

一为喜起舞，亦称文舞、队舞，源于满族民间喜庆宴会祝福舞蹈，即清初人记载中所云“满洲有大宴会，主家男女必更迭起舞。大率举一袖于额，反一袖于背，盘旋作势，曰莽势”[③]，“两人相对而舞，旁人拍手而歌，每行于新岁或喜庆之时”[④]。清代官修典籍中谓喜起舞为宫廷宴会时“大臣起舞上寿”之舞[⑤]，清入关后在宫廷中的演出则是“凡大筵宴，选侍卫之猿捷者十人，咸一品朝服，舞于庭除。歌者豹皮褂貂帽，用国语（即满语——引者注）奏歌，皆敷陈国家忧勤开创之事，乐工吹箫击鼓以和，舞者应节合拍，颇有古人起舞之意，谓之喜起舞”[⑥]。

另一种为扬烈舞，亦称武舞，来源于满族民间的一种游艺。其较早期的形式称为“打麻狐”。“麻狐”或作“马狐”、“马护”，为满语对一种皮制的鬼脸面具的称谓。其表演是以数人戴面具扮成妖魔恶兽，再有几人扮猎手与之相搏，以猎手获胜告终。清太宗时期大政殿筵宴经常有此种演出，入关后在宫廷中上演，但逐渐将其雅化，并将民间原有的游艺活动赋予政治性很强的象征意义。其演出：“戴面具三十二人，衣黄画布者半（扮若虎——引者注），衣黑羊皮者半（扮若熊——引者注），跳掷象异兽。骑禺马（一种竹制道具马——引者注）者八人，介胄弓矢，分两翼上……周旋驰逐象八旗，一兽受矢，群兽慑服，象武成。”[⑦]

乾隆以后清帝东巡时在盛京大政殿演出的就是这两种舞蹈。其次序已见上述，道光

---

① 《清太宗实录》卷二，页31，中华书局1986年影印本。

② 《满洲源流考》卷一八，页333，辽宁民族出版社1988年排印本。

③ 清・杨宾《柳边纪略》卷三，页15。见辽沈书社影印本《辽海丛书》页257。

④ 清・吴振臣《宁古塔纪略》浙西村舍刊本，页13。见《辽海丛书续编》页1005。

⑤ 光绪《钦定大清会典事例》卷五二八，页6。

⑥ 清・昭梿《啸亭续录》卷一，页392—393，中华书局1980年排印本。

⑦ 光绪《清会典》卷四二，页379，中华书局1991年影印本。

朝续纂《大清通礼》"盛京筵宴"条所记较为简明：

盛京大政殿筵宴之礼：皇帝巡幸盛京赐宴于大政殿。届日，预设中和韶乐于大政殿檐下，设清乐于左，设丹陛大乐于殿前北向，设御筵于宝座前。丹墀正中张黄幕，设反坫于幕内。陈壶爵金卮。殿内左右布内外王公大臣席，丹墀左右布各官宗室席，朝鲜使臣席于左旁之末，随驾王以下及外藩王公、盛京文武大臣官员宗室等蟒袍补服，暨朝鲜国使臣齐集。鸿胪寺理藩院官分引王以下各就本位祗俟。届时，内务府大臣奏请皇帝御殿行宴礼，乃进茶，次进爵，次进馔，及分赐茶酒食品毕，世德舞人进，司章歌御制世德舞十章(辞略)，喜起舞大臣循声对舞歌阕退，次进善扑人，毕，撤御宴。王以下谢恩，皇帝还宫，各退。其余行礼作乐诸仪节均与太和殿筵宴同。①

值得注意的是，清宫筵宴满族乐舞名称的正式确定——即其典制化和宫廷化，就是在乾隆皇帝初次东巡盛京并创立大政殿筵宴制度这一年。光绪《会典事例》记："乾隆八年奏定筵宴各项乐舞名色。蟒式总名庆隆舞，内分大、小马护为扬烈舞。扬烈舞人所骑竹马为禺马，所戴马护为面具，大臣起舞上寿为喜起舞。又蟒式时所用乐人，照和声署之例，歌章者曰司章，骑竹马者曰司舞，弹琵琶者曰司琵琶，弹弦者曰司三弦，弹筝者曰司筝，划簸箕者曰司节，拍板者曰司拍，拍掌者曰司抃。是年巡幸盛京筵宴照庆隆舞之制增世德舞，所用乐器衣物等项，由现在新制乐器衣物内拣选带往，即留盛京库内，毋庸交乐部收存。"②

其中新增的"世德舞"，实际上就是前文提到的"扬烈舞"和"喜起舞"，只不过因使用场合不同而名称互异，如《大清会典》所记："皇太后万寿、皇帝三大节及除夕、上元之筵均用庆隆舞，宴宗室用世德舞，凯旋赐宴用德胜舞，三舞同制，皆舞而节以乐。"③大政殿筵宴参加者很多是居于盛京的宗室觉罗或八旗耆老，故乾隆皇帝初次东巡即将此处之舞蹈命名为世德舞，至于后来"宴宗室用世德舞"之说，乃是在此基础上发展而成。

在命名世德舞的同时，乾隆皇帝还结合自己初次东巡谒陵的所见所闻所思，亲自为在大政殿筵宴时所表演的舞蹈乐章作词，即《盛京筵宴世德舞辞十章》，前有序云：

乾隆八年秋，朕奉皇太后恭谒祖陵，还至盛京，受朝锡宴。夫汉高过沛而歌《大风》，情至斯动，直已陈德，况予小子觐扬光烈，能无言之不足而长言之哉？爰作《世

---

① 道光朝续纂《大清通礼》卷四〇，页34—36。

② 光绪《大清会典事例》卷五二八，页6—7。

③ 光绪《清会典》卷四二，页379，中华书局1991年影印本。

德舞辞》十章，章八句。

其歌词为：

粤昔造清，匪人伊天。天女降思，长白闼门。是生我祖，我弗敢名。乃继乃承，逮我元孙。

元孙累叶，维祖之思。我西云来，我心东依。历兹故土，仰溯始谋。皇涧过涧，缔此丕基。

於赫太祖，肇命兴京。哈达辉发，数渝厥盟。如龙田见，有虎风生。戎甲十三，王业以兴。

爰度爰迁，拓此沈阳。方城周池，太室明堂。不宁不灵，匪居匪康。事异放桀，何心底商。

丕承大宗，允扬前烈。倬彼松山，明戈耀雪。以寡敌众，杵漂流血。惜无故老，为余详说。

余来故邦，瞻仰桥山。慰我追思，梦寐之间。崇政清宁，载启南轩。华而不侈，巩哉孔安。

维我祖宗，钦天敬神。执豕酌匏，咸秩无文。帷幔再张，樽俎重陈。弗渝弗替，遵我先民。

先民宅兹，载色载笑。今我来思，圣日俯照。爵我周亲，荩臣并召。亦有嘉宾，欢言同乐。

懿兹东土，允惟天府。土厚水深，周原膴膴。南阳父老，于是道古。有登其歌，有升其舞。

我歌既奏，我舞亦陈。故家遗俗，曷敢弗因。浑灏淳休，被于无垠。勿替引之，告我后人。①

奏唱《世德舞》乐章是用以为扬烈、喜起二舞伴奏，即《会典》所谓“舞而节以乐”。其所用乐器，并非宫廷中丹陛、中和乐乐部所用之编钟、编磬等，而是以满族乐舞中常用的伴奏乐器，甚至保留着满族民间乐舞所用的划簸箕、拍掌击节等伴奏形式，只是其名称已经根据宫廷演出的需要加以雅化，即前述乾隆八年所改的司节、司抃等。至筵宴时，演奏乐器之人及歌唱之人、舞蹈之人次序上场。即“庆隆舞司琵琶、司三弦各八人，司奚琴、司筝各一人，司节、司拍、司抃各十有六人，俱服石青金寿字袍、豹皮褂；司章十有三

① 清高宗《御制诗初集》光绪五年武英殿重刊聚珍本，卷一八，页5—8。

人,服蟒袍豹皮褂……凡筵宴皇帝进馔毕,中和清乐止,乐部官由丹陛两旁引两翼司节、司拍、司抃各八人上,分三排北面立。引两翼司琵琶、司三弦各四人上,东西相向立,司奚琴一人在东,司筝一人在西,司章十三人随右翼上,东面立"①。上述人员排好位次后,司章"歌庆隆之章(盛京大政殿筵宴则应歌上引世德舞乐章——引者注),人四句一易,进退迭奏。扬烈舞先上,歌至四章扬烈舞退。礼部官领由右阶趋至殿右门,迭更入殿立右旁,续歌乐章如前,喜起舞大臣同时入殿中对舞,舞毕乐章亦毕。礼部官仍领出,由右阶下"②。此为宴间演出时之大概情形,从中可见其满族乐舞特色十分突出。

筵宴舞蹈之后所进之"善扑",也源自清入关前大政殿喜庆宴会中的表演项目,或称为"角抵"。清入关后一直保留在宫廷大宴中。至乾嘉时期,"定制,选八旗勇士之精练者为角抵之戏,名善扑营,凡大宴享皆呈其技。或与外藩部角抵者争较优劣,胜者赐茶缯以旌之。纯皇(即高宗弘历——引者注)最喜其技,其中最著名者为大五格、海秀,皆上所能呼名氏。有自士卒拔至大员者,盖以其勇挚有素也"③。可知其亦为满族传统特色较为鲜明的宴间表演节目。

关于盛京大政殿筵宴的参加人数及所用食物等,从有关文献中也可了解其大概情形。档案中记载筵宴共用一百零一张宴桌,已见前述。其中除皇帝独用一桌外,其余一百桌应大致如北京宫殿曲宴宗室之制,"皆用高椅盛馔,每二人一席"④。按此计算参加宴会总人数应为二百余人。至于各桌所用食品种类,从有关大政殿筵宴的一件档案中可知其概况。按其所记:

大宴桌用:白面一百三十斤(价银略,下同)、苏油五斤、鸡蛋二百个、小米九升、白蜜五斤、芝麻三升六合、澄沙三升、干菜豆粉十五斤、白糖稀五斤、白盐一斤、白猪油三十斤、白糖三十四斤、细桃仁八斤、黑枣五斤、□□八两、松仁一斤、圆眼一斤、红花水三斤、红棉二十张、枝子八两、靛花五两、菠菜叶十斤、岗榴六个、蜜梨二十五个、红梨十五个、秋梨十五个、槟子四十个、沙果四十个、苹果十二个、桃十二个、鲜葡萄五斤、乌梨一斤、凤枝一斤、桂元一斤、白葡萄干一斤、松仁一斤八两、榛仁二斤、细桃仁一斤。

跟桌每张:面一百二十斤、苏油二十九斤、小米九升、鸡蛋八十个、蜜三斤八两、白糖稀一斤、白糖三斤、红花水四两、红棉一张、红梨七个、糖梨七个、蜜梨七个、鲜葡萄一斤八两、荔枝八两、圆眼八两、西葡萄八两、榛仁一斤、松仁一斤、桃仁一斤、黑枣

① 光绪《钦定大清会典事例》卷五二八,页5—6、12032。

② 光绪《钦定大清会典图》卷五六。

③ 清·昭梿《啸亭续录》卷一,页395,中华书局1980年排印本。

④ 清·昭梿《啸亭续录》卷一,页374,中华书局1980年排印本。

一斤、红枣一斤、红梨片八两。

此外尚有“包馓子晾饽饽用台连纸二篓、油苫单一百块、羊三十七只等”[①]。

以上为乾隆四十八年大政殿筵宴食品等用度的基本情况，乾隆时期及以后的其他几次东巡应与其相近。

结 语

自乾隆八年正式实行的崇政殿朝贺和大政殿筵宴两项制度，是在清朝“盛世”的历史环境下，皇帝鉴于盛京故宫“开国胜地”的地位，而在此创设的专项宫廷礼仪。其仪式程序虽套用当时北京宫殿同类典礼，但由于举行地点、参加人员、乐章歌辞、舞蹈名称等方面的具体差异，特别是其典礼体现的皇帝荣归故里、溯本寻源、承继先祖、光大基业等富于个性的背景色彩，更使之对于研究清代宫廷文化和盛京地区文化的具有独特的意义。

（佟悦 研究馆员 沈阳故宫博物院 110011）

① 辽宁省档案馆藏《黑图档》乾隆四十八年京行档。

沈阳故宫凤凰楼结构分析

黄　荷

在盛京皇宫众多的楼阁建筑中，无论从历史性、地域性、民族性等方面讲凤凰楼都应该称得上是重要的一座古代建筑。凤凰楼坐落于沈阳故宫中路建筑群的中轴线上，它是皇家宴饮、歌舞、赏月的场所。与其他单纯赏景楼阁相比，它还是高台后寝的门户，是整个宫殿建筑群的制高点。凤凰楼建在3.875米的人工堆砌的高台上，面阔、进深五间，整个建筑平面近乎正方形。凤凰楼建筑总高18.31米，是歇山三层檐周围出廊式砖木混合建筑。整座楼以木结构承重，一层楼身为砖墙围护，二、三层为木围护，形成砖木混合的外形。建筑的立面主要是通过屋脊线、瓦陇线、柱额等形式纵横交错、曲直相加的线条来表现的，使得整个建筑显现的巍峨壮观。

从建筑学的角度看，凤凰楼是环境文化、生存文化、社会文化和历史文化的结合体，充分体现了建筑的可居性、同构性、民族性、地域性。作为一座传统古代建筑，它既是清代建筑特征的一个完美体现，又在建筑的地域性和民族性上有着自己的诠释。所有这些都体现了当时设计者对人性和自然的尊重和回归。

凤凰楼虽然已经历了几百年的寒暑燥湿、塞外风沙、多次地震，仍然完好地屹立于东北大地，它是传承我国古代建筑技术的典范，充分体现了中华传统建筑的博大精深，又不失塞外皇宫建筑结构特点。从对凤凰楼的结构研究，可以了解清前期建筑结构设计的思想理念及技术水平。

（一）平面分析

凤凰楼面阔五间，进深五间，平面为正方形通面阔通进深均为14.84米。由于南面是后寝的围墙，台基南北总长略小于东西总长（对整个建筑的受力性能没有影响）。凤凰楼是一座通柱式结构的多层楼阁，作为核心的通柱式结构，各轴线位置不变，形成封闭的正方体结构。这种形式使整个建筑抗风荷载、水平地震荷载等水平荷载的能力加强。

无论水平荷载作用方向,各种力学性能在不同的方向不会出现明显的削弱。楼身的外围出廊尺寸逐层递减:一层出廊间尺寸为2190mm,二层出廊间尺寸为1660mm,三层为1160mm。而且这种逐层递减尺寸变化也逐渐缩小,分别为:二层至一层:1060mm,三层至二层:1000mm,各层檐柱径逐层递减:一层为440mm,二层为380mm,三层为340mm。楼身逐层缩进不到半个柱跨,递减率约为7%—7.5%。凤凰楼的缩减率数值是介于宋辽时期的建筑的普遍数值两个柱径与清代建筑普遍的半至一倍的柱跨之间。那么从这一缩进率的角度来看,它比起宋辽时期的楼阁建筑整体稳定性更强了,而且这种布局对抵抗风荷载、地震水平荷载更有利,建筑结构产生的不利反映也减弱了。凤凰楼的递减率又小于承德、北京等地的明清代楼阁建筑,如万荣飞云楼和承德普宁寺大乘阁等,这是它的独特之处,这应该与凤凰楼地处东北有关,风荷载的平均及最大值小于上述地区有关。这样做既可以增加建筑面积,又可以坚固建筑物结构稳定,由此可见盛京皇宫的建筑的独特设计思想,反映出当时建筑结构设计的技术水平已比较成熟了。在凤凰楼柱的布置上还有一点值得一提的是:一、二层屋内柱均为两根(轴线位置相同),到三层时,考虑到静荷载减小动荷载已可以忽略不计的情况,取消了屋内柱。这种设计增加了室内使用空间,使整个楼层显得比较通透。在这方面凤凰楼设计得比较成功。

(二)立面分析

凤凰楼总高18.31米,室外地面算至正脊底面为17.48米。由于正脊为附属构件,在下文进行整个建筑结构分析计算时,建筑高度用17.48米这个数值。凤凰楼一层采用主、次梁的结构承重上铺楼板,二层楼地面标高为4.945米,室内净空高度为4.405米(室内地面至主梁梁底面);二层采用主、次梁的结构承重楼板,三层楼地面标高为8.98米,室内净空高度为3.635米(室内地面至梁底面);三层由于上部为歇山坡屋面采用了梁檩搭接的传统形式承重,三层楼大梁底面标高为12.28米,室内净空高度为3.30米(室内地面至大梁底皮)。在立面的尺寸来看,由下往上也是逐层递减,这种做法对结构的抗震也是相当有利的。在地震作

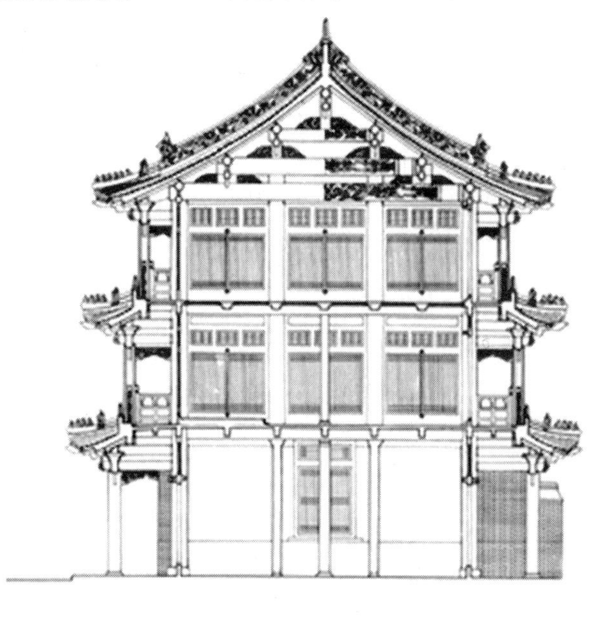

凤凰楼剖面图

用下，顶层等上部层能够相对稳定，不会形成明显的力学性能下降。

在对凤凰楼的研究中发现，其屋面折线倾角很有自己的特色。由檐向内第一个折角采用了24度的这个角度，在这个部位此角度的数值多出现在宋式殿阁楼台建筑中，在清式建筑中则不采用这个角度。其他的折角与清式做法的数值比较接近，只是稍小一些。根据宋式屋面折线倾角与清式屋面折线倾角的比较中发现，最大的区别就在第一个折角上。所以，就屋面的举折方法上来看，凤凰楼的屋面显得较陡峭，不同于一般的清代建筑。而对沈阳故宫其他的楼阁建筑敬典阁等，其屋面做法就体现了典型的清式做法。凤凰楼的这种做法应该是考虑到凤凰楼除普通的用途外还有为门户的作用，通过构造做法上来体现其峻峭宏伟的一面。

（三）抗震分析

对于多层建筑来说除了常规考虑的静荷载计算外，最重要的是对抗震等性能的设计。下面就凤凰楼的实际结构，分析其抗震性能（由于廊间尺寸较小，形成外围结构，对建筑物的整体结构力学分析不记外围廊部分。假设所有外力均作用于内部的核心部分。计算过程比较复杂，有一些计算部分不在这里一一累述）。由于没有成型的古建筑抗震计算规则，笔者借助了一些现代抗震理论，进行了一些假设，计算过程中采用的数值均为偏于不安全的最大值，即在最不利的情况下，对其进行结构的抗震分析。取一榀典型框架计算如下：

地震作用计算简图采用集中质量法。

G_i 为重力荷载代表值，取第 i 层上下各层高范围内所有构配件自重的标准值与可变荷载的组合值的组合。

$G_i = 1/2$（上层构配件自重 + 下层构配件自重）$+ 0.5 \times i_c$

H_i　第 i 质点到地面的高度。

1. 竖向荷载汇集

A. 恒荷载

瓦重：$120KG/M^2$

护板灰：$21KG/M^2$

苫背：$160 \times 7/10 = 112KG/M^2$

瓦瓦所用灰浆：$120 \times 7/10 = 217KG/M^2$

望板：$470 \times 0.06 = 28KG/M^2$（木材密度取 $470KG/M^3$）

椽子：$0.115 \times 0.115 \times 8.8 \times (56 + 14) \times 4 \times 470/310 = 48G/M^2$

合计：$446KG/M^2$

飞椽:$0.115^2(28+7)\times2\times1.5\times470\times3.34\times2/15.2=286KG$(取一面最大值)

连檐、瓦口:$2\times0.12^2\times470\times3.34\times2=90KG$

檩:$[0.24\times0.18+0.18\times0.08+3.14\times(0.3/2)^2]\times7\times3.34\times470=1409KG$

顶层梁及瓜柱:

$[3.94\times0.4\times0.34+0.41\times0.4\times3.34+2\times1.97\times0.41+0.36\times0.41\times0.4\times2+3.34\times0.41\times0.4+0.4\times0.4\times0.5\times7]\times470=1845KG$

柱:$4\times3.14\times(0.5/2)^2\times1.65\times470=608KG$

枋等:$(0.24\times0.18+0.31\times0.9)\times3.34\times470\times2=1012KG$

木装修:$0.11\times3.34\times1.65\times470\times2=570KG$

合计:5820KG

正脊:$294\times3.34=982KG$

垂脊:$189\times5.7=1077KG$

戗脊:$156\times2.4=374KG$

博脊:$190\times3.34=635KG$

正吻:696KG/个

戗兽:121KG/个 ×2

垂兽:231KG/个 ×2

跑兽:$30\times6=180KG$

合计:4648KG

恒荷载总计:$(446\times3.34\times15.2+5820+4648)\times9.8/1000=324KN$

B. 活荷载

不上人屋面 $0.83KN/M^2$

雪荷载 $0.47KN/M^2$

楼面活荷载 $2.5KN/M^2$

$G_3=324+0.5\times(0.83+0.47)\times3.34\times15.2=357KN$

同理求得:$G_2=121+0.5\times2.5\times3.34\times16.34=189KN$

$G_1=237+0.5\times2.5\times3.34\times17=308KN$

2. 框架刚度计算

2.1 梁刚度　$I = BH^3/12$

梁	截面尺寸 $b \times h$(M)	跨度(M)	截面惯性矩(M^4)	梁线刚度 $i = EL/l$(KN/M)
三层梁	0.48×0.45	3.34	3.6×10^{-3}	1.1×10^4
二层梁	0.34×0.30	3.34	0.8×10^{-3}	0.3×10^4
一层梁	0.33×0.37	3.34	1.4×10^{-3}	0.6×10^4

2.2 柱侧移刚度 D 计算

部位	截面直径(M)	层高(M)	惯性矩 $I = d^4/32$ (M^4)	线刚度 i (KN/M)	K	α_1	$D = \alpha_1 i_c 12/h^2$
三层柱	0.5	3.3	0.00613	24160	0.29	0.127	3381
二层柱	0.53	3.635	0.00774	27690	0.17	0.078	1962
一层柱	0.55	4.405	0.00898	26500	0.23	0.327	5359

部位	截面直径(M)	层高(M)	惯性矩 $I = d^4/32$ (M^4)	线刚度 i (KN/M)	K	α1	$D = \alpha_1 i_c 12/h^2$	所取计算单元层间刚度
三层柱	0.5	3.3	0.00613	24160	0.58	0.225	5990	19742
二层柱	0.53	3.635	0.00774	27690	0.34	0.145	3646	11216
一层柱	0.55	4.405	0.00898	26500	0.46	0.390	6391	23500

3. 水平地震作用的计算

3.1 由于没有成型的木构地震作用计算标准。重量和刚度沿高度分布比较均匀，层间地震简力和弹性位移计算本框架结构采用下面方法进行计算：

层次	G_i(KN)	$\sum G_i$(KN)	D_i(KN/M)	$\delta_i = \sum G_i/D_i$(M) i	$\Delta_i = \sum \delta_i$ (M)	$G_i\Delta_i$	$G_i\Delta_i^2$
3	357	357	19742	0.018	0.103	36.77	3.79
2	189	546	11216	0.049	0.085	16.01	0.78
1	308	854	23500	0.036	0.036	11.09	0.40
Σ	854					63.87	4.97

$T_1 = 2 \times \alpha_0 \sum G_i \Delta i_2 / \sum G_i \Delta_i = 0.41(S)$

3.2 底部总剪力

特征周期 Tg 取 0.3；水平地震影响系数最大值 $\alpha_{MAX} = 0.08$

计算地震影响系数 $\alpha_1 = (T_g/T_1)^{0.9} \alpha_{MAX} = 0.75^{0.9} \times 0.08 = 0.06$

$F_{EK} = \alpha_1 Geq = 0.06 \times 0.85 \times 854 = 43.56KN$

3.3 各楼层标高处水平地震作用，层间地震剪力和弹性位移计算

由于 $T_1 = 0.4(S) < 1.4Tg = 0.42(S)$，故可以不考虑顶部附加地震作用

层次	$H_i(m)$	$G_i(KN)$	G_iH_i	$F_i = G_iH_i \times F_{EK}(1-\delta n) / \sum GiH_i$	$V_i(KN)$	$\mu_i = V_i/D_i$	μ_i/h_i
3	11.34	357	4048	25.47	25.47	0.0013	1/2539
2	8.04	189	1520	9.56	35.03	0.0031	1/1173
1	4.405	308	1357	8.53	43.56	0.0019	1/2318
Σ			6925				

由于没有确切的木构的框架弹性位移限制值，依据普通材料结构的框架弹性位移限制值进行分析，木材是柔性材料应较砖石、混凝土等材料在更大的弹性位移的情况下，保证足够的适用性。此限值大于上述材料的限值，根据计算出的顶点弹性位移和层间位移可以看出远远小于弹性侧移限制。从这一角度上看过于偏安全。这说明在凤凰楼的设计中，建筑在地震、风等水平荷载的作用下，保证弹性侧移的情况下，有足够的承载力，并留有相当大的空间。

4. 水平地震作用下各柱端剪力和弯矩计算

柱	层次	层高	层剪力 V_i	$\sum D_i$ (KN/M)	D_i	$D_i/\sum D_i$	V_{ik}	k	Y_0	$M_上$ (KN.M)	$M_下$ (KN.M)
中柱	3	3.3	25.47	19742	5990	0.303	7.72	0.58	0.3	17.83	7.64
	2	3.635	35.03	11216	3646	0.325	11.38	0.34	0.45	22.75	18.61
	1	4.045	43.56	23500	6391	0.272	11.85	0.46	0.45	28.71	23.49
边柱	3	3.3	25.47	19742	3381	0.171	4.36	0.29	0.2	11.51	2.88
	2	3.635	35.03	11216	1962	0.175	6.13	0.17	0.5	11.14	11.14
	1	4.045	43.56	23500	5359	0.228	9.93	0.23	0.8	11.00	32.80

5. 水平地震作用下梁端的弯矩、剪力及柱端轴力

层次	跨度	边跨梁			中跨梁			柱轴力	
		$M_{EK左}$	$M_{EK右}$	V_{EK}	$M_{EK左}$	$M_{EK右}$	V_{EK}	边柱 N_A	中柱 N_B
3	3.34	11.51	8.92	6.12	8.92	8.92	5.34	6.12	0.78
2	3.34	14.08	15.20	8.83	15.20	15.20	9.10	14.95	0.51
1	3.34	22.14	23.76	13.75	23.76	23.76	14.23	28.02	0.03

6. 由于计算过程复杂，只举出水平地震作用的计算过程。关于竖向恒荷载及活荷载的计算过程不再累述。经内力组合计算，取得以下结果。

关于抗弯能力的计算结果：

三层 $\delta_3 = M_{max}/W = 65KN.M/0.0162M^3 = 4N/MM^2 < f_m = 16N/MM^2$

二层 $\delta_2 = M_{max}/W = 62KN.M/0.0051M^3 = 12N/MM^2 < f_m$

一层 $\delta_1 = M_{max}/W = 63KN.M/0.0075M^3 = 8.4N/MM^2 < f_m$

关于抗剪能力的计算结果：

三层 $\delta_3 = V_{max}/S = 52KN.M/0.216M^3 = 0.24N/MM^2 < f_{C,90} = 1.9N/MM^2$

二层 $\delta_2 = V_{max}/S = 35KN.M/0.102M^3 = 0.34N/MM^2 < f_{C,90}$

一层 $\delta_1 = V_{max}/S = 31KN.M/0.122M^3 = 0.25N/MM^2 < f_{C,90}$

关于抗压的计算求得 $\delta_{max} = 9.6N/MM^2$

结论：可以看出凤凰楼考虑地震作用后，进行结构计算，各种数值及假设都取最不安全的情况下，结果仍能满足各项强度的要求。证明了我国古建筑设计是过于保守，偏安全的说法。从用材方面讲过于不经济。笔者又根据清式则例的规定，组成构造相似模型，用同样的方法进行计算，发现根据清式则例要求设计的模型计算出的结果更加安全，可以说在数值上远远小于强度限制。所以凤凰楼就则例的规定来说更加经济，设计方面更加大胆了一些。凤凰楼在构造上，有许多不同于清式则例要求的地方，而就是这些不同的构造细节，使得凤凰楼在各种荷载作用下表现出了优良的性能，即在经济用材的情况下，满足各方面的要求。

虽然在凤凰楼建造的年代，没有成型的抗震规范，可是从各种研究结果上来看，设计中不仅考虑了重力等静荷载的影响，设计者已经为动荷载的影响留下了相当大的空间。

通过对凤凰楼建筑结构的各方面分析，可以清楚的发现：在这个时期，盛京皇宫的设计者已经考虑到应用各方面构造手段来满足建筑的美观、使用等的要求。从设计中，我们可以感受到建筑地域性的气息，在传统的基础上结合地方特点进行变化，形成独特的

风格。在凤凰楼的研究中最值得一提的是，整个设计引入了经济的概念，为承载力提供保证。可见当时设计技术水平的精湛。

（黄荷　馆员　沈阳故宫博物院　110011）

毕力兔朗苏：清初藏传佛教的显扬者

李勤璞

一 引言

天聪十年(1636)四月，皇太极在盛京即皇帝位，另建国号曰“大清”，改元“崇德”。这一年的七月，敕命在盛京城外的西方建立寺庙，满、汉文寺名叫“莲华净土实胜寺/šu-ilhai soorin i yargiyan etehe fucihi soorin”，西藏文名字叫 Pad-ma rgyas-pavi yul-gyi rnam-par rgyal-bavi lha-khang，还有蒙古名称，意义近于西藏文的。建了两年，崇德三年孟秋七月告成，后世通称实胜寺、皇寺、黄寺。这是清朝敕建的在当时政治和宗教上居最重要位置的藏传佛教大寺。寺中四天王殿到大殿之间的院落，平地上一左一右、面南对称地各立一碑，东边的石碑正面镌满文碑文，背面镌汉文碑文；西面的石碑正面镌蒙古碑文，背面刻“西域文”实即西藏文。四体而一意，志建寺缘起。碑文末尾有记设计施工诸事人员的段落，其头一行写道：

满 文 fucihi beye be arara nirure fucihi bodisug se be faidame ilibume uhereme jorime
佛 身 把 造作 绘画了 佛 菩萨 们 把 布局 建立 总起来 指示
tacibuha biliktu nangsu，，
教导 毕力兔 朗苏

汉 文 指使塑画毕力兔朗苏。

蒙古文 burqad un bey-e yi eküsegeküi jiruqui kiged，burqan bodisong nar i jergelen
佛们 的 身体 把 建立 绘画 和 佛 菩萨 们 把 排列
baiγulqu büküde yi jiγaču surγaγsan bilig-tü nangsu，，
建立 全体，一切 把 指教 教导的 毕力-兔 朗苏

西藏文 sangs-rgyas kyis sku bzhengs-pa dang ri-mo dang sangs-rgyas byang-sems
佛 把 身 建立 和 图画 和 佛 菩萨

rnams kun rim-bzhin bzhengs-pavi slob-mkhan pi-lig-thu nang-so.

们　一切　依次　　建立的　　指导者　毕力兔　朗苏

在此可注意到，毕力兔朗苏（？—1657）这个人物在当时（清朝入关以前）藏传佛教事务上颇为重要。

实胜寺树立的碑是满、汉、蒙、藏四体碑文，其后在盛京敕建寺庙中树立四种文字对照碑文的，惟有于城四面创建的四座藏传佛教寺塔了。

案清太宗崇德八年八月逝世。同一个月，福临嗣位于盛京，次年（顺治元年，1644）迁都北京，并于十月初一日在北京重行登基典礼，开始着手整个中国和内陆亚洲的事务。

当太宗尚在世，他命令在盛京城外的四面各建立属于藏传佛教的庄严宝寺一座，每寺树立一座白色的尊胜宝塔（rnam-rgyal mchod－rten）。这四寺在崇德八年二月动工，至顺治二年五月完竣。从创建时机与诸般设施与汉语寺名看，其政治意图最为显然。举其各寺碑上满汉名字是[1]：

所在盛京城方位	满文名字	汉文名字
东	unenggi eldembuhe fucihi soorin	敕建护国永光寺
南	amba gosin i fucihi soorin	敕建护国广慈寺
西	enteheme jalafun fucihi soorin	敕建护国延寿寺
北	forgon be ejelehe fucihi soorin	敕建护国法轮寺

这四座寓意鸿远的喇嘛大寺，设计者也是毕力兔朗苏。因碑文中说：

满　文　jurgan de hese wasimbufi，sibca corji　lama，biliktu nangsu，juwe nofi jorime...

部　对　谕旨　降旨　悉不遮　朝儿吉喇嘛　毕力兔　朗苏　二　个　指教

汉　文　特敕工部，遴委刺麻悉不遮朝儿吉、毕力兔朗苏相度（鸠工于盛京四面）……

蒙古文　yabudal un tüšimed tür（原文空一格）jarliγ baγulγaču šibča　čorji　lam-a

部　的　大臣们　对　　谕旨　使下降　悉不遮　朝儿吉　喇嘛

kiged，，bilig-tü nangsu qoyar jiγaču，，...

和　毕力一兔　朗苏　二　指教

西藏文　las-blon rnams la bkav bskos nas，chos-rje bla-ma shes-bya dang pi-lig-thu

工部大臣们　对谕旨　作　因　法主　喇嘛　悉一不遮　和　毕力兔

---

① 本稿引用盛京四体碑文，均据大连市图书馆藏拓本。又本稿满洲文蒙古文标点表示法：一个点用逗号（，），两个点用两个逗号（，，）；而日译《满文老档》则照录。又，悉不遮，音译藏语 shes-bya，如同书名《彰所知论》中的“所知”，意思是知识。

nang-so gnyis kyi bkod-pa mdzad nas...

朗苏 二(人) 的 安排 做 由

满文 jorime,蒙古文 jiγaču 都是指示、指教的意思,西藏文 bkod-pa 为安排、设计之意。联系汉文碑文"相度"一词来理解,表示上述两位——法主上师悉不遮与毕力兔朗苏——为体现建寺旨趣,而观察风水地形,确立建寺方位,选择塑立何种所依圣物(藏文的 rten-chas)及装饰。

四寺碑文又载:

满 文 duin soorin i fucihi pusa beye subargan be arara nirure,faidame ilibume uhereme

四 座位 的 佛 菩萨 身躯 塔 把 造作 描绘 布局 建造 总管

jorime tacibuha biliktu nangsu,,

指示 教导者 毕力兔 朗苏

汉 文 佛、菩萨塔寺彩画督指示毕力兔朗苏。

蒙古文 dörben süme yin burqan bodisong yin bey-e suburγan i kemjiye üliger baital

四 寺庙 的 佛 菩萨 把 身躯 塔 把 丈量 范例 形象

jiruqu büküde yi jiγaču biligtü nangsu,,

图画 全部地 把 指示者 毕力兔 朗苏

西藏文 lha-khang bzhi yi sangs-rgyas byang-sems rnams dang mchod-rten gyi chag-

寺庙 四 的 佛 菩萨 们 和 塔 的 量度

tshad bzhengs tshul ri-mo rnams kyi bgod-pa byed cing bzo-mkhan bi-lig-thu

建造 法则 图画 们 的 设计 做 并且 作者 毕力兔

nang-so.

朗苏

可见毕力兔朗苏在建造盛京四寺所任之责,与在实胜寺相同。

后世实胜寺院子内分出实胜寺、嘛哈噶喇楼这样两个单位,迄伪满时代,一直作为盛京地区诸藏传佛教寺庙的首要道场。在整个清代,盛京这六座(此外又有长宁寺,合计七座)喇嘛寺一直是皇家管理与供奉的。这些喇嘛寺庙是满族人在其历史转折(大金→大清,盛京→北京,1636,1644)的时刻建立的,用意不仅仅崇佛,而是要以国家宗教行为达到政治的目标,也就是信仰、崇奉、保护(藏传)佛教给蒙古和西藏人看,同时作为"帝国"正当性之标志性景观。那么,这些重要道场的佛教方面的设计、建造者毕力兔朗苏,是什么样人、生平行事如何呢? 迄今尚无人研究。在佛教,虽说世间一切如镜花水月,并无自性与自在;但还是让我们暂时地究心这镜花水月,追寻清帝国兴起潮流中这位博学多才的上师的生涯。

二　名字和在西藏蒙古时的职务

毕力兔朗苏，名字原语 Bilig-tü Nangsu。bilig，意思是“禀赋，才干，智慧”。加后缀“-tü”，意思是“有智慧的”，可解作“聪明”，常见蒙古人名。Bilig，bilig-tü 是蒙古语，nang-so 则是藏语词汇。进入蒙古语的时候，后者根据自己的元音和谐规则，读作 nangsu，由此再进入满洲语，仍是 nangsu。

在《旧满洲档》，毕力兔朗苏名字写作 biliktu langsu，或是记当时口音；到《满文老档》，就写为 biliktu nangsu，在史实上是正确的。

关于 nang-so 的意义，这儿作粗略查考，以了解毕力兔朗苏生平的某些方面。乾隆朝《钦定外藩蒙古回部王公表传》西藏部总传有对 Nang-so 的最初的解说（括号内藏文，引者加）[①]：

> 贡道由西宁入。达赖喇嘛、班禅喇嘛使，称“堪布”（Mkhan-po）；噶卜伦（Bkav Blon）使，称“囊素”（Nang-so）。

《表传》记事下限在乾隆五十七年（1792），而噶布伦的设立亦在乾隆晚年。

1903 年写的《塔尔寺志》，其中“塔尔寺对立功者奖励的概况”论 nang-so 名义，说是塔尔寺颁赐给僧人的名号[②]：

> 又所谓“郎索”（nang-so，含意为侦察内情或负责巡视的职位）是往昔由蒙古王所颁赐的一种所得名位。后来依照由兰州（lan-gru 音译）对蒙、藏两种人士所颁赐那样是由诸宰官对于出家僧人（grwa-ba）所颁赐的一种名位。以后由于有需要的意义，依任命文书（bkav-shog）而命名为“却杰郎索”（chos-eje nang-so，法王“郎索”）。据说此种颁赐之规是从塔尔寺堪布（gdan-savi mkhan-po）觉勒（co-ne，通译卓尼）·格桑登真嘉措（bskal-bzang bstan-vdzin rgya-mtsho，贤劫持教海）在位时而有的。可是现今（著者当时）对于土工（sa las）石工（rdo las）的传话领班（kha-mgo byed tshad-po）也命名为内情计量，此种名位已成为土幢幡（sa-dar rdo-dar）去了。（言已不尊重）

---

① 包文汉、奇·朝克图整理：《（钦定外藩）蒙古回部王公表传》第 1 辑（内蒙古大学出版社 1998 年）卷九一，页 607。

② 郭和卿译，色多·罗桑崔臣嘉措著：《塔尔寺志》（1903）（青海人民出版社 1986 年）页 196。藏文原文：Gser-tog blo-bzang tshul-khrims rgya-mtsho，*Sku-vbum byams-pa gling-gi gdan-rabs don-ldan tshangs-pavi dbyangs-snyan*（Zi-ling：mtsho sngon mi-rigs dpe-skrun khang，1983），shog grangs 244。

塔尔寺于明万历五年(1577)建立,觉勒·格桑登真嘉措的生平年次是1847至1925,自光绪二十九年(1903)任赤钦[①],这远晚于nang-so出现的时间,故寺志此说不可信。

杜齐论述元代吐蕃行政机构时,以为Nang-so是江孜领邑最高官员,萨迦的nang-chen不过是大Nang-so而已(nang-so chen-po; chen-po意思是"大的")。他还说Nang-so主持司法行政,国王或法王的命令由他执行。杜齐进一步认为Nang-so这样的职位可以追溯至古代赞普之宫廷长Nang Blon[②]:

> 根据这件江孜的文告,领邑最高的官员是囊索(Nang so),这一职位在江孜行政组织中,确是仿效萨迦政府的组织设立的,江孜贵族几代都在萨迦官廷任囊勤(nang chen),即大囊索之职。从几代达赖的传记中看到其他的领邑也有这个职位,实际上这个职位是古代的传统的延续。囊索主持司法行政,相当于一种首相职位。国王或法王的命令由他执行,他仍然是国王的第一参议大臣。
>
> 与囊索并列的是其索(phyi so),意即主持外部事务的官员。很清楚:囊索、其索都模仿吐蕃赞普的行政系统,因古代赞普有"囊论"与"其论"的协助而治理庶政,这两个名称虽然符合于现代用法,但却不能译为"内相"和"外相":因囊论可以说是宫廷长,按照专制制度的习惯,协助国王处理政务,而其论则是行政机器的首脑,国家行政的监督者。

陈庆英1986、1990年两次讨论元代西藏的行政体制时顺便论及nang-so:

> 囊索亦译囊苏,为西藏佛教教主派往皈依于他的部落负责教务及征集布施的人,往往成为该部落的实权人物。[③]
>
> 帝师、白兰王、萨迦法王合起来构成萨迦政权的首领,本钦(dpon chen)是在他们之下的行政负责人,执行他们的各项命令,类似于吐蕃时代的大论(blon chen)和后来西藏地方政权的第巴(sde-pa),八思巴设立的拉章(lha-brang)一方面是萨迦首领的侍从机构,另一方面也行使一部分行政职能,萨迦还设有一个朗索(nang-so),主持人为朗钦(nang-chen),负责管理萨迦的庄园和属民,征集贡赋,摊派差役。[④]

---

① 郭和卿译,色多·罗桑崔臣嘉措著:《塔尔寺志》,页82—83。

② 李有义、邓锐龄译,杜齐著:《西藏中世纪史》(中国社会科学院民族研究所1980年),页60—61。引文内藏文的拉丁字转写法改用现行的。

③ 陈庆英译:《汉藏史集》(西藏人民出版社1986年),页170,译者注2。

④ 陈庆英:《元代萨迦本钦辨析》,《藏学研究论丛》2(西藏人民出版社1990年),页130—131。

陈得芝经比较研究，以为在元代囊索是萨思迦“教主的内务官”，且引《元史》卷二二武宗本纪至大元年十月甲辰条“从帝师请，以释教都总管朵儿只八兼领囊八(nang-pa)地产钱物，为都总管府达鲁花赤，总其财赋”云，谓此“囊八地产钱物”当与藏文《汉藏史集》(*Rgya Bod Yig Tshang Chen-mo*,1434)载 nang-so 管辖的庄园相同，是帝师私属的领地和财产①。

1933 年日本出版的《蒙古语大辞典》“Nangsu”条释文：“使节。‘全西藏ノ政务ヲ行フ高官’”②。这是根据《表传》做的错误发挥。《藏汉大词典》(1986)“mkhan nang”条释文：“原西藏地方政府派往边境负责守望的僧俗官吏。僧官称‘堪布’(mkhan-po)，俗官称‘囊索’(nang-so)”③。不知其根据。

以上各说都以为 Nang-so 是一种职务或身份，但有的说是僧人担任，有的说是俗人担任。在元代大致是世间政治的一个职务，究竟是僧人或俗人担任？或者都可以？有待考究。看来 Nang-so 一职有着长久的历史，又有时代、地域的差别，了解起来很复杂，特别到了蒙古地区。我们先搁置以上各种研究或看法，观察 17 世纪前几十年的一些例子，这切近本稿主题。第五世达赖喇嘛(1617—1682)自传④：

> O-rod dgav-ldan hung-thavi-jivi mi sna yuvi-ching dar-khan nang-so...
> 额鲁特部噶尔丹洪台吉的使者 Yuvi-ching Darqan Nang-so。

又例如《旧满洲老档》天命六年(1621)六月一日条：

> Korcin i hatan baturu beilei langsu lamai juwe banji, jai emu niyalma sunja morin gajime ukame jihe,,⑤
>
> 科尔沁部 Hatan Baturu 贝勒之 Langsu Lama 的两位班第和一个[素]人，带五匹马逃来了。

这位 Langsu Lama 史实上就是 Örlüg Darqan Nang-so(斡禄打儿罕囊素，？—1621)。这都表明囊素身份的人是喇嘛。记载上看囊素多是寺中僧人。五世达赖喇嘛自传：

---

① 陈得芝：《再论乌思藏“本钦”》(2001)，载氏著《蒙元史研究丛稿》(人民出版社 2005 年)，页 289。

② 日本陆军省编：《蒙古语大辞典》(东京：偕行社 1933)，页 465。

③ 张怡荪(1893—1983)主编：《藏汉大辞典》(民族出版社 1986 年)，页 296。藏语 so-pa 意思是监视者、侦察者。

④ Ngag-dbang Blo-bzang Rgya-mtsho, *Ngag-dbang Blo-bzang Rgya-mtshovi Rnam-thar* 1 (Lha-sa: Bod-ljongs mi-dmangs dpe-skrun khang, 1989), shog grangs 431.

⑤ 台北故宫博物院：《旧满洲档》(台北故宫博物院影印，1969 年 8 月)册 2，页 689。满文老档研究会译注，《满文老档》I-VII(东京：东洋文库，1955—1963)太祖一，页 337 参照。

Se-chen zhabs-drung gi grwa-pa davi-chin nang-so. ①

Sečen 阁下的僧徒 daicing nang-so。

Dbang-rtul dad-pavi rjes-su vbrangs-pa dbon-po nang-sor grags-pavi sog ban... ②

具有钝根但随信而行的,叫做完卜囊索的蒙古僧人。

名字叫某某囊素,却不能判为僧人的,第五世达赖喇嘛自传中有很多,不备举。

再看更早的。*Rgya Bod Yig Tshang Chen-mo* 有如下句子追述萨迦寺史事:

A)[Rab-brtan Kun-bzang Vphags-pa] gcung-po *sa-skya nang-chen* gyi gog-sa[go-sa]r skyal(bskyal)//③

Rab-brtan kun-bzang vphags-pa 把弟弟送到萨迦担任萨迦朗钦。

随后又写道:

B)Gcung-po che-pa/ nang-chen/ rab-vbyor vphags-pas kyang/ sa-skya nang-sor phebs nas/ ti-shri chen-po theg-chen chos-kyi rgyal-po nas thog drangs, gdung-brgyud *khu-dbon-pavi* zhabs-la gtugs// gang-la gang dgos-kyi zhabs tog dang// nang-sovi vdzin lugs lugs mthun mdzad /... phyi nang gyis stod cing smon-povi gnas-su gyur to//④

这一节讲述 Rab-brtan Kun-bzang Vphags-pa 的弟弟在萨迦朗钦任上的情况。两相对照:

A	关系	*B*
Sa-skya nang chen	=	sa-skya nang-so
nang chen	=	nang-so

在这儿 Nang-so"囊素"意思与 nang chen"朗钦"同。

我们知道,sa-skya nang chen 在元代是萨迦的大管家(内务官),主管物资钱粮收支,税租征收,差役摊派。由上面 nang chen、nang-so 交替用例,可知 nang-so 的职务可能主要

① Ngag-dbang Blo-bzang Rgya-mtsho, *Ngag-dbang Blo-bzang Rgya-mtshovi Rnam-thar* 2(Lha-sa: Bod-ljongs mi-dmangs dpe-skrun khang, 1991), shog grangs 422.

② Ngag-dbang Blo-bzang Rgya-mtsho, *Ngag-dbang Blo-bzang Rgya-mtshovi Rnam-thar* 1, shog grangs 352.

③ Dpal-vbyor Bsang-po, *Rgya Bod Yig-tshang Chen-mo*(Khrin-tu: Si-khrun mi-rigs dpe-skrun khang, 1985), shog grangs 395. Dbon-po,音译 ombu,俄木布、鄂木布,蒙古常见人名;藏语意思是侄子。

④ Dpal-vbyor Bsang-po, *Rgya Bod Yig-tshang Chen-mo*, shog grangs 398.

也是这些。从萨迦清代以来的机构 Gnyer-tshang las-khungs 情形[①]更可推知 nang-so 一职的职司是要适时下到领地征收税租，或者派驻于领地做管理官。在萨迦寺，nang-chen 一般是僧职；在第五世达赖喇嘛自传里面，nang-so 身份的人几乎全是僧人，即使没有交代其为僧人，也都跟寺庙直接有关，或住在寺庙[②]。这样，在明清之际，囊索或许是寺庙中僧人的一种职务，负责钱粮的征取、财富的扩充，属管家之类。

因此 Nang-so 是毕力兔朗苏自西藏前往蒙古时的职分，至蒙古以后称号 Bilig-tü Nang-so，而其本名遂没有流行。同时他是僧人。我们猜想他往蒙古地区的任务是发展本门信徒，以扩大势力，给萨迦宗赢得俗世的、资财的支持。

三　乡里和宗派

设计实胜寺和盛京城外四塔寺的伽蓝配置和宗教塑画，足以体现毕力兔朗苏博学与才智，是一位值得纪念的人物。但对于他的出身乡里、早年情形，却没有记载。

顺治九年第五世达赖喇嘛往北京朝见皇帝，藏历十二月十七日始驻锡于专门为他新建的北京黄寺，其后隔一天，其《自传》记载，十九日，科尔沁左翼前旗冰图郡王等百余人来到黄寺，向达赖喇嘛布施了金盘和十匹丝绸等物，这些人中间有一位 Kha ran tu 台吉和几位翰林院学士。带领着他们前来的，是毕力兔朗苏云云。他说：

> ngor-pa shar-pavi grwa-pa ban-log bi lig thu nang-sor grags-pa rgya bod hor gsum-gyi yig-ris-la vdris shing chos nyams che-ba...[③]
>
> Ngor 寺住持的已经还俗的以 Bi-lig-thu Nang-so 闻名的僧人，娴熟汉、藏、蒙古三种文字，法态照人。

按：Ngor-pa 寺，正式名称 E-wam Chos-sde，“本初佛道场”，萨迦宗密乘大寺[④]。是衮噶桑

---

① Bod rang-skyong ljongs srid-gros lo-rgyus rig-gnas dpyad-gzhivi rgyu-cha u-yon lhan khang, *Bod-kyi lo-rgyus rig-gnas dpyad-gzhivi rgyu-cha bdams-bsgrigs* spyivi vdon thengs 13 pa（Pe-cin：Mi-rigs dpe-skrun khang, 1991）, shog grangs 178—181.

② Ngag-dbang Blo-bzang Rgya-mtsho, *Ngag-dbang Blo-bzang Rgya-mtshovi Rnam-thar* 1, shog grangs 368, 370, 376, 427 ……

③ Ngag-dbang Blo-bzang Rgya-mtsho, *Ngag-dbang Blo-bzang Rgya-mtshovi Rnam-thar* 1, shog grangs 394—395.

④ Thuvu-bkwan Blo-bzang Chos-kyi Nyi-ma, *Thuvu-bkwan grub-mthar*（Lan-khruvu：Kan-suvu mi-rigs dpe-skrun khang, 1984）, shog grangs 190；汉译本，刘立千译注，土观·罗桑却季尼玛著：《土观宗派源流》（西藏人民出版社 1984 年），页 103 及相应注解；Mkhyen-brtse Dbang-po（1820—1892）, *Dbus Gtsang gnas-yig ngo-mtshar lung-ston me-long*（Zi-ling：Mtsho-sngon mi-rigs dpe-skrun khang, 1993）, shog grangs 31—31；汉译本，刘立千译注，钦则旺布著：《卫藏道场胜迹志》（西藏人民出版社 1987 年），页 37 及相应注解；民族文化宫图书馆编：《藏文典籍目录（文集类子目上）》（四川民族出版社 1984 年），页 367—370。此寺的现况，看巴桑潘多，《后藏古刹鄂尔寺》，《雪域文化》（拉萨）1993 年秋季号，页 51。关于 *E-wam* 意义，参看张怡荪：《藏汉大辞典》，页 3141—3141 条目。

波(ngor-chen Kun-dgav Bzangs-po,1382—1456)在宣德四年(1429)创建,位于后藏纳唐寺(Snar-thang Dgon-pa)西行约半日程的Ngor地(此地又称"E-wam ri-khrod",或者是建寺以后,因寺得的名),在如今的曲布雄乡,由此传承的号称Ngor-pa,"Ngor派",乃萨迦宗弘扬密乘的两大根本道场之一。创建祖师跟萨迦东院(bla-brang shar)关系密切,故其法规主要是萨迦东院的[①],其住持Ngor-chen,亦称Shar-chen,shar-pa,后者也是萨迦东院住持的称呼[②]。

四 到达后金及过世的年次

毕力兔朗苏的生年不可考,唯卒年有记录。《世祖实录》顺治十五年(1658)秋七月丁酉(初二日)条:[③]

> 遣官致祭三等阿思哈尼哈番毕立克图郎苏,立碑如例。

蒙古文本《实录》这条记事如下:

> tüšimel ilegejü, γurbaduγar jerge yin asqan u qafan biligtü, langsu dur takiγad
> 官员 派遣 第三 等级 的 asqan 的 qafan 毕力兔 朗苏 对 祭祀
> qaoli yosoγar košiy-e čilaγun baiγulbai, ,[④]
> 定例 依照 碑 石头 树立了
> 派遣官员祭祀三等阿思哈尼哈番毕力兔朗苏,之后依照定例建立了碑石。

按清代高官大吏去世之后朝廷遣官致祭立碑,要经过呈报、审核、批准等手续,时间上并不跟去世同时。例如盛京实胜寺汉语碑记的译者(原文满文)、去世时任湖广四川总督兵部右侍郎都察院右都御史的罗绣锦,顺治九年七月己丑日卒[⑤],而如例祭葬立碑则在次年五月壬午日,[⑥]赠其兵部尚书名衔、荫一子入监念书在同月甲午日,中间又隔了十二

---

① 王森:《西藏佛教发展史略》(中国社会科学出版社1987年),页88;法尊:《萨嘉派》,载中国佛教协会编《中国佛教》册1(知识出版社1980年),页373—374。

② 承雪康家族的德庆多吉先生见告(1994年3月18日自拉萨惠函),Ngor寺住持曾当过萨迦东院住持,因之得名shar-pa。

③ 《清世祖实录》(台湾华文书局影印伪满国务院本)卷一一九,页1409。

④ *Daičing Ulus un Maγad Qaoli* dolodugar emkidgel, Šidzu keikülügsen quwangdi yin maγad (dörbe) (Qayilar: Öbör mongγol un soyol un keblel ün qoriy-a, 1991), nigen jaγun arban jisüdüger debter, qaγudasu 272a.

⑤ 《清世祖实录》卷六六,页774。

⑥ 《清世祖实录》卷七五,页893。

天。这样由去世到依例立碑，中间隔了十四个月。由此推断，毕力兔朗苏的卒年应该是上年，即顺治十四年。

毕力兔朗苏是什么时候来到后金的呢？按《世祖实录》顺治六年二月（庚寅朔）辛亥条说①：

以毕里克图囊素于喀喇沁、土默特部落未归之先投诚，有功，授为一等阿达哈哈番（adaha hafan）。

按：蒙古文本《实录》相应文字如下：

biligtü nangsu yi qaračin tümed ün *irekü* yin urida oroju irebe kemen terigün jerge
毕力兔 朗苏 把喀喇沁 土默特的 来 的 预先 加入 来 云云 第一 等级
yin adaqa qafan bolγaba,,②
的 adaha hafan 使成为

毕力兔朗苏，在喀喇沁、土默特来投之先来归，使做一等阿达哈哈番。

寻文意：①毕力兔朗苏是自喀喇沁部或土默特部来后金的，②他来的时间是在这两个部落“来归”之前，③这二部落来归后金，大体是同时的。

关于那两个部落的来归后金，《旧满洲档》天聪二年（1628）二月二十四日条记载：

tere inenggi sure（空一格表尊敬）han i joo bithe jafabufi karacin i ūlhei beise /
那 日 聪明 汗 的 诏 书 使执持 Qaračin 的 Ūlhe 的诺颜们
tabunang se de,,elcin takūraha,,suweni unggihe bithe de,,cahari han i ehe / banjire
塔不囊 们 对 使者 派遣了 你们的 发送了 书信 在 Čaqar 的汗 的凶恶 将滋生
be,,jai doroi turgun de acahabi,,te bicibe doro be akdulame gisureki / seci juwe
把，以又政治的 事情 对 已和好 今 虽然 政治 把 保证 若说 若说 二
tabunang ujulafi,,ūlhei beise burtei elcin unggi,,tere elcin jihe / manggi,,ai ai gisun be
塔不囊 带头了 Ūlhe 的诺颜们 全 使者 派遣 那 使者 来了 以后 样样 言语 把
tede gisureki seme unggihe,,③
那个 若说 说 派遣

① 《清世祖实录》卷四二，页498。

② *Daičing Ulus un Maγad Qaoli* tabuduγar emkidgel, Šidzu keikülügsen quwangdi yin maγad qaoli（qoyar）（Qayilar：Öbör mongγol un soyol un keblel ün qoriy-a, 1991 on u 7 sar-a du），döčin qoyaduγar debter, qaγudasu 142b.

③ 台北故宫博物院：《旧满洲档》册6，页2805—2806。满文老档研究会译注，《满文老档》太宗一，页124—125参照。

是日,拿着天聪汗的诏书,被派往喀喇沁部 Ūlhe 诺颜们、塔不囊们的使者。诏书说:“你们送来的信,说察哈尔汗作恶,又政治上要和好;今既这样,就要说出政治上保证的话(即盟誓),二位塔不囊带头,Ūlhe 的诺颜们全体派来使者;那使者来了以后,把种种的话说了(面议)就行。”

这条记事是一封书翰的加以修饰了的抄录。比照蒙古文原件,ūlhe 系音写蒙古语 ölke,意思是“山阳”;“karaciu i ūlhe”蒙古原文是 ölke①,即指喀喇沁部,称“山阳万户”。所谓山指兴安岭。

同年七月十九日条又记载:

○ juwan uyun de,,karacin i(空一格表示尊敬)han i elcin duin lama sunja tanggū

十　九　在 Qaračin 的　　　　　　　　汗 的 使者 四　喇嘛　五　百

/ gūsin niyalma jimbi seme,,alanjiha……②

三十　　人　来了 云云　来告诉

十九日。据报说,喀喇沁汗的使者四位喇嘛,偕五百三十人来到。

同年八月初三日条:

○jakūn biyai ice ilan de,,karacin i gurun i emgi doro acarai jalinde,/ abka na de

八　月的　初 三 在　Qaračin 的 部　的一同 政治和好的 因为于　天　地 对

akdulame gashūha……③

保证　发誓了

在八月初三日,因为与喀喇沁部一同政治上和好,对着天地盟誓。

再有《钦定王公表传》卷二十三“喀喇沁部总传”④:

天聪二年二月,恩克曾孙苏布地以察哈尔林丹汗虐其部,偕弟万丹伟征等内附。表奏:察哈尔不道,喀喇沁被虐,因偕土默特、鄂尔多斯、阿巴噶、喀尔喀诸部兵,赴土默特之赵城(Juu Qota),击察哈尔兵四万,还,值赴明请赏兵三千,复殪之。察哈尔

---

① Dumdadu ulus un teüke yin nigedüger arkiw neitelekülbe, *Arban doloduɣar jaɣun u emün-e qaɣas tu qolboɣdaqu mongɣol üsüg ün bičig debter*(Begejing:Öbör mongɣol un baɣačud keüked ün qoriy-a,1997),qorin tabun,qaɣudasu 81.

② 台北故宫博物院:《旧满洲档》册6,页2827。满文老档研究会译注:《满文老档》太宗一,页138参照。

③ 台北故宫博物院:《旧满洲档》册6,页2829。满文老档研究会译注:《满文老档》太宗一,页138—139参照。

④ 包文汉、奇·朝克图整理:《(钦定外藩)蒙古回部王公表传》第1辑,页183。此节引文标点有更动。

根本动摇，机可乘，皇帝倘兴师进剿，喀喇沁当先诸部至。谕遣使面议。

七月，遣喇嘛偕五百三十人来朝，命贝勒阿济格、硕托迎宴，刑白马、乌牛誓。

九月，上亲征察哈尔，苏布地等迎会于绰洛郭勒，锡赉甚厚。

联系起来看，那次誓告天地，就是《清实录》所言喀喇沁部来归满洲的事件，时间在天聪二年（1628）七八月间。所谓来归，事实是满洲与喀喇沁的联盟（蒙古文 qolboγan，德文 Bund），魏弥贤并确定具体日期在阳历八月三十一日①。

看行文，所说土默特部是当时在喀喇沁万户内的该部，一般称东工默特。至其何时来归，《老档》未见记载。依《钦定王公表传》是在天聪三年，其《土默特总传》说：

天聪三年，善巴（单巴，Šamba）、鄂木布楚琥尔（Ombu Čükür）各率部来归。②

又其下《扎萨克固山贝子固穆列传》：

本朝天聪二年，[鄂木布楚琥尔]偕苏布地上书乞援。三年六月，遣台吉卓尔毕泰入贡，寻率属来朝。九月，上亲征察哈尔，鄂木布楚琥尔从。③

这样看来，作为喇嘛毕力兔朗苏至迟在天聪元年（1627）或稍前自喀喇沁或土默特部落来到后金国。而何时从西藏出发，不复知晓。

自天聪元年至顺治十五年，毕力兔朗苏在后金—大清弘法及任事三十馀年（1627—1658）。

五　在燕京的职务

毕力兔朗苏来时是喇嘛，后来还俗在朝廷任官，《清实录》仅记其官位级别，那他具

① M. Weiers, "Zum Mandschu-Kharatsin Bund des Jahres 1628," *Zentralasiatische Studien* 26（1996）, S. 90. 参看 M. Weiers, "Randbemerkungen zum Mandschu-Kharatsin Bund des Jahres 1628,"《蒙古史研究》6（内蒙古大学出版社 2000 年），页 173—178；"1628 on u manju-qaračin u qolboγan u tuqai nökübüri čoγolta,"《*Arkiws ba mongγol teüke sudulul/* 明清档案与蒙古史研究》1（内蒙古人民出版社 2000 年），页 1—10；Uyunbilig, "Arban doloduγai jaγun u dörökü qaγas un mongγol manju üledemel surboljis eče öbör mongγol un teüke yi üjekü ni -nike, juu yin baildoγan," *Öbör Mongγol un Yeke Surγaγuli Erdem sinjilegen ü sedkül* 91（1999）, qaγudasu 1—24。

② 包文汉、奇・朝克图整理，《（钦定外藩）蒙古回部王公表传》第 1 辑，页 198。参考敖登的讨论，见其"东西土默特关系述略"，载氏著《蒙古史文集》（内蒙古教育出版社 1992 年），页 132—136。

③ 包文汉、奇・朝克图整理：《（钦定外藩）蒙古回部王公表传》第 1 辑，页 202。关于东土默特归附后金的时日，目前有根据蒙、满、汉档案的新研究，即：乌云毕力格：《喀喇沁万户研究》（内蒙古人民出版社 2005 年），页 119—122。

体职司是什么呢？第五世达赖喇嘛在北京时与他见过面，又有通信，所以对他在朝中情形的了解应该准确。我们就看看达赖喇嘛《自传》有关文字。顺治十三年藏历十一月，五世达赖喇嘛致毕力兔朗苏信，标题是（书信全文见下）：

gong gi yig-rigs kyi byed-po vbi-lig-thu nang-sovi vphrin-lan bzhin-ras vchar-bavi
皇帝 的 文件 的 作者 毕力兔 朗苏的 回信 面容 升起的
me-long ‖
明镜

给皇帝文件的起草者毕力兔朗苏的覆信——照面明镜。

信中又说到毕力兔朗苏是

gnam savi dbang-phyug gong-ma chen-povi drung-du yig-rigs sna-tshogs kyi sor-movi
天 地的 大自在（主宰） 皇帝 大的 陛下在 文件 种种 的 手指的
zlos-gar sgyur-ba.
舞蹈 变化

在天地的主宰（大自在）大皇帝座前种种文件的手指的舞蹈者……

可知在北京，毕力兔朗苏是诏敕文的起草者。联系第五世达赖喇嘛在北京见面时，记毕力兔朗苏会汉、蒙古、西藏三种文字，又是带领内院诸学士、蒙古诸王拜见达赖喇嘛，可见他是在内院中，或者在理藩院蒙古房[①]一类机构任职，拟写西藏文诏敕文，或将满文、汉文诏敕翻译为西藏文字乃至蒙古文。还在盛京时代，他就不像著名的察汉喇嘛（Čaγan Lam-a，Cha-gan Dar-khan Chos-rje Bla-ma，？—1661）那样以出使见称，可能也是在内院从事文字工作。那么崇德八年清太宗致书西藏诸僧俗领袖，其文或者也是毕力兔朗苏主持译写的吧。

六 第五世达赖喇嘛致书

顺治十年藏历三月十五日，第五世达赖喇嘛（本年达赖喇嘛三十七岁）自北京返回

① 刘学铫：《蒙藏委员会简史续篇——附历任委员长简历》（蒙藏专题研究丛书72）（台北：蒙藏委员会1996年），页5。参看“前内阁掌典籍事诰敕撰文中书舍人加一级”叶凤毛著，《内阁小志》（自序于乾隆三十年[1765]仲夏，收入罗振玉编印《玉简斋丛书》）叶5a：“蒙古房。侍读学士二员，侍读二员，中书舍人十四员。司外藩蒙古章奏翻清进呈，不用汉字。有诏敕下西番，则召喇嘛僧人翻写（西番文以上下为行，笔用竹片，如梓人墨斗。由清字翻出蒙古字，又翻出西番字，所谓重译也）。”

拉萨途中，名叫代噶（藏文 Tavi-ga，< 蒙古文 Dayiγ-a，今呼和浩特东南岱海旁边）的地方，在接受皇帝封号及礼品[1]前几日，他派人给顺治皇帝送上诗体呈文和礼物，同时一并捎去一封用饰物装饰起来的信给毕力兔朗苏[2]。给毕力兔朗苏的诗体信原文转写对译如下：

sbi-lig-thu nang-so la springs-pa sgo-ngavi sbubs nas vkhro-bavi skad snyan//
毕力兔 朗苏 对 寄出的 蛋的 壳 从 奏乐的 妙声

zung-vjug sku-bzhivi bdag-nyid-bde-ba-che// mtshan-dpevi lang-tsho rgyas-pavi gar-
双运 四身的 大圣人 年华正胜的 大的

mkhan-can// thub-dbang devi gsung-chos dang slob-mar bcas//skyabs-mchog bslu-ba
自在 能仁王 他的 佛法 而 学生以 是 救主 欺诈

med-pas khyod la srungs//skye-bar goms-pavi legs -byas sa-bon mchog//rab-smin dal-
没有以 您 于 保护 生长 惯于的 好事 种子 殊胜 极熟 有

bavi rten bzang tsan-dan ljon//blang dang dor-byavi dri-bsung sbro bzhin-du//bde-bavi
暇的 所依 善妙 旃檀 树 取 和 舍弃的 气味 甘美 像 喜乐的

lo-vdab gyur-du-za las ci//dam-pavi chos kyi blo-gros zla-bavi gzugs//dri med rnam-
叶-瓣 熟透 从 圣的 佛法 的 智慧 月亮的 身 无垢 智慧

dpyod rdzing-bur legs shar-bas//dal-vbyor vdab gshog rgyas-pavi ngang-pa khyod//dge-
池沼在 美善 升起因 暇满 瓣 翅 增长的 雁鹅 您

sbyor mgrin-pavi rnga dbyangs sgrog vdi mtshar//khyim gzugs sgo-ngavi sbubs rgya-ma
善行 嗓子的 鼓 声 高诵 这 美丽 室 形 蛋壳的 密封信笺 松开以

grol-bar//yang-dag skad-snyan vbyin-pa khyod mthong tshe//mu-cor sgra yis rna-ba gtser
纯正 言语 发出 您 听 时候 妄语因 声 以 耳朵 刺

byed-pavi//vtshams sprin gos-can phal-cher ngur-pavi khyu//cal-sgrog ri-dwags rjes-su
使 相称 云彩 旃檀 大概 猪哼的 杂声 妄语 野兽 在后面

mi snyeg-par//bla-med theg-pa mchog nas vdul-bavi bar//vkhrul-med nyams-len gnad
不 追赶 无上 法乘 圣 从 调伏的 之间 无错 实践 要点

kyi si-tā-ma//rnam-par skyongs-shig blo-ldan dgav-byed-lha//slad-mar mi bskyud
的 游戏 女 最上以 保佑 具心 作喜天 今后于 不 忘

vphros-vos gtam kyi chu//chad-med gangāvi rjes-su vgro bzhin-du// rnyed-dkar bse-ru
凡属可告 话语 的 水 不断 恒河的 跟着 走 像 难得 鹿

---

① 《清世祖实录》卷74，页879—880；王森：《西藏佛教发展史略》，页185—188；邓锐龄：《关于一六五二——一六五三年第五辈达赖喇嘛晋京的两个问题》（1995），载《邓锐龄藏族史论文译文集》（中国藏学出版社2004年），页258参照。

② Ngag-dbang Blo-bzang Rgya-mtsho, *Ngag-dbang Blo-bzang Rgya-mtshovi Rnam-thar* 1, shog grangs 408.

lta-buvi dal-bavi rten // yun-du vtsho-zhing-skyong-bavi thabs vbad gces // mi-mthun rgud-
如同的　有暇的　所依　长时间　　养育,抚养的　　　　方法　勤奋　珍　　不相同
pavi mun-tshogs vjoms byed-pa // dam-rdzas byin-rlabs kun-vdus ril-bu dang // srung-ba
衰黯　　灭除　　做　　圣物　　神力加持　　全聚　　丸　　等　　保护
sra-mkhregs rdo-rjevi mdud-pa la // vtshams sprin rtags kyi lang-tshos vkhyud nas song // //①
坚实　　金刚的　　结　　从　合意　云彩　形状　的　年龄以　正当令　因,从　完成

翻成汉语(总译)②:

寄给毕力兔朗苏的信·从蛋壳里发出的妙音

1. 双运四身自性胜乐,相好正茂大自在天,
能王教法学徒随者,救星无欺来保护您。
(额尔敦白音先生案语[下同]:这首诗是吉祥颂,祝愿佛法等保护毕力兔朗苏)

2. 习于生长善行胜种子,
极熟有暇人身旃檀树,
如是芬芳取舍之美味,
其实安乐叶枝熟透因。
(这首诗里赞扬了毕力兔朗苏,赞扬他积累了善因,得到了好的果报)

3. 正法智慧月亮身色,
无垢智慧池塘里妙升,
暇满羽翼增长雁鹅您,
发出如此善行声音多神奇。
(这首诗表示收到来信,见信如见面的意思)

4. 当揭开像密室蛋壳般密封的信阅读时,
时刻发出纯净妙音的您,
听到妄语杂声刺耳,
像是合意云衣大致如猪哼。
(这首诗表明自己的信没有写好,水平不高)

5. 妄语野兽随身不追赶,

① Rgyal-dbang Lnga-pa, *Rgya Bod Hor songs-gi mchog dman bar-pa rnams la vphrin-yig snyan-ngag-tu bkod-pa rab-snyan rgyud mang zhes bya-ba bzhugs-so* (Zi-ling: Mtsho-sngon mi-rigs dpe-skrun khang, 1993), shog grangs 143—144.

② 这以下两封信,总译是请额尔敦白音先生惠予翻译,唯诗体信函最后一节的第一、四行勤璞有更改,但仍没有多少把握;别的一两处遣词上根据本稿行文有所更易。勤璞又参照额先生的总译校订了对译文字。谨此说明与志谢。

无上胜乘调伏之前，
无错修行要点的游戏女，
最上保佑具心能喜天。
（祝愿今生今世平安）

6. 今后牢记恒河水般的，
无断长流之教诲，
依难得犀角般的有暇，
珍惜长养和勤奋。
（这里作者表白自己的态度）

7. 灭除不同与衰黯的，
诵咒加持圣物汇聚丸，
能佑坚固金刚结等，
包成合意云衣的形状寄去并祝年轻。

信中推许毕力兔朗苏一番，并希望日后多关照；是些华词丽句，虽没有多少具体事情，但显示作者的文采。在彼时藏蒙社会，这种修辞繁复的文体有联络感情、密切关系的作用。

其后顺治十三年藏历十一月十五日在拉萨，第五世达赖喇嘛发出两封信，一给松潘格西赤烈写的碑铭题文，用于五台山新建某寺的碑刻；一给“在支那的毕力兔朗苏”的复信①。给毕力兔朗苏的信原文转写并对译如下：

gong gi yig-rigs kyi byed-po vbi-lig-thu nang-sovi vphrin-lan bzhin-ras vchar-bavi
皇帝 的 文件 的 作者 毕力兔 朗苏的 回信 面容 升起的
me-long// vbi-lig-thu nang-sovi yi-ge gser-zho bcu ja-ko khra dang bcas bsrings-pa vbyor
明镜 毕力兔朗苏的 信笺 金子 十 茶包 茶 而 等 发出又收到
/ mi ring-bavi char yang tshe-rabs mang-por bsags-pavi legs-byas kyi vbras-buvi gzugs-
不 长久的 雨 即使 世代 多以 造作的 善行 的 果实的 色蕴
phung la mi-mthun nad-gdon gyi vtshe-ba med cin / gnam savi dbang-phyug gong-ma
在 不调 病魔 的 伤害 没有 又 天 地的 大自在（主宰） 皇帝
chen-povi drung-du yig-rigs sna-tshogs kyi sor-movi zlos-gar sgyur-bar gnas-pa spro/ngos
大的 身旁-在 文件 各种 的 手指的 舞蹈 做在 有 高兴 我
kyang sems-can rnams kyi don gyi ched-du zab-mo rdo-rjevi rnal-vbyor dang vchad-rtsod
等 有情 们 的 事情 的 为了 甚深 金刚的 瑜伽 和 讲辩

① Ngag-dbang Blo-bzang Rgya-mtsho, *Ngag-dbang Blo-bzang Rgya-mtshovi Rnam-thar* 1, shog grangs 503.

rtsom-pa sogs rnam-dkar gyi bya-ba-la brtson-par gnas / slad-nas kyang dpyod-ldan khyod
著作 等 白业 的 所作对 努力于 处 为此 又 聪明人 您
kyis ting-nge-vdzin bzlas-rjod gsol-vdebs bsnyen-gnas yan-lag brgyad-pavi khrims sogs
以 禅定 念诵 祈祷 斋戒 支分 八个的 法 等
dge-tshogs la nan-tan byed-pa dang / byams-pas dam-bcas-pavi gzungs vdi ngag tu brjod-
善资粮 对 切实 作 和 弥勒对 誓约的 咒语 这 语言 于 讲论
pa dang thos-pa thams-cad vdzam-buvi-gling du mgon-po byams-pas mchog-gi sprul-skuvi
和 听闻 一切 世界 在 保护者 弥勒以 神圣的 化身的
mdzad-pa ston-pavi dus-su vkhor-du skyes nas rjes-su vdzin-par mdo las thos-pas mi slu-
事业 讲说的 时候于 近处 出生 从 然后 执持在 经 从 听闻以 不 引
bavi yid-brtan rnyed nas bskur yod / srung-bavi vkhor-lo nas mi vdor-ba yid la vgrogs-pa
诱的 坚信 得 因而 交付 在 保护的 轮 由 不 舍弃 意 在 亲近
byed / vphros-vos kyang chu-bovi rgyun ltar gyis / rten srung-mdud dad[dang] rten
做 可告 之 河的 流 如 以 所依 护身结 [和] 所依
snam dkar bzhi dang bcas / me sprel mgos nya-bavi phyogs-snga-mavi rgyal-ba gsum-
氆氇 白的 四 等等 等等 火 猴年 年头之月 圆满的 上弦月的 胜日 第三的
pavi tshes la dpal-ldan vbras-spungs chos-kyi-sde chen-po phyogs thams-cad las rnam-par
日 在 吉祥 哲蚌 道场 大的 方角 一切 从 极其地
rgyal-bavi gling nas bris// //①
胜的 洲 由 写了

翻成汉语(总译):

给皇帝文件的作者毕力兔朗苏的回信·照面明镜

毕力兔朗苏的信件、金子十块、成包的茶等收到。像不长久的小雨,即使依靠世世代代积累的善行所结果实之色蕴上不会有不调和病魔的伤害。得知您在天地的主宰(大自在)大皇帝座前作种种文件的手指的舞蹈很高兴。我本人每天都在为六道众生而修行甚深瑜伽和勤于讲、辩、著等善事活动。相信将来贤者您更会为禅定、念诵、祈祷、斋戒、八分律等善资量而认真对待。对弥勒佛的誓言陀罗尼咒总持在口头,所有听闻在赡部洲保护者弥勒的化身事业(圆满)时,近生然后执持。这些是大乘经里讲的,不受引诱,得坚信。保护的轮不抛弃,亲近于心,赐教的河水长流。跟

① Rgyal-dbang Lnga-pa, *Rgya Bod Hor songs-gi mchog dman bar-pa rnams la vphrin-yig snyan-ngag-tu bkod-pa rab-snyan rgyud mang zhes bya-ba bzhugs-so*, shog grangs 179—180.

信一起寄去所依护身结、信心所依白氆氇四幅等物。火猴年（顺治十三年，1656）年头之月（十一月）圆满上弦月的第三胜日（十三日），在吉祥哲蚌大道场一切方极胜洲写了。

这封信除了记互赠礼品之事，大意是由佛教修行立场通报自己的近况、对收件人做劝导。

七　编年事迹

现将毕力兔朗苏见于载记的事迹按年时叙述，以窥其生涯。

天聪元年（1627，明天启七年）以前不久

喇嘛毕力兔朗苏自喀喇沁部落或者土默特部落来到盛京，为金国汗服务（考证见于前节）。

天聪五年（1631，明崇祯四年）沈阳

九月初九日，"是日，和伯克泰擒获大凌河城北三十里外一台刘禾步行蒙古人二名，执之解来，即付毕里克图朗素喇嘛"[①]。看来毕力兔朗苏喇嘛当时就有属下人。

天聪六年（1632，明崇祯五年）沈阳

十二月十日，清太宗率领诸贝勒出猎，自沈阳城起行，至 Okjiha omo（菖蒲湖）驻跸。这一天有随从猎卒八人，擅取堆积在抚顺南河岸的稷草，被各打二十七鞭子。猎卒之一即毕力兔朗苏喇嘛属下。《旧满洲档》说：

> biligtu langsu lamai emu niyalma , , . . . [②]
> 毕力兔 朗苏 喇嘛的一个　人
> 毕力兔朗苏喇嘛属下的一个人。

可知此时毕力兔朗苏仍是一位喇嘛，尚未还俗，有一定数量的徒众。这些人或自蒙古携来，或是金国汗赠给。

天聪八年（明崇祯七年，1634）盛京

十二月（癸未朔）丁酉十五日，著名的金身嘛哈噶喇护法神像，在林丹汗败亡以后归于后金国，毕力兔朗苏受命迎接。

---

① 中国第一历史档案馆（关孝廉编译）：《天聪五年八旗值月档（三）》，《历史档案》2（2001 年 4 月），页 11。

② 故宫博物院：《旧满洲档》册 8，页 3896，行 8。

是日。蒙古大元国世祖呼必烈汗时，有帕克斯巴喇嘛用金铸嘛哈噶喇佛像（gür maq-a kala，= 藏文 gur mgon），奉祀于五台山（u tai šan aγula），后请移于萨思遐（saskiy-a）地方。又有沙尔巴胡图克图喇嘛（šarba qutuγ-tu blam-a）复移于大元国裔蒙古察哈尔国（Čaqar ulus）祀之。奉天承运满洲国天聪汗威德遐敷，征服察哈尔国，旌旗西指，察哈尔汗不战自逃，其部众尽来归。于是，墨尔根喇嘛（mergen blam-a）载嘛哈噶喇佛像来归。天聪汗遣必礼克图囊苏（biligtü nangsu）喇嘛往迎之。天聪八年甲戌年季冬月十五日丁酉，必礼克图囊苏喇嘛携墨尔根喇嘛至盛京城。[①]

天聪十年/崇德元年（1636）盛京

四月十一日金国汗受宽温仁圣皇帝尊号，建国号大清，改元崇德元年。满洲、蒙古、汉人官员纷纷祝贺并进献礼物。四月二十日，毕力兔朗苏进金子二钱八分。《旧满洲档》：

orin de asidargan nakcu feijin emu minggan afaha，，biliktu langsu aisin juwe jiha
二十 在 Asidarhan 舅舅 飞金 一 千 张 Biliktu Nangsu 金子 二 钱
jakūn fun benjihe，[②]
八 分 送来了

二十日。Asidarhan 舅舅金箔一千张、毕力兔朗苏金子二钱八分送来了。

崇德元年八月十七日，盛京迤北法库山喇嘛曼殊师利呼图克图过世，皇太极派遣察汗喇嘛同毕力兔朗苏二人前去祭吊，同月二十七日返回。《旧满洲档》崇德元年八月十七日：

juwan nadan de fako gebungge alin de fucihi jukteme tehe manjusiri kotuktu lama
十 七 在 *Fakū* 名字叫的 山 在 佛 祭祀 住在 Mañjuśrī Qutuγtu 喇嘛
beterehe be，，enduringge （此处空一格表尊敬）han donjifi，cagan lama，biliktu langsu
去世 把 神圣 皇帝 听说了 Čaγan 喇嘛 Biliktu Nangsu

① 中国第一历史档案馆：《清初内国史院满文档案译编》（光明日报出版社 1989 年）上册，页 126—127。参看汉文《清太宗实录》（台北：台湾华文书局影印伪满国务院本）卷二一，页 388，十二月（癸未朔）丁酉条；蒙古文本：*Daič-ing Ulus un Maγad Qaoli* qoyaduγar emkigel，*Taidzong gegegen uqaγ-a du quwangdi yin maγad qaoli*（nige）（Qayilar：Öbör mongγol un soyol un keblel ün qoriy-a，1990），qorin nigedügei debter，qaγudasu 622。引文括号内的蒙古文摘自蒙古文本《实录》相应记事。

② 故宫博物院：《旧满洲档》册 10，页 4759。满文老档研究会译注：《满文老档》太宗三，页 1014 参照。

be tuwanabume unggihe, ,[1]

把　使去看　遣送了

十七日，神圣皇帝知闻住在名字叫法库的山供佛的满朱习礼胡土克图喇嘛去世了，把察汉喇嘛、毕力兔朗苏派去探望。

《旧满洲档》崇德元年八月二十七日：

ineku orin nadan de fako de tehe kotuktu lama i bederehe be tuwanabuha cagan

同　二十　七　在法库在　住　呼图克图　喇嘛　的　去世　把　使去看的　Čaγan

lama, biligtu langsu isinjiha, ,[2]

喇嘛　Biliktu Nangsu　回来了

同二十七日。因为住在法库的胡土克图喇嘛去世而派去探望的察汉喇嘛、毕力兔朗苏回来了。

按：法库山[3]喇嘛是自蒙古投奔来的吐蕃高僧，据称是俺答汗（1507—1582）与后来追认为第三世达赖喇嘛的格鲁宗领袖锁南坚措之间的联络人，蒙古闻名的 Asing Lama。后来他被追认为东蒙古的库伦扎萨克喇嘛旗第一代扎萨克喇嘛。

崇德三年（1638）盛京

正月十三日，皇太极与毕力兔朗苏有一次谈话：

上对毕力克图郎苏曰：曾命宁塔海之兄子满辟勿随处闲走，令其学习。然宁塔海擅自遣其步猎，故将宁塔海坐以应得之罪。[4]

崇德三年三月九日：[5]

是日，八家各出银三百两，共二千四百两，又每家所派贸易人六名，自携银一千四十两，汉官、大章京各出银二百两，梅勒章京各出银一百两，计共五千五百八十两。

---

① 故宫博物院：《旧满洲档》册 10，页 5030。满文老档研究会译注：《满文老档》太宗三，页 1237 参照。

② 故宫博物院：《旧满洲档》册 10，页 5038。满文老档研究会译注：《满文老档》太宗三，页 1243 参照。

③ 关于法库山名称、位置，笔者近有论文"法库"探讨，见载中国蒙古史学会（齐木德道尔吉主编）：《蒙古史研究》第 8 辑（内蒙古大学出版社 2005），页 309—333。

④ 季永海、刘景宪：《崇德三年满文档案译编》（沈阳：辽沈书社，1988 年）页 20。按：原译文误作两人："毕力克图、郎苏"。中国第一历史档案馆：《清初内国史院满文档案译编》上册，页 266 参照。

⑤ 中国第一历史档案馆：《清初内国史院满文档案译编》上册，页 283。

又毕里克图囊苏银一百两,率之前往之诺木图银五十两,尼堪(Nikan)银五十两,共银九千二百二十两,又外库人参一百斤,命诺木图、尼堪率之往俄木布楚乎尔处[1]贸易。

崇德元年起工的莲华净土实胜寺,至本年八月初一日建成。毕力兔朗苏是其佛像、彩画的设计者。

八月十二日,“圣上欲与各部诸王贝勒叩佛”,包括外藩蒙古诸王贝勒,明归顺孔有德等三王,内外满洲蒙古汉亲王、贝勒、贝子、文武各官。出怀远门,往叩实胜寺。看情形,这应该是实胜寺佛像开光之日,所以仪式庄严盛大。

十二日。宽温仁圣汗征蒙古察哈尔部落(gurun)。察哈尔汗惧威,遁往土伯特部落时,卒(akū)于希喇塔拉(sira tala)地方,其部众咸来归。时有墨尔根喇嘛(mergen lama),载古帕克斯巴喇嘛所供嘛哈噶喇佛(mahagala)至。圣汗命部于盛京城(mekden hecen)西三里(ilan ba)外,建寺供之,三年告成,赐名“实胜寺”(yargiyan etehe fucihi soorin seme)。寺之东西两侧建石碑二。东侧一碑,前镌满洲字,后镌汉字(nikan bithe),西侧一碑,前镌蒙古字,后镌土伯特字(tubed gurun i bithe)(勤璞按:碑文略)。

圣汗欲率外藩诸王(geren goloi wang)、贝勒(beilese),共叩拜佛,遂召察哈尔和硕亲王、固伦额驸鄂哲依(gurun i efu ejei)、科尔沁和硕亲王土谢图巴达礼(badari)、和硕亲王卓礼克图吴克善(ukšan)、多罗郡王扎萨克图(jiyun wang ni)子海赖(hairai)、冰图王(bingtu wang)孔果尔、札鲁特部落内齐(jarud neici)、翁牛特部落达尔汉戴青董(darhan daicing dong)、巴林部落满珠习礼、乌喇特部落杜拜、喀喇沁部落扎萨衮杜稜、古鲁斯夏布、土墨特部落查萨衮达尔汉沙木巴(šamba)、俄木布楚虎尔(ombo cuhur)、乌珠穆沁部落多尔济塞臣济农、〇归顺三王:恭顺王孔有德、怀顺王耿仲明、智顺王尚可喜等至。

崇德三年戊寅岁八月十二日,圣汗率内外诸和硕亲王、多罗郡王、多罗贝勒、固山贝子、文武众官,出盛京城(mukden hecen)怀远门,幸实胜寺。

时寺前悬挂各色缎绸,寺院四隅,立杆四,垂吊九色缎绸,寺门至于殿,路两侧皆铺白缎。圣汗将至寺,喇嘛及僧(lama hūwašan se)击钟鼓作乐。上(han)入门,率众排齐,佛位前设案四,众喇嘛(lama se)以百果食物及奶子酒一壶,供置于案上毕,毕礼克图囊苏喇嘛(biliktu nangsu lama),引汗(han)至佛位前,以祭用金曼陀罗(aisin

[1] 即东土默特部。

i mandal)授上(han),上(endurengge han)以双手恭受,置于佛前祭案上,众喇嘛作乐诵经(jing),圣汗率众免冠至大佛前,行三跪九叩头礼。行礼毕,众喇嘛引上绕观佛位,由西向东,自阶下,至西殿,献嘛哈噶喇以物,亦行三跪九叩头礼。叩行礼毕,备牲肉三九之数,设宴于外门庭内。

宴毕,发内库银一千六十两,蟒缎三匹,缎五匹,三等黑貂皮端罩一件,二等雕鞍辔一具赐建寺人役。归顺恭顺王、怀顺王、智顺王各献银三十两、缎二匹,朝鲜国王二子各献银三十两、纸一千五百张[1],归服外藩土谢图亲王献马四匹,卓礼克图献马四匹、银五十两,扎萨克图郡王子海赖献貂皮十张、马一匹,冰图王献马一匹,札鲁特部落内齐献貂皮十张、玉壶一个、银杯盘一对、闪缎巾四条、马一匹,桑噶赖献马两匹,四子部落巴拜献马两匹,翁牛特部落达尔汉戴青献马两匹,巴林部落满珠习礼(barin i manjusiri)献马两匹,乌喇特部落图拜献马两匹,喀喇沁部落扎萨衮杜稜献马两匹,万丹献马一匹,色楞献马一匹,土默特部落扎萨衮达尔汉献马一匹、驼一只,俄木布楚虎尔献马一匹,乌珠穆沁部落多尔济塞臣济农献马一匹,希勒图绰尔济喇嘛献马二匹,古门绰尔济献马一匹,桑噶尔寨侍卫献貂皮十张,侍卫都喇尔达尔汉献貂皮十张。共银一千二百六十两、蟒缎三匹、缎十一匹、貂皮三十二张、玉壶一个、貂皮端罩一件、雕鞍辔一具、纸三千张、驼两只、马三十一匹。

汗阅视毕,建寺监工及匠役人等,分别等级行赏:

一等(uju jergi):必礼克图囊苏(biliktu nangsu)马两匹、驼一只(temen emke)、三等黑貂皮(ilaci jergi *sahalca*)端罩一件、银一百两;尼堪喇嘛(nikan lama)马二匹、驼一只、二等雕鞍辔一具、银一百两,

二等(jei jergi):钟诺依(jongnoi)、达特巴喇嘛(dadba lama)、吴巴希(ubasi)、毛堂(mootang)、拜星(baising)、李塑匠(li sujan)、姚塑匠(yuo hūwajan[画匠])等七人各马一匹、银六十两、缎一匹,

三等:吴兰班弟(uyan bandi)、古鲁斯希布(gurushib)、绰莫斯替特(comostid)、李茂芳(li moo fang)、杨文魁等五人各马一匹、银三十两,

四等:什布察(sirbca, < shes-bya)喇嘛、嘎布楚(gabcu)喇嘛、托音喇嘛、希雅喇嘛(hiya lama)、诺莫浑喇嘛(nomhon lama)等五人各蟒缎一匹、银十两,

五等:画匠谭代(tandei hūwajan)、马画匠(ma hūwajan)、高画匠、王画匠、森特和、张画匠、毛画匠等七人各银十五两,冰图喇嘛、朱喇齐班弟(juraci bandi)、色楞高宗(sereng godziug)、达喇图、孙珠、高山、李泽、姚光新、张画匠、刘画匠、古古礼、王画

---

① 朝鲜侧纪录:"十二日。清主率诸王以下,露顶拜佛于实胜寺(在西门外,即清主所建也)。诸王争施金帛、驼马。世子大君亦随而往返,送金两、纸地于寺(拜佛时我国上下独免脱帽露顶)。"见《沈馆录》(辽海丛书本)卷一,页13b(戊寅八月条)。

匠、孟画匠、李达、福来、新达礼、色木肯、刚画匠、杨达、尤画匠、隆画匠、董阿礼、萨努虎、刘青、张亮、杨画匠、王画匠、韦画匠、海杜、勒伯礼等三十人各银十二两、貂皮一张、纸一百张，

六等：木匠赵木匠、高木匠、王木匠、阔木匠、张木匠、陈木匠、劳木匠、白木匠、陈木匠、方木匠、黄木匠；铁匠张铁匠、张铁匠、贺铁匠、浩铁匠、浩铁匠、杨铁匠、劳铁匠、佟铁匠、吴铁匠、贾铁匠、王铁匠、赵铁匠、周铁匠、马铁匠、孙铁匠、贺勒塑匠、庞铁匠、张铁匠、吴铁匠、刘铁匠、抽铁(sele)丝匠方铁学、韦铁匠、朱泥水匠(ju misuijang)、抽铁丝匠赵泰(joo tai)、吴泥水匠(u misuijang)、霍铁匠(sele faksi ho)及各色小匠役十八人，各赏(šangnaha)银六两。

是日。大清国实胜寺钟，吉日铸成，重千斤(○ineku juwan juwe de,,daicing gurun i yargiyan etehe/ fucihi soorin i jung be,,sain inenggi hungkerehe,,ujan emu minggan gin,,)

又十六日，"外藩人等还"[1]。

看这段记述，毕力兔朗苏乃是开光喇嘛(rab-gnas mkhan-po)，循例应也是此寺住持。皇帝赏赐建寺人员。外藩蒙古诺颜、朝鲜国王的两个儿子，孔有德等汉三王，纷纷敬献礼物。其后"上览之，分等赏筑守人员、建寺工匠"，毕力兔朗苏及佛、菩萨的像的建造者尼康喇嘛(Nikan Bla-ma)列为一等。毕力兔朗苏得马二匹、驼一头、三等黑貂皮裘一件、银子一百两，赏赐最重。

又实胜寺四体碑文中的藏文碑文，最末一行是："pi-lig-th u bris-pavo/"，译言"毕力兔写了"。这位书丹者，或者也是毕力兔朗苏。

崇德四年(己卯，1639)盛京

礼部衙门记事：

正月初三日。圣汗以新年礼，率和硕亲王以下宗室公以上，幸实胜寺拜佛礼：圣汗下马，夏喇嘛(Hiya Bla-ma，即下文的侍卫喇嘛)、毕礼克图囊苏各捧香炉迎。夏喇嘛、毕礼克图囊苏捧香炉引圣汗至佛位前，夏喇嘛、毕礼克图囊苏将香炉置佛位前毕，分立两侧。圣汗及众人免冠行九跪九叩头礼。礼毕，圣汗于东侧就坐顷刻，至嘛哈噶喇佛前，率众人免冠行九跪九叩头礼。令厄鲁特部格隆寨桑、厄尔赫布希等入

[1] 中国第一历史档案馆：《清初内国史院满文档案译编》上册，页354—358。另译：季永海、刘景宪：《崇德三年满文档案译编》，页183—184；中国藏学研究中心等合编：《元以来西藏地方与中央政府关系档案史料汇编》(中国藏学出版社1994年)册2，页215—218。括号内满洲文取自档案原文胶片复印本；因为复印本字迹不是全清楚，其中有重要字眼未能找出原文，也就无法对整个记录作讨论。

观毕，圣汗出，坐于门东阶。噶布楚喇嘛（Dkav-bcu bla-ma）献马八匹、蟒缎一匹、妆缎二匹、倭缎一匹，俱却之。于是，宰牛一头、羊四只赐宴。宴毕，圣汗还清宁宫。国主福晋、东大福晋、西大福晋、西侧福晋等入拜实胜寺佛，免冠行九跪九叩头礼。[①]

崇德七年（1642）盛京

秋七月初三（辛未），皇帝来到牧马所，召锦州松山之役投降的祖大寿等人，赐宴；又命内臣、侍卫及新附各官较射。其后赏赐众贝勒、文武官员、喇嘛等。毕礼克图朗苏同察汉喇嘛等，各被赏骆驼一只。这是上述战役胜利后庆祝活动的一部分[②]。

七月二十六日，又于跑马所举行赛马。八月初一日户部满洲文赏单记载，郎苏喇嘛“花马八等”、毕里克图郎苏喇嘛“黑鬃黄马二十等”。赛马马主人有重出的，如和硕睿亲王有三匹马参赛，所以郎苏喇嘛可能是毕里克图郎苏喇嘛简称，有两匹马参赛。他跟察汉（察哈）喇嘛一起，列名于满洲、蒙古诸王、贝子等中间[③]。

崇德八年至顺治二年（1643—1645）盛京

八年二月，盛京四面的敕建四座护国喇嘛寺塔开始建造。卜地者乃毕力兔朗苏与悉不遮喇嘛法王。佛像彩画等的设计者仍毕力兔朗苏担任。顺治二年（1645）五月完成。其时大清帝国已经定鼎于燕京，盛京不再是京师。各立两碑，镌刻满洲、汉、蒙古和西藏四体碑文，记建立缘起。如今石碑仍保存着的是北塔和东塔，寺则仅存北寺法轮寺。

塔在顺治元年（1644）六月（丁巳朔）甲戌十八日先完成，参与者受赏。《世祖实录》：

盛京四郊塔工成，赐诸喇嘛宴，及鞍马、币帛、器皿等物有差。[④]

这一条《实录》蒙古文本相应文字是：

mügden ü	dörben	tekürge	dür	suburɣan	üiledčü	daɣusuɣsan	yosoɣar,	blam-a	nar i
盛京 的	四个	郊外	在	佛塔	造作	完结	依照	喇嘛	们把

① “盛京吏户礼兵四部文·礼部文、祭实胜寺宴赏来朝各官”（满文汉译），载中国第一历史档案馆：《清代档案史料丛刊》第14辑（中华书局1990年），页119—121。

② 《清太宗实录》卷六一，页1020。参看蒙古文本：*Daičing Ulus-un Maɣad Qaoli* ɣurbaduɣar emkigel, *Taidzong gegegen uqaɣ-a du quwangdi yin maɣad qaoli*（qoyar）（Qayilar：Öbör mongɣol un soyol un keblel ün qoriy-a, 1990），jiran nigedüger debter, qaɣudasu 744—745.

③ 奉宽：《清理红本记》（馀园丛刻第三种，丁丑［1937］三月自序）卷一，页4a—6a。奉宽（1876—1943）汉姓鲍，字仲严，蒙古旗人，清末民国任职北京、北平，博学，会多种文字。

④ 《清世祖实录》卷五，页60。

qurimaju morin, emegel, torγ-a saba un jerge yin yaγum-a šangnaba, ,[①]

设宴　　马　马鞍子　缎子　器皿 的　级别 的　东西　　赏给了

盛京四个在郊外的佛塔建造完成，因此给喇嘛们设宴，并分等赏给马、马鞍子、缎子、器皿等物品。

满文档案把此事详记于次日：

十九日。庆贺北塔竣工，开光。塔之南搭蒙古包，锡卜扎喇卜占巴喇嘛自身，众喇嘛(lama)、鄂木布(ombu)、班第(bandi)等念经于内，毕。喇嘛出，诣蒙古包前凉棚坐床，面北向塔。钦命摄政和硕郑亲王、多罗饶馀郡王、硕塞阿哥、内大臣、侍卫、梅勒章京以上诸员朝服至塔。诸王、众人皆摘凉帽，向锡卜扎喇卜占巴喇嘛行三跪三叩头礼。诸王以下首辅大臣，逐一献衣里(?)于喇嘛，退回，行三跪三叩头礼。由郎苏喇嘛前引，绕塔三周。毕，行三跪三叩头礼。退回，王等坐西厢凉棚，先进茶，所治之桌、牛羊肉，俾监修章京、工匠、力夫均匀食之。

献于喇嘛之物品数目：

内库雕鞍马一匹、空马一匹、驼一峰、盔甲、玲珑撒袋插带弓箭、银五十两、豹皮一张、虎皮一张、海獭皮一张、此一九；

银茶桶一个、茶酒壶一只、玉盅一只、琥珀盅一只、银盅一只、此一九；

蟒缎一匹、妆缎一匹、片金一匹、锦缎一匹、倭缎一匹、金钱花缎一匹、黄缎一匹、红缎一匹、此一九；共为三九。

此宴也，携御桌二十张、酒十瓶、馅饼三百个，礼部奶酒三瓶，户部之牛一只，羊二十六只，共宰三九之畜，八家之茶各二桶，以宴之。

二十二日东塔，二十五日南塔，二十八日西塔，于此三处之塔，摄政和硕郑亲王以下梅勒章京以上前往向喇嘛、塔叩头之礼、所治之桌、所宰牛羊，俱如北塔。献于喇嘛之物品数目，亦如北塔。[②]

顺治六年　北京

二月辛亥，《清世祖实录》卷四十二记其受官：

---

① *Daičing Ulus un Maγad Qaoli* dörbedüger emkidgel, *Šidzu keikülügsen quwangdi yin maγad qaoli* (nige) (Qayilar: Öbör mongγol un soyol un keblel ün qoriy-a, 1991), tabuduγar debter, qaγudasu 129b.

② 出满洲文《国史院档》。转引自赵志强：《北塔法轮寺与蒙古族满族锡伯族关系述论》，《满族研究》3(1991)，页81—82。参照中国第一历史档案馆：《清初内国史院满洲文档案译编》中册，页27—28译文(多有错误)。

以毕里克图囊素于喀喇沁土默特部落未归之先投诚，有功，授为一等阿达哈哈番。[①]

这儿交代了毕力兔朗苏由蒙古转徙于金国的年次。

依《实录》顺治四年十二月议定世职甲喇章京（jalan i janggin）改为阿达哈哈番[②]。阿达哈哈番，满洲语 adaha hafan 音译[③]。按照顺治三年规定，世职一等甲喇章京俸禄一百一十两，无世职五十两[④]。

顺治七年　北京

十二月二十四日，参预议处喇嘛违制事件。

是日，侍卫喇嘛（Hiya Bla-ma，即夏喇嘛）出使喀尔喀（Qalq-a，Kalka），受喀尔喀土谢图汗（Tüšiyetü Qaγan）、思丹津喇嘛（Bstan-vdzin Bla-ma）所赐"达尔汉绰尔济"（Darqan Chos-rje）封号。故察干喇嘛（Čaγan Bla-ma）、固锡阿木布（Gu-shri ombu）、必利科图囊苏、侍郎沙济达喇、席达礼、启心郎奈格等人审理曰：侍卫喇嘛，尔乃大国汗使臣，受小国赐号者，非也。念尔为喇嘛，免死，籍没家产，驱逐。嗣后永不任用。审毕，启皇父摄政王，奉父王旨：勿籍没喇嘛家产，停每年所发俸禄。因系白身（bai niyalma）喇嘛，日后禁入皇上御门、皇父摄政王之门、众王贝勒等之门。钦此。

又，侍卫喇嘛与喀尔喀汗、贝子等商议会盟，将一同前去之伊勒都齐赶出，独自商议；又以因系众台吉前去等缘由，未遵旨带回巴林（Baγarin）布、畜；并声言：我作喀尔喀人会议，作我朝之人会议等语。此三罪经察干喇嘛、固锡阿木布、必利科图囊苏、理藩院大臣等审理得：因系喇嘛，免死，家产籍没，只身驱往锡呼图库伦。审毕，启皇父摄政王。奉父王旨：勿籍没喇嘛家产，夺此次所得马、驼。钦此。[⑤]

顺治九年　北京

藏历十二月十九日，在北京。毕力兔朗苏引导诸王、台吉、内院学士等一百多人这样众多的贵人前往黄寺，朝拜第五世达赖喇嘛（1617—1682）。后者应皇帝多次敦请来到

---

① 《清世祖实录》卷四二，页 498。

② 《清世祖实录》卷三五，页 413—414。

③ 照《清世祖实录》卷五七（页 664）所记，顺治八年五月所定世职汉名品级，一等阿达哈哈番为正三品，汉名"外卫指挥副使"。

④ 《世祖实录》卷二三，顺治三年正月丁丑（29 日）条。上田裕之：《八旗俸禄制度の成立过程》，《满族史研究》2（东京：满族史研究会，2003 年 5 月 20 日），页 29—37 参照。

⑤ 中国第一历史档案馆：《清初内国史院满文档案译编》下册，页 156。这件事涉及跟 Qalq-a 的关系，看《世祖实录》同年十一月（庚寅朔）辛未日上谕，即卷五一，页 594a—595a。锡呼图库伦即 Šiof Siregetü Küriy-e，库伦扎萨克喇嘛旗，当盛京迤北。

金色的北京。五世达赖喇嘛自传中说：

> 十九日，冰图王（宾图王，< Bing-thu Dbang）[1]等一百馀人来到黄寺，向我布施了金盘和十匹缎子等物品。带领着来的是鄂尔寺住持的僧人、现今已经还俗的以毕力兔朗苏（bi-lig-thu nang-so）闻名的。他娴熟汉、西藏、蒙古三种文字，法态照人。我向他和 Kha-ran-thu 台吉（thavi-ji）、几位内翰林院的学士（pho-brang-gi yig-mkhan）等传授了观世音主从三尊随许法。毕力兔（bi-lig-thu）［朗苏］向我布施一珍珠璎珞饰。[2]

拉萨布达拉宫壁画一个画面记载这件事，不过未提及毕力兔朗苏。壁画上的文字抄在下面：

> hor chen[3] bing-thu-wang sogs la thags-rje chen-povi rjes-gnang stsal-ba /[4]
>
> hor chen　冰图王　等　对　悲心　大的　加持　授予
>
> 对科尔沁冰图王等授予观世音加持。

顺治十年　北京

藏历正月十四日，第五世达赖喇嘛在北京给毕力兔朗苏（Bi-lig-thu Nang-so）传授了上师瑜伽（*bla-mavi rnal-vbyor*）[5]。

同月十八日在北京，毕力兔朗苏请第五世达赖喇嘛为他作了乌仗那大师莲花生的赞颂文，用作日常念诵（"... Bi-lig-thu Nang-sovi kha-ton-du O-rgyan Rin-po-chevi bstod-pa rnams brtsams"）[6]。

二月十三日在北京，毕力兔朗苏同次丹（车布登）王（Tshe-brtan Dbang）、察汉达尔汉法王（Cha-gan Dar-khan chos-rje，即察汉喇嘛）听受了第五世达赖喇嘛的七目白度母随许法（*sgrol-dkar bdun-ma*）[7]。

三月十五日，第五世达赖喇嘛在返回拉萨中途，名叫代噶的地方（今呼和浩特东南

---

① 即科尔沁左翼前旗扎萨克多罗冰图郡王，名额森（Esen），洪果尔（崇德六年卒）长子，顺治三年袭封，康熙四年卒。包文汉等整理《（钦定外藩）蒙古回部王公表传》卷二〇，页165—166；包文汉整理，《清朝藩部要略稿本》（边疆史地丛书）（黑龙江教育出版社1997年），页324。

② Ngag-dbang Blo-bzang Rgya-mtsho, *Ngag-dbang Blo-bzang Rgya-mtshovi Rnam-thar* 1, shog grangs 394—395.

③ 这两个字字面是"大（chen）蒙古（hor）"的意思；但就史实言，应该是蒙古语 qorčin（科尔沁）音译。

④ 甲央、王明星主编：《宝藏——中国西藏历史文物》（朝华出版社2000）册4，清朝时期，图5，画面上部中间的图。

⑤ Ngag-dbang Blo-bzang Rgya-mtsho, *Ngag-dbang Blo-bzang Rgya-mtshovi Rnam-thar* 1, shog grangs 399.

⑥ Ngag-dbang Blo-bzang Rgya-mtsho, *Ngag-dbang Blo-bzang Rgya-mtshovi Rnam-thar* 1, shog grangs 399.

⑦ Ngag-dbang Blo-bzang Rgya-mtsho, *Ngag-dbang Blo-bzang Rgya-mtshovi Rnam-thar* 1, shog grangs 403.

凉城县岱海旁)，派人给顺治皇帝送上诗体呈文和礼物。同时一起捎去一封用饰物装饰起来的信给毕力兔朗苏，信载书信集，内容已见前文[①]。

顺治十三年　北京

藏历十一月十五日在拉萨，第五世达赖喇嘛发出两封信，一给松潘格西赤烈写的碑铭题文，用于五台山新建某寺的碑刻。一给“在支那的(rgya-nag-tu)毕力兔朗苏”的复信[②]，内容已见前文。

顺治十五年(1658)　北京

七月丁酉，报道其去世。《清世祖实录》[③]：

> 遣官致祭三等阿思哈尼哈番毕立克图郎苏，立碑如例。

大致在上年，毕力兔朗苏在京城逝世。

按照《清世祖实录》卷五十七所记顺治八年五月所定世职汉名品级，三等阿思哈尼哈番是从二品，汉名外卫都指挥副同知。此职较毕力兔朗苏顺治六年的一等阿达哈哈番高两级。阿思哈尼哈番，即满洲语 ashan i hafan 音写。所谓遣官致祭及立碑，按照顺治九年(1652)九月所定，阿思哈尼哈番的待遇是“自立碑，内院撰给碑文。照例给羊、纸，遣官读文、致祭一次”[④]等等。近代中国屡遭劫难，三百年前所立石碑恐怕早就湮没无存了。这是最后一条关于他的记载。其后未见皇帝追赐名号，或其子弟袭职的文字[⑤]。

Biligtu nang-so，Biligtu nang-so bla-ma，这两个名字都很长，而且 nang-so 是职务，所以有一次第五世达赖喇嘛称其为 bi-lig-thu(见前顺治九年条)，在盛京、北京朝廷会不会也有简称其为 bi-lig-thu 的呢？今检太宗朝、世祖朝实录，尚有多条关于毕力格图的纪录，究竟是否毕力兔朗苏，有待考定。这些条是：崇德四年十一月己未条，顺治四年正月戊辰条，八年正月庚申条，九年正月辛巳条，九年正月戊戌条，九年正月辛丑条，十一年庚戌条。

八　结论

17 世纪前半叶，东亚和内陆亚洲逐渐卷入以辽东为中心的生存角逐，短促之间，铸成涵括长城内外、政教构造有鲜明特征的巨大帝国。所谓华夷变动，时人为之换颜。有

---

① Ngag-dbang Blo-bzang Rgya-mtsho, *Ngag-dbang Blo-bzang Rgya-mtshovi Rnam-thar* 1, shog grangs 408.

② Ngag-dbang Blo-bzang Rgya-mtsho, *Ngag-dbang Blo-bzang Rgya-mtshovi Rnam-thar* 1, shog grangs 503.

③ 《清世祖实录》卷一一九，页 1409。

④ 《清世祖实录》卷六八，页 800。

⑤ 检阅盛昱《雪屐寻碑录》(辽海丛书本)，未见有关碑记。

各族类、各色身份、各怀动机的个人，在这当中终尽其一生。这些人无疑地发生过作用，但在当代宏大规模的历史过程中，个人生涯未免显得虚幻，无从追寻其踪迹。毕力兔朗苏(Bilig-tü Nangsu，？—1657)，萨迦密乘大寺 Ngor 寺出身，可能为了本寺本宗利益，以囊素之职前往蒙古弘传法教，最后落脚喀喇沁土默特，风云际会，又前往后金国效劳，1657 年在北京过世，他就是其中的一个。他前半生的行事已无从了解，连其名字也不知道，目前所知不过是称号。身份是僧人，学问渊博，光彩照人；由喇嘛而还俗，设计庙宇，奉命出使，草拟蒙藏诏敕文，主持重大宗教仪式，参与国家喇嘛事务。往还的都是上层：皇帝，蒙古诺颜，王公贝勒，内院学士，喇嘛高僧；与第五世达赖喇嘛颇有交情，一生修持佛教。他最显著的工作是在蒙藏佛教领域：受敕命在盛京建造莲华净土实胜寺和四座敕建喇嘛寺院及其宝塔、塑像、彩画。这些壮丽严整的寺院的创立，对于清帝国的国体(törü yosu，doro yoso)，对于藏传佛教在清朝的生根开花，具有充分的象征—预示意义。

土观呼图克图 Blo-bzang Chos-kyi Nyi-ma 嘉庆六年(1801)写成的著作有这么一段话：

> sngon-gyi dus-su hor dang rgyavi yul dang mdo-khams stod ṣmad rnams su sa-skya-bavi bstan vdzin dam-pa dang dge-vdun vdus-pavi cho-kyi sde mang-du byung la / deng-sang sde-dge lhun-grub-steng sogs dgon-sde vgav zhig yod cing / ngor-gyi mkhan-po rim-byon gyis skyong-bar byed-pa las / phyogs gzhan-du sa-skyavi chos-brgyud vdzin-pavi grwa sgrub mi snang ngo //[①]
>
> 往昔，在蒙古、汉地及上下多康(mdo khams stod smad)，萨迦宗的持教大德及僧众聚集的道场很多。现在只有德格伦珠顶等寺院，由 Ngor 派堪布(Mkhan-po)相继护持。在其他地方，已没有持萨迦宗经教的僧院和行者了。

或许如其所述，在明清时代，弘扬萨迦宗教法的各地大德、法场凋零殆尽；但萨迦宗的教法仍主要由 Ngor 寺传承，各地萨迦宗学徒一般都到 Ngor 寺求学。这位格鲁宗优秀的上师、历史家、瑰丽诗篇的作者可能会感叹，全力扶持任用格鲁宗佛法的东方曼殊师利大皇帝——恰巧传说具吉祥萨迦氏族也是曼殊师利化身来的[②]——，在他建国后三月兴建、三年圆成的当朝佛教根本道场莲华净土实胜寺，其佛像、彩画等的设计者和开光堪布竟是一位萨迦宗出身的僧人。而土观一向认为，当初盛京喇嘛们是他本人所属宗派的。

---

① Thuvu-bkwan Blo-bzang Chos-kyi Nyi-ma, *Thuvu-bkwan grub-mthar*, shog grangs 193；参看汉译本：刘立千译注，土观·罗桑却季尼玛原著：《土观宗派源流》，页 105。

② Ngag-dbang Kun-dgav Bsod-nams, *Sa-skyavi gdung-rabs ngo-mtshar bang-mdzod* (1629) (Pe-cin: Mi-rigs dpe-skrun khang, 1986), shog grangs 6, 26.

如果想到下面这一点，人们对毕力兔朗苏就会更加景仰：正如从他的行事看到的，无论在盛京在北京，他都有着崇高地位，发挥生动的作用，但那并不是因为他像崇德七年到盛京的伊拉古克三喇嘛（Ilaγuγsan Qutuγtu）那样，后者是班禅喇嘛、达赖喇嘛、顾实汗的使者，乃强大政教势力的代表；毕力兔朗苏的受重用，全在他个人的能力、智慧，个人的独立工作精神。这一点最值得注意。这位才华横溢的萨迦 Ngor-pa 在盛京的工作，是对当时像旭日初升般的曼殊帝国的最相称的贡献，可能也是元朝之后萨迦教法史最有意思的一章。行文至此，心中不禁生起由衷的钦敬之情。

附记：拙稿 1992 年属草于大连，当时承蒙次仁央宗（Tshe-ring Dbyang-vdzoms，目前西藏大学）、刘颖（拉萨市师范学校）、马文博（Martin Slobodník）、王小川、袁得才、赵香兰（以上三位大连图书馆）、赵德祥（大连市教育学院）、周清澍（内蒙古大学）等各地多位长辈同辈惠赠、惠借或代购图书；大连图书馆典藏部、社会科学部亦大力帮助；德庆多吉先生（Zhol-khang Bde-chen Rdo-rje，西藏民俗编辑部）的珍贵教示。1996 年移居沈阳后继续订补，今又承齐木德道尔吉老师（内蒙古大学）俞允使用崇德三年《清初内国史院满文档案》胶卷复印本、《旧满洲档》复印本，额尔敦白音先生（Töbed ün Erdenibayar，文学博士、内蒙古大学蒙古学学院教授，专攻西藏—蒙古文化）惠助翻译达赖喇嘛信件，始克完稿。岁月流逝，而感戴之情弥增。

（李勤璞　研究员　鲁迅美术学院　110004；博士研究生　内蒙古大学蒙古史研究所　010021）

清开国时期对谋臣态度之嬗变

张玉兴

距今六甲申即三百六十年前的甲申年——1644年的春夏之交，中国历史上发生了一场翻天覆地的大事变，继明朝为李自成领导的大顺农民军推翻之后不久，清摄政王多尔衮指挥的大军顺利入关，不仅实现了自努尔哈赤、皇太极以来满洲统治者梦寐以求的进入山海关门的愿望，更出现了唾手而得北京，入主中原，乃至君临华夏的盛况。何以出现这个奇迹，笔者于十年前，即清兵入关三百五十周年之际，曾撰《论清兵入关的文化背景》①一文，提出其中的重要原因之一在于满汉文化接轨的命题。当年满汉两种文化何以顺利接轨，给人的启示是多方面的。究其奥妙乃在清掌握实权人物即摄政王多尔衮顺应形势，于关键时刻以出人意料的雄心与魄力，完全采纳谋臣之建议，毅然更新思路，勇敢抛弃旧观，从而扭转态势，开创了前所未有的新局。

这个思路的更新十分难得，它使谋臣多年来最殷切的企盼，即对其效忠的主子一再苦口婆心的规劝与主张，终于得以实现。从某种意义上说，这是清统治者充分信任谋臣而结的硕果。

谋臣的作用不可低估。谋臣，特别是汉人谋臣对成就清统治大业起了至关重要的作用，清统治者对谋臣的重要性早就有所认识，然而谋臣作用能否最大限度地发挥绝非易事。清统治者与谋臣的双向选择、彼此间依存，经历了十分复杂、漫长、曲折而痛苦艰辛的过程。清开国时，不同时期对谋臣的态度及因此导致的谋臣之境遇及作用则迥然不同。

一　用而深疑

太祖时，努尔哈赤身旁就有谋臣陪伴，得其参谋，而有所裨益。但此刻对谋臣却是用

① 载《清史研究》1995年第4期；又收入拙著《明清史探索》，辽海出版社2004年。

而深疑，故谋臣多遭不测。此时之谋臣或起谋臣作用之著名者，据清官书所载有额尔德尼及噶盖二位。然细查档案、实录，特别是明朝方面与朝鲜文献，还会发现有龚正陆（六）及阿敦等人。

原籍浙江、富商出身的龚正陆虽为汉人，却是最早的谋士，曾被信任倚重而尊为"师傅"[①]，成为努尔哈赤之"谋主"[②]，助成了其开创大业。

额尔德尼则是清开国时期女真人中的第一位足智多谋的学问大家，被誉为"一代杰出之人"[③]。其生平中最突出之贡献，一是与噶盖一起创制满文，使满洲民族从此有了自己的文字，他更以此种文字主持记录努尔哈赤之言行，开创后金社会记档的先河，二是为后金政权"编纂法典成书"[④]。

噶盖，亦是备受努尔哈赤信任的智谋近臣，是排名费英东之后，建州最早的审事官（扎尔固齐）之一[⑤]，其闪烁史册之功绩，乃与额尔德尼一道创制了满文。

阿敦，乃努尔哈赤之"从弟"[⑥]，他在努尔哈赤开创大业时，以"勇而多智，超出诸将之右，前后战胜皆其功也"[⑦]之杰出表现，成为最受倚重的得力助手，屡次承担军政重任。

显而易见，上述诸人对努尔哈赤事业的发展都贡献了力量，无疑当属功臣。然而，最后却均遭厄运，皆身首异处。被斩杀之由，按史料所载仔细评量，多为细故罗织而成。

龚正陆曾被努尔哈赤尊崇信任，但清官方文献上不见任何痕迹，而只在明朝与朝鲜史料上出现，后又突然消失得无影无踪，何以如此人们已难得确情。合理的判断，龚正陆当是因重大事故被努尔哈赤诛杀，且斩草除根，落得个身死迹灭的境地[⑧]。这是谋臣的悲惨结局，也是努尔哈赤与谋臣结合的一次大失败。当年龚正陆之死已非同小可，影响所及，自他之后努尔哈赤身旁几无汉人谋士之身影，显然这是因龚之教训而对汉人文士的极度怀疑所致。然而满洲本民族谋士之境遇亦并不美妙。

噶盖被定的罪名是伙同被努尔哈赤所灭之原哈达部首领猛格布录一起"谋逆"[⑨]，即所谓"通谋欲篡位"[⑩]，而于庚子年（1600）伏诛。此实乃弥天大谎。因此时之哈达部已经

---

① ［朝鲜］《李朝宣祖大王实录》二十八年十二月癸卯。

② 赵士桢：《神器谱》卷四，《防虏车铳议》。

③ 《清太宗实录》卷一六，天聪七年十月己巳。

④ 《重译满文老档》太祖朝卷六，页50，辽宁大学历史系1978年。

⑤ 《清史稿》卷二二八，《噶盖传》。

⑥ ［朝鲜］《李朝实录》，《光海君日记》五，见吴晗辑：《朝鲜李朝实录中的中国史料》册8，页3145，中华书局1980年；［朝鲜］李肯翊：《燃藜室记述》卷二三，见潘喆等编：《清入关前史料选辑》第1辑，页428，中国人民大学出版社1984年。

⑦ ［朝鲜］《李朝实录》，《光海君日记》五，见吴晗辑：《朝鲜李朝实录中的中国史料》册8，页3145，中华书局1980年。

⑧ 参见拙文：《清前史绝密考原》，"思想谋略来源有自——关于龚正陆"。

⑨ 《清太祖实录》卷三。

⑩ 《清太祖武皇帝实录》卷二；《满洲实录》页113，台北华文书局1969年。

部灭众散，被建州牢牢控制。猛格布录只不过是一个失势之俘囚，早已没有条件和能力恢复旧业。谋臣噶盖洞悉此情，他岂能冒险以卵击石，从事与己毫不相干的兴灭继绝，追求无望之事业？这里合乎情理的可能是他对努尔哈赤消灭哈达的消极情绪。这当然触犯了努尔哈赤的忌讳，竟而被罗织成罪，如是而已。

额尔德尼获罪致死之由更为勉强。天命八年(1623)，他被人告发“藏匿东珠”。努尔哈赤信之，一定要其承认隐藏了东珠并立即交出来，还明确说，只要“献出则无罪”①。额尔尼却绝不违心认错，并声言自己“是公正的”②。殊不知这已极大地冒犯了努尔哈赤的威严，遂一怒之下发令处死。

阿敦罹罪致死之由，只因努尔哈赤为自己身后的接班人事举棋不定，乃秘密咨询阿敦：“诸子中谁可以代我者?”阿敦竟不慎将此事泄露，引出事端，于是被认定为“交构两间”③，而被拘禁，后被杀掉。

作为满洲(女真)自己人的谋臣竟如此获罪而轻蹈不测，汉人谋士当然更不在话下。事实上，努尔哈赤进入辽沈地区之后，对汉人的怀疑乃至仇视日益加深，终导致大规模全面地屠戮儒生，《满文老档》如实记录这场惨绝人寰的大屠杀：天命十年努尔哈赤发布屠杀汉人之布告称，辽东汉人“不思我养育之恩，仍向明朝，故杀此有罪地方之人”。于是“八旗大臣分路前往，下于各屯堡杀之”。“此次屠杀，使贤良之书生亦被杀绝”④。在这种背景下后金社会的汉人文士已被杀戮殆尽。微乎其微的劫后孑遗者，即逃过劫难漏网的文士，多隐姓埋名，在旗下为奴而忍气吞声；即便幸免于难者，在临深履薄中，保命要紧早已噤若寒蝉，无人也无由再敢倡言时事。当然也有例外，那就是人们在《满文老档》上看到的刘学成上书之事。

刘学成，一作刘学诚⑤，汉人文士，出身背景不详。天命十一年三月十九日，即在后金大肆屠戮儒生五个月后，他上书努尔哈赤，开篇热烈肯定努尔哈赤在辽沈地区的所有行动，随而提出四点建议。实际上该上书的重心所在是建议不杀逃人与不烧毁汉地两点。如谓“自古以来使用有功之人，不如使用有罪之人。辽东之人既叛逃，即罪人耳。何必杀之，使其从征，以汉人征明，则与诸申有益矣”。这是建议不要杀掉抓获到的逃人，实际是建议努尔哈赤改变屠杀汉人的方针，其用意在保护汉人，只不过提法婉转，可谓用心良苦。在当时的大背景下，没有非凡的智慧与勇气，是难于提出如此建议的。虽

---

① 《满文老档》页473，中华书局注译本1990年。

② 《重译〈满文老档〉》太祖朝第3分册，页43，辽宁大学历史系译本1979年。

③ [朝鲜]《李朝实录》，《光海君日记》五，见吴晗辑：《朝鲜李朝实录中的中国史料》册8，页3145—3146，中华书局1980年。

④ 《满文老档》页645—646，中华书局注译本1990年。

⑤ 《清太宗实录》卷二一，天聪八年十二月甲辰。

然努尔哈赤阅后“嘉之”[1]，然而不见下文，努尔哈赤的大政方针没有丝毫改变，仇视汉人的政策依旧。

其实，进入辽沈地区，特别在杀掉阿敦、额尔德尼之后的努尔哈赤，几乎已不再使用谋臣，可谓有谋臣亦不用，凡事不再征询谋臣之意见，而一意孤行。他对汉人的一系列不可思议的错误政策，诸如迁移汉民、合食同住、捕杀“无谷之人”及屠戮儒生等怪异之举，肆行无忌，而不受任何谏阻，未遇任何不同的声音即是明证。后金国里的谋臣早已缄默不语，不见其建言佐政之活动。努尔哈赤独断独行，已到昏愦的地步，事后唯一提出不同见解者竟是汉人文士刘学成，人们庆幸刘学成竟并未因此罹难，反于档案上留下记录，这是意外的奇迹。

努尔哈赤的刚愎自用与多疑，是怀疑乃至拒绝使用文士的主要原因，而对汉人文士的极端态度更是出于坚守民族旧观不改，特别是对汉人儒生抱有根深蒂固之偏见。国无谋而危，政无谋而险。努尔哈赤对谋臣的用而深疑，以至疑而弃之，竟至疑而诛之，严重后果是，他指挥后金兵势如破竹般地攻入并占据辽沈地区，却并未能安定社会，继续发展大好形势，而是使自己晚年在政治上陷入困境，后金国内危机四伏。

二　用而有疑

太宗时，后金社会形势出现转机，谋士面临可以用武的新天地而发挥了作用。皇太极即汗位后，大刀阔斧地进行创新和改革，一改乃父之诸多弊政，求治心切，求贤若渴，积极延揽和培养人才，推行招儒、用儒政策。因而此时之谋士，特别是汉人谋士辈出，皆踊跃效命，竞献方猷，以致对旧观多有触动。后金社会出现了前所未有的新局面。

此时之谋臣主要者除太祖时即初露头角的少数几人之外，大部分皆为皇太极任用、延揽或培养所致。其中太祖以来的谋臣有：

达海（1595—1632），是继额尔德尼之后，满洲崛起时又一位语言学家与政治家。他热心介绍汉文化，主持翻译了大量汉籍，为后金典章制度之改革，倾注了心血，被赐号巴克什。其生平中最突出的功绩是改进老满文，创制新满文，使满文之创制最后成功，“由是国书之用益备”[2]。

库尔缠，亦是满洲崛起时的智谋之士。当皇太极设立文馆时，他更以出色的语言文字才能，被命“记注本朝政事，以昭信史”，即接续额尔德尼以满文记档的工作，如实记录

① 《满文老档》页695，中华书局注译本1990年。

② 《清史列传》卷四，《达海传》。

皇太极之“得失”[①]。曾因与达海一起介绍汉文化，而被赐号巴克什[②]。

龙什，八旗满洲人，身世与生卒年均不详，被称阿哥、巴克什，天命、天聪时期，屡次奉命传达上谕、招降汉人、出使朝鲜，及与明臣议和。

希福（？—1652），八旗满洲人，太祖时因兼通满、汉、蒙古文字，屡奉命使蒙古各部，即赐号巴克什。天聪时以安抚蒙古之功官备御，崇德元间累官至内弘文院大学士，建言定部院官制及编蒙古户口、置牛录、颁法律诸端，多所建树。

刘学成，太祖时即已上书言事，但因清史无传，身世不详，据《清太宗实录》及《天聪朝臣工奏议》所载，可知他此时之身份是牛录额真[③]、正白旗备御，因“年老多疾”[④]，数年间未曾言事。但有感于时势之发展，遂于天聪六年十月至八年十二月间又三次上奏。这是唯一一位经历太祖太宗两朝的汉人谋臣。

皇太极任用、延揽或培养的众多谋臣，大致由两部分人构成。一是文馆（后改称内三院）诸臣，二是各类官员、各种人士应召建言者。其中文馆诸臣最为突出，贡献最大。文馆是皇太极的机要秘书班子，可考知者天聪时文馆汉生员、儒臣有二十人，他们多是作为俘获被掠入金国的。诚如郭成康《论文馆汉儒臣及其对清初政治的影响》一文所指出，文馆诸谋臣在入文馆前遭际惨苦，入文馆任事后虽然仍然受到社会的贱视，但受到皇太极的倚重，劫后余生骤被超拔的喜悦与感激，使他们与满洲统治者建立了一种特殊关系，于是倾心建言献策，阐述政治主张。其主要建树有：确定“参汉酌金”、“渐就中国之制”的改革方针；以儒家经典作为政治改革的理论指导；以设六部，立谏臣，更馆名为中心进行官制改革；辨服制，建立以皇权为中心的封建等级秩序；荐举人才，培养安邦治国、守土治民的文臣诸项。他们“襄助皇太极做了大量工作，推动了早期满族国家的封建化”[⑤]。其中有显著贡献者有：

高鸿中，乃明朝降将，文馆初期的汉人谋臣。生平中最突出之功绩是曾奉命与鲍承先一道，实施反间计，使明帝误中而除掉明蓟辽总督袁崇焕[⑥]。他官至刑部汉承政。

鲍承先，亦明朝降将，擢文馆，成为皇太极之谋士。他不仅同高鸿中一道奉命施反间计除掉袁崇焕，更屡次上书建议为完善后金的政治制度献计献策，后官至内秘书院大学士。

宁完我，本明朝辽阳生员，后金攻入辽沈时被掳获成为贝勒萨哈廉之家奴，天聪三年（1629）以自荐，经召对出奴籍入直文馆，授参将。坦率忠直敢言，是天聪时上奏最多的

---

① 《清太宗实录》卷五，天聪三年四月丙戌。

② 《八旗通志》卷二三六，《库尔缠巴克什传》。

③ 《清太宗实录》卷二一，天聪八年十二月甲辰。

④ 《天聪朝臣工奏议》卷上，刘学成：《请议和以慰人心奏》。

⑤ 见郭成康：《论馆汉儒臣及其对清初政治的影响》，载《东北地方史研究》1986 年第 1 期。

⑥ 《清史列传》卷七八，《鲍承先传》。

文馆谋臣[1]，并积极荐举人才[2]，多有建树。他主张"参汉酌金"[3]，按明朝的统治模式构建后金的政治体制，亟请设立六部，立谏臣、更馆名、置通政司；建议大量翻译儒家经典，以为理论指导；主张严明荐举之法，以延揽真才。曾被达海誉为"汉官第一"[4]。

王文奎，本明朝浙江会稽诸生，天聪三年（1629），北游遵化时，被后金兵掠获，"蒙本贝勒再生"[5]，携归沈阳。入文馆后，积极建言。崇德改元，官至内弘文院学士。

范文程，本明朝沈阳生员，天命三年（1618）后金攻破抚顺时，被掳获隶镶红旗下充奴隶，备受屈辱。天聪三年凭借后金考试儒生之机，始脱奴籍拔置文馆办事[6]。以杰出才干及卓有成效之工作，逐渐崭露头角，为皇太极所重视，而"资为心膂"[7]，凡机密大事必召之共议，"率以为常"[8]。其地位不断提高，崇德改元时，官内秘书院大学士，已为清政权文臣之首。

胡贡明的名字只出现在《天聪朝臣工奏议》一书中，从其奏议中可知，当是天聪四年（1630）左右，由内地掠获而来的明朝士人，而被安排在文馆任职者。他从天聪六年正月至七年四月间共上四份奏议，直言坦率地提出了一系列治国的政见与主张。皇太极曾针对其不该八家分养新人之事，发话："说的是，下次出门，必照你所言的行。"[9]显见其上疏颇有分量而引起了后金统治者的注意。

此外，文馆诸臣中较著名的还有李栖凤、高士俊、孙应时、江云深、张文衡、马国柱、杨方兴、朱延庆、罗绣锦、马鸣珮，以及刚林、雷兴等。

除文馆诸臣外，由于皇太极求治心切，求言甚诚，在后金国里屡下求言之令，终于发挥效应，出现众多汉臣，乃至旗下人员踊跃进言，竞相献策之盛况。其数量大大超过文馆人员。这些积极建言者有各类官员，如总兵官马光远、佟养性、麻登云、礼部侍郎李伯龙、副将孙得功、祖可法、参将姜新、张弘谟、张存仁、祝世昌、牛录章京许世昌、兵部启心郎丁文盛，以及旗下人员沈佩瑞、周一元、王舜、扈应元、杨名显、仇震等。其建言所涉及之内容广泛与文馆诸臣所言大致相同，或彼此互为补充，而各有亮点，对皇太极多所启迪，许多重要建议也多为皇太极所采纳。这就为后金国政治走向及政权建设的健康发展起了至关重要的作用。后金——清许多朝章国是多为听取谋士之议而定，因而获益颇多，社

---

① 如《天聪朝臣工奏议》一书共收五十四位谋臣之奏议九十七篇，宁完我一人即占十七篇，其中与人共同联合上奏三篇，独自一人上奏十四篇。

② 《清太宗实录》卷一〇，天聪五年十二月壬辰。

③ 《天聪朝臣工奏议》卷中，宁完我：《请变通大明会典设立六部通事奏》。

④ 《天聪朝臣工奏议》卷上，李伯龙：《劾宁完我奏》。

⑤ 《天聪朝臣工奏议》卷中，王文奎：《请电微烛奸奏》。

⑥ 见张玉兴：《范文程归清考辨》，载《清史论丛》第6辑，中华书局1985年。

⑦ 李霨：《内秘书院大学士范文肃公墓志铭》，载钱仪吉辑：《碑传集》卷四。

⑧ 《八旗通志》卷一七二，《范文程传》。

⑨ 《天聪朝臣工奏议》卷中，马国柱：《请更养人旧例及设言官奏》。

会大有起色。皇太极收到了信儒用儒的实效。

然而，皇太极对谋臣的建言并非一概采纳，他对一些相当重要而合理的建言拒之不受。八旗兵的抢掠之风，谋臣曾一再提出反对意见，主张立即停止。对此，皇太极却充耳不闻，而八旗兵的抢掠如故。所可庆幸的是众多提出此议之谋臣并未因此获罪，因为在皇太极看来，这些主张他尽管不能接受，但也不无道理。当然，这并非他的宽宏大度，能容纳一切不同之声音。他有个政治底线，他认为凡有超过这一底线者，就绝不接受，甚至采取非常行动。

崇德三年(1638)六月，皇太极见到礼部承政祝世昌奏请禁止阵获良人妇女，卖与乐户为娼一疏，极为恼怒。他矢口否认清国之内有此等之事，且"所获汉人必加抚养"，而"以娼妓有妨风俗，久经禁革"。痛斥祝世昌"沽名请禁，心迹显然"，"身虽在此，心之所向犹在明也"[①]。于是，祝世昌终以"庇护汉人，与奸细无疑"之罪，被革职，流放边外。

从上述可见，皇太极对谋臣仍是用而有疑，且具有很大的随意性，一般情况下，凡不合己意，或冒犯尊严者，不论其言之正确与否，一概听不进去，听而生厌，听而生疑，甚至言者获罪。此时谋士才华之展示仍受诸多限制。以致相当多的谋臣遭遇不测，那些曾积极建言献策、立过大功之臣更首当其冲。人们看到，一些人竟因过失被"罪废"，而一蹶不振：高鸿中、鲍承先、龙什均先后被革职。而宁完我于天聪十年(1636)二月，因再次与人赌博被告发，审实，乃被定罪，"革其职，凡汗所赐诸物，悉数夺回，解任，仍给萨哈廉贝勒为奴"[②]。上述四人被革职解任后皆在清入关前的政治舞台上消逝。何以如此，值得深思。

这些被罪废的谋臣，更多的原因则是被皇太极深深怀疑而失去信任。对诸多谋臣之处理中，起主导作用的不是获罪人的过失，而恰恰是定罪人的感情因素，仅以宁完我为例。

宁完我获罪之由是屡屡赌博而不知改悔，但其真情内幕乃在于自以为是而惹恼了皇太极。他以一再上言有关后金发展的重大治国方略，多被采纳，便忘乎所以，于是见到问题即提，绝不考虑皇太极能否接受而了无顾忌。当孔有德、耿仲明等叛明航海来降，皇太极喜出望外，破格隆礼接待，委以重任时，宁完我却接连上书表示反对，称对这些走投无路的"暴戾无才"之人，"过用仁恩"，是"惑于人言"，"不免益恣凶徒无忌之心"，实"大可不必"[③]。他更明知发兵进攻山海关是"大拂汗意"[④]之事，却一再上书，力主发舟师从海

---

① 《清太宗实录》卷四二，崇德三年七月丁丑。

② 《满文老档》页1395，中华书局注译本1990年；《清太宗实录》卷二七，天聪十年二月庚寅。

③ 《天聪朝臣工奏议》卷中，宁完我：《请收抚孔耿办法奏》；《陈孔耿官兵请酌量善御奏》。

④ 《天聪朝臣工奏议》卷上，宁完我等：《谨陈兵机奏》。

上进攻山海关[1]。皇太极甚为恼怒,斥之"是为敌人而损我兵,徒以空言相赚耳"[2]。当年皇太极鉴于后金国内形势紧张,令二贝勒阿敏率师征朝鲜之目的是以大兵压境,向朝鲜示威,只要逼其国王同意讲和,便立即率师回返,不许再迁延时日,去进攻其京城。当朝鲜国王同意讲和后,阿敏却置皇太极的指令于不顾,仍要攻入朝鲜京城王京,由于随征众将之坚决制止,才未得逞。而后来此事被皇太极定为阿敏的一条罪状。宁完我对此事本一清二楚,但在上奏中却说:"昔日我兵伐朝鲜,抵王京,天与不取,讲和而回。至如今,我们不知惹了多少气,此昭昭覆辙,良可鉴戒也。"[3]这无异于公然攻击和否定皇太极的战略部署,为阿敏叫屈翻案。当然这是皇太极所绝对不能接受和允许的。所以借故将其一废到底,弃之如蔽屣乃情在理中。

人们看到,一些本来很有思想和见解的谋士,竟悄然无踪地在后金——清国的政治舞台上消失而成难解之谜,刘学成和胡贡明便是其中很引人注目的两位。

刘学成乃努尔哈赤时即勇敢地上书言政并获"嘉许"者,清开国时期第一位于历史留迹的汉人谋士,是首开风气之先的人物。而后的岁月中,即皇太极时期的天聪年间,他所上的三份奏议,颇为平和持正,然自此之后他却在政治舞台上再也不见踪影。

胡贡明的奏议则极有棱角极具特色。他在《陈言图报奏》[4]中,反对八家均分战利,把后金国"全赖兵马出去抢些财物,若有得来,必同八家平分之;得些人来,必分八家平养之"的传统,称之为"陋习"。随而尖锐提出"这个陋习,必当改之为贵"。

他在《谨陈事宜奏》[5]中,专讲与明朝议和之事。明确提出"亘古以来,有内必有外,有君必有臣。我国与南朝未尝无内外君臣之分者"。因此讲和时,"惟当遵旧制,正名分,逊词礼让",实是谨守明朝臣子之节;如不和,则"不如乘时作事"。而"今我皇上凡有出兵,房屋烧毁,土地荒芜,如此行事如何使人归心,而上天乐助与乎?"

他在《五进狂瞽奏》[6]中,要求皇太极接受他的"狂瞽","务冀采纳以隆国运"。他发尽了牢骚。责怪皇太极不能信人、用人及养人,以致其身边没有好人、能人,所以难成大事。更抨击八旗制度的弊端,"赏不出之公家,罚必入之私室。有人必八家分养之,地土必八家分据之。即一人尺土,贝勒不容于皇上,皇上亦不容于贝勒,事事掣肘,虽有一汗之虚名,实无异整黄旗一贝勒也"。他又说,现在不患没有杰出的人才,唯患无用杰出人才之主耳。而皇上于人,"欲用之,又不信之"。他警告:"不能养人,而欲用人以成事,必

① 《天聪朝臣工奏议》卷上,宁完我:《请急图山海奏》;卷中,宁完我:《请收抚孔耿办法奏》;《请移船盖州奏》;卷下,宁完我:《请用船运炮奏》。

② 《清太宗实录》卷一六,天聪七年十月己巳。

③ 《天聪朝臣工奏议》卷中,宁完我:《请收抚孔耿办法奏》。

④ 《天聪朝臣工奏议》卷上。

⑤ 《天聪朝臣工奏议》卷上。

⑥ 《天聪朝臣工奏议》卷上。

不得之数也。”

《请用才纳谏奏》[①]一文,因已残损不全,其中有谓“今日正当做事之秋,所富非所用之人,所用非所富之人,如此错乱无术”,“仍欲得人,倾心一志,治国理民,扩充土宇,恶可得乎”!对此他责问:“何皇上之弗思也!”他进而明确反驳皇太极不当的说话:“圣谕又云:‘贝勒养活不好,何妨径告穷苦。’此又皇上不体下情之语也。”

像胡贡明这样毫无顾忌地,以尖刻的语言来指责、教训君王的奏议,且篇篇如此,实属罕见。而发现问题之敏锐,指出问题之准确,见解之深刻,提出主张之直陈无隐,在谋臣中无有出其上者。然自七年四月的上奏之后,人们再也听不到胡贡明的声音,他已在清史上消失。

综上可知,皇太极当政期间由于广开言路,大量使用谋臣,谋臣们为后金一清的政权各个方面的规划与建设贡献巨大,取得了努尔哈赤时无法比拟的成就。后金一清社会出现了前所未有的新气象。然而,由于皇太极仍然坚持民族旧观,对广大谋臣的用而有疑,甚至因细故微过便罹罪废弃之行事,谋臣相当多的重要建议,特别是一再呼吁的停止抢掠烧杀,停施暴政,广施仁政,以争取广大汉人的建议,拒不接受。其后果严重:满汉两种文化不仅难以顺利接轨,广大汉人,特别是内地汉人对八旗兵、对清政权仍恨之入骨,彼此处于尖锐对立状态,清政权已难得继续发展。皇太极对此亦十分清楚,所以当众臣建议率大军直抵燕京而攻破之,以开大清万世鸿基时,他以伐大树为喻,“以为不可”[②]。实际是心中无把握。同汉人关系如此紧张,焉能成大事!但当时他却找不到解决的办法,他陷入了自己设置的困境而难以自拔。

三　用而不疑

清世祖福临以幼年继帝位后,形势发生了重大变化。掌握实权的摄政王多尔衮面向关内之际,毅然更新思路,采取了信儒政策,对谋臣主要是汉谋臣基本上做到了用而不疑,于国政大有裨益,从而使清政权终于走出世代坚守的传统困境,开创了前所未有的新局。

此时(主要指顺治元、二年间)清廷谋臣阵容可观,包括入关前的旧有谋臣和入关后新网罗之谋臣两大部分。其中建言献策著名的汉谋臣有范文程、洪承畴、张存仁、王文奎、杨方兴、罗绣锦、祖可法、陈锦、孟乔芳、赵福星;冯铨、曹溶、柳寅东、金之俊、李鉴、宋权、李若琳、方大猷、党崇雅、龚鼎孳、卫周胤、赵开心、杜立德、刘昌启、郝杰、李发元、朱徽等。而对范文程、洪承畴的高度信任、言听计从的举动更是前所未有,其二人对清廷决策

① 《天聪朝臣工奏议》卷中。

② 《清太宗实录》卷六二,崇德七年九月壬申。

入关、夺取与安定天下更起了至关重要的作用,其示范意义与影响犹为深远。

顺治元年四月初,当清廷正准备挥师再次入关抢掠之际,因病在盖州汤泉养沐的内秘书院大学士范文程,突然主动向清廷上交一份言词激切的《上摄政王启》,深刻分析时局,提出建议。他指出此时天下动荡至极,明朝形势严峻,已成瓦解之势,而"中原百姓,蹇罹丧乱,荼苦已极,黔首无依,思择令主,以图乐业",这正是摄政诸王建功立业之大好机会。"成丕业以垂休万禩者此时,失机会而贻悔将来者亦此时"。"我国虽与明争天下,实与流寇角也"。为赢得人心,我应于出兵之际,必须"申严纪律,秋毫无犯",即严令全军绝对不可抢掠。且"当任贤以抚众,使近悦远来"。并昭告远近,实行"官仍其职,民复其业,录其贤能,恤其无告"之政策。如此,广大官民必望风归顺,"则大河以北可传檄而定"。"倘不此之务,是徒劳我国之力反为流寇驱民也"①。多尔衮览启,深受触动,乃急召范文程决策。范文程遂疾驰诣盛京,进见诸王,剀切阐述主张。他尖锐指出:"自古未有嗜杀而得天下者。国家止欲帝关东,当攻掠兼施;倘思统一区夏,非乂安百姓不可。"②这是激将法,无异于说如胸无大志,仅满足于在关外做草头王,那就继续行"暴政",走抢杀如故的老路;如胸怀高远,志在天下,就必须施"仁政",彻底改变多年来奉行不变的抢掠、杀戮方针,坚决停止杀掠,不图一时之获,而开千秋万代大业之新局。范文程以前所未有的明确的语言,提出了十多年前文馆诸臣曾一再吁请停止杀掠,这一因皇太极拒而不纳,后无人再敢提及的触动满洲根本利益和传统观念的最为敏感的议题。采纳还是拒绝,即施仁政还是行暴政,尖锐地摆在多尔衮面前。然而,议上,"廷议韪其言"③。显见范文程之建议深深打动了多尔衮之心,其主张已被接受。而出兵抢掠之前征询并认真听取谋臣意见更是少有之举。

于是,四月初八日,清廷做出决定:赐多尔衮以大将军印,代皇帝统率大军"往定中原"。以往出兵内地大都标以"伐明"④、"征明"⑤、"往略"⑥、"往征"⑦等字样。前此出军从未见过的"往定"二字的出现,已展示多尔衮掌握大权后的这次重要军事行动,乃是目标远大的出师。它标明此次出征绝非区区抢掠一通了事,而是气概不凡,志趣高远,要夺取并安定天下。这标志着清统治者与谋臣在思想沟通上的关键障碍的消除,重要思路的合拍,是对谋臣信而不疑阶段的开始。初九日,多尔衮率多铎、阿济格等,统领八旗满洲、蒙古三分之二及汉军全部,鸣炮启程。

---

① 《清世祖实录》卷四,顺治元年四月辛酉。

② 李霨:《内秘书院大学士范文肃公墓志铭》,载钱仪吉辑:《碑传集》卷四。

③ 张宸:《范文程传》,载李桓辑:《国朝耆献类征》卷一。

④ 《清太宗实录》卷五,天聪三年十月癸丑。

⑤ 《清太宗实录》卷一一,天聪六年五月戊戌;卷六三,崇德七年十月辛亥。

⑥ 《清太宗实录》卷一九,天聪八年七月乙未。

⑦ 《清太宗实录》卷二九,崇德元年五月癸酉。

十三日攻明大军师至辽河地方，始得悉大顺军已攻克北京。多尔衮乃以军事咨询被带在军中的明朝降将洪承畴。

洪承畴，福建南安人，本声名卓著的明朝重臣，深获明帝倚任的文武全才之士，曾于崇祯十四年(1641)七月，奉命率十三万大军赴援锦州，于松山与清兵展开决战。次年二月，兵败被俘，押解至沈，五月，屈膝降清之后，便于政坛上消失，显见皇太极虽收其降并未信而用之。此刻却被多尔衮带在军中，并咨以军事。洪承畴终得出头之日，乃倾怀献策道：当先遣官宣布王令，"示以此行特扫除乱逆，期于灭贼。有抗拒者必加诛戮，不屠人民，不焚庐舍，不掠财物之意。仍布告各府州县，有开门归降者，官则加升，军民秋毫无犯。若抗拒不服者，城下之日官吏诛，百姓仍予安全。有首倡内应，立大功者则破格封赏，法在必行。此要务也。"①明确提出"灭贼"的目标，这就进一步为出师找到了一个最巧妙恰当而最能打动人心的名义。

范、洪不谋而合的停止抢掠，极力争取民心之建议为这次出师确定了指导思想。多尔衮权衡利弊，心领神会，乃毅然完全采纳。于是彻底更张旧观，立即下令停止对汉人数十年来奉行不变的抄掠方针，并打出除暴救民的旗号，随之新的局面便奇迹般地出现。

多尔衮乃抓住时机，巧妙取得接受明平西伯吴三桂请兵与投降而一举进入山海关，终于实现了自努尔哈赤、皇太极以来梦寐以求的心愿，进而大败李自成军之重大胜利。随即严令全军："此次出师所以除暴救民，灭流寇以安天下也。今入关西征，勿杀无辜，勿掠财物，勿焚庐舍，不如约者罪之。"②并到处发布告示晓谕官民："义兵之来，为尔等复君父仇，非杀尔百姓，今所诛者惟闯贼。官来归者复其官，民来归者复其业。师律素严，必不汝害！"告示皆由素有声望的汉人大学士范文程起草，并皆以其名义发布③。这种更新思路，及时打出吊民伐罪之旗号，使清军立由昔日的凶残肆虐的恶魔，摇身一变而成慈祥的救世主，于是迅速赢得人心。所以，入关后的清军向北京挺进时，竟一路顺畅，未遇任何抵抗，在"都民燃香拱手，至有呼万岁者"④的欢迎声中，刀不血刃地进入北京。本来内地，特别是十多年来惨遭清兵荼毒而仇清情绪极为强烈的京畿一带，何以出现这个令人不可思议的奇迹？笔者在《论清兵入关的文化背景》一文及《明清易代之际忠贰现象探赜》⑤的第三部分"忠贰现象留给人们的不尽思考"中，已经论及，指出这是诸多因素所促成。归其要有两点值得注意：从清主观方面而论，它改变自己的生活与行为方式，停止抢掠、除暴救民旗号的打出，立即扭转了它在人们心目中极坏的形象；而客观方面又确实帮了清的大忙，曾深得民众拥护的李自成农民军，自攻入北京推翻明朝之后，由于政策失

---

① 《清世祖实录》卷四，顺治元年四月庚午。

② 《清世祖实录》卷四，顺治元年四月己卯。

③ 李霨：《内秘书院大学士范文肃公墓志铭》，载钱仪吉辑：《碑传集》卷四。

④ [朝鲜]《李朝实录》，仁祖二十二年五月庚戌。

⑤ 载《清史论丛》2003年号，中国广播电视出版社2004年；又该文收入拙著：《明清史探索》，辽海出版社2004年。

当和急剧腐败而失掉人心，成为士民憎恨的对象，促使地主阶级亟待寻求“令主”，即政权保护之局面。所以当吴三桂这位明朝最后一位坚守岗位的将领，引领清兵——这一替故明臣子“复君父仇”之师而来时，自然受到了欢迎，且形成了一种咄咄逼人的气氛，尽管许多人是稀里糊涂地参与了欢迎人群，而本想对抗者也措手不及。尽管这里有许许多多的狡诈和欺骗，甚至宣言与事实大相径庭，但历史的机遇所造成的历史误会与巧合，终于演成了历史的奇迹，而成就了清朝的大业。

当然问题并未就此完结。多尔衮的更张旧制，对满洲传统观念的重大改变，并非一帆风顺，他与传统习俗进行了不妥协的斗争。当清兵占据北京后，英王阿济格即“不欲留北京”，向多尔衮明确表示：“初得辽东，不行杀戮，故清人多为辽民所杀。今宜乘此兵威，大肆屠戮，留置诸王以镇燕都，而大兵则或还守沈阳，或退保山海，可无后患。”[①]这代表了“以贪得为心”[②]的相当一部分满洲贵族的意向，他们目光短浅，面对顺利进关占得北京，获得了从未想象的无尽财富后，便志满意足，而欲退回老家，尽情享受，不再进取，面对这股强大的守旧势力，多尔衮摆脱世代坚守的传统思想的束缚，态度坚定，他以“先帝”即皇太极曾有言“若得北京，当即徙都，以图进取，况今人心未定，不可弃而东还”[③]为挡箭牌，坚决顶住压力。且不仅如此，他麾清兵入主北京后绝未就此止步，而是目光高远，气魄尤为不凡，其“底定国家”[④]，“得寸则寸，得尺则尺”[⑤]，进而“欲早成混一”，“定天下之大业”，且“巩固鸿图，克垂永久”[⑥]，即夺得全国统治权的目标十分坚定和明确。

清入关前诸多汉文士与谋臣获得充分的信任与重用，此刻他们不仅继续积极建言献策，作出贡献，而且几乎所有人，包括原本声名不显的文士，乃至罪废者，都身膺军国重任，成为朝廷重臣或封疆大吏，成为清朝安定天下不可或缺的重要力量。人们看到多尔衮摄政期间，这一蔚为壮观的景象。

入关前归清的汉谋臣中，范文程、宁完我、洪承畴等官至大学士；杨方兴、马国柱、王文奎、孟乔芳、张存仁、罗绣锦、申朝纪、佟养量、陈锦、佟养甲等官至总督；雷兴、赵福星、丁文盛、李翔凤、吴景道、佟国鼐、祝世昌、张文衡、李日芃、朱延庆、刘鸿遇、迟日益、郭肇基等官至巡抚；祖泽洪、祖泽远、马光辉、柯汝极、金维城、李率泰、金玉和、王国光、祝世允、徐大贵、佟国允、夏玉、周国佐、吴汝玠、蔡士英等官至部院汉侍郎；蒋赫德、刘清泰、郎廷佐等官至内阁学士。其中，宁完我本是由奴隶跻身于高位，却又因故被罪废，再次沦为奴隶者，洪承畴是降清后不受信任而长期被软禁之人，祝世昌则因上言获罪被夺职流放

---

① ［朝鲜］《李朝实录》，仁祖二十二年八月戊寅。

② 《清太宗实录》卷二二，天聪九年二月戊子。

③ ［朝鲜］《李朝实录》，仁祖二十二年八月戊寅。

④ 《清世祖实录》卷四，顺治元年四月癸酉。

⑤ 张怡：《谀闻续笔》。

⑥ 《清世祖实录》卷二五，顺治三年三月壬戌。

边远者。

而对入关后新网罗的谋臣之信任与使用，不仅毫不逊色于入关前之旧臣，且用人与纳谏之规模及深度，更是无可比拟。多尔衮充分营造了广大汉文士为清效命之氛围。

入城伊始，即采纳范文程等“燕京百姓假托搜捕贼孽，首告纷纷，恐致互相仇害，转滋惶扰，应行禁止”之建议，而下令禁止[①]。此着甚为高明，这实际是昭告天下只要做大清顺民，便不咎既往，从而稳定了局势，安定了社会；下令宣布：故明“各衙门官员，俱照旧录用”。“其避贼回籍，隐居山林者，亦具以闻，仍以原官录用”。宣称清廉政治：“我朝臣工，不纳贿、不徇私、不修怨，违者必置重典”[②]；并对明朝特殊的头面人物，进行征召。多尔衮更亲自“以书征故明大学士冯铨”，冯铨“闻命即至”[③]，受到优礼。继而下令凡降清在京内阁六部都察院等衙门官员，“俱以原官，同满官一体办事”[④]。而于进京的第三天，即下令臣民为崇祯帝服丧三日，并备帝礼安葬，“以展舆情”[⑤]。同时下令保护明陵，禁止损毁；薙发令颁布二十一天后，多尔衮鉴于民众对抗激烈的现实，乃通权达变，又颁令称，“今闻甚拂民愿，反非予以文教定民之本心矣。自兹以后，天下臣民照旧束发，悉从其便”[⑥]。塑造了完全体谅民情之形象。宣布废除自明末以来的三饷（辽饷、剿饷、练饷）加派[⑦]。所征赋税悉依明万历会计录原额[⑧]；尊孔与祀关尤为引人注目，进京后的第二个月，即“遣官祭先师孔子”[⑨]，并定每年的二、八两月之上丁日行祭孔释奠礼，次年又定孔子谥为“大成至圣文宣先师”[⑩]。而顺治元年亦定“祀关帝之礼”，即于每年五月十三日“遣官致祭”[⑪]成为定制；下令开科取士[⑫]。这种种努力已使清朝成为中国传统文化的坚定捍卫者与继承者，这对广大汉族士庶，特别是士人的触动十分深刻，使其在这场创巨痛深的灾变之中，甚至模糊了易代之感。清朝争取人心的努力和自我形象之扭转与塑造进程还在持续，这就是多尔衮开始的对谋臣信而用之的政策并未收敛，而是深化和扩展。

多尔衮曾说“满汉语言虽异，心性自同”[⑬]，这是他认识到治理好汉人，统治好庞大的国家，必须与广大汉人在心性同上下功夫，即力求在文化心理和传统观念上合拍，这是极

---

① 《清世祖实录》卷五，顺治元年五月庚寅。
② 《清世祖实录》卷五，顺治元年五月庚寅。
③ 《清世祖实录》卷五，顺治元年五月辛丑。
④ 《清世祖实录》卷五，顺治元年五月壬辰。
⑤ 《清世祖实录》卷五，顺治元年五月辛卯。
⑥ 《清世祖实录》卷五，顺治元年五月辛亥。
⑦ 《清世祖实录》卷六，顺治元年七月壬寅。
⑧ 《清世祖实录》卷九，顺治元年十月甲子。
⑨ 《清世祖实录》卷五，顺治元年六月壬申。
⑩ 《清朝通典》卷四八。
⑪ 《清朝通典》卷五〇。
⑫ 《清世祖实录》卷九，顺治元年十月甲子。
⑬ 《清世祖实录》卷四二，顺治六年正月戊辰。

其高远的认识。也正是在这种认识论下，他法明用汉，大量使用汉人官绅，治国理民全面仿效明朝的典章制度，尊孔右文，这对清朝来说它得以巩固和发展了大好形势；而对广大汉族士庶来说，在清兵入关这场巨大深重的灾难之中，也并未令人绝望，因其中也包含有苦涩的慰藉与机遇。而用人甚为宽大，"凡前朝犯赃除名、流贼伪官，一概录用"。且以"经纶方始，治理需人，凡归顺官员，既然推用，不必苛求"，而拒绝"察吏务清其源"①之请。后又明确宣布："凡文武官员军民人等，不论原属流贼，或为流贼逼勒投降者，若能归服我朝，仍准录用。"②

就是在这个大的政治背景下，汉谋臣受到前所未有的重视，因而涌现了一大批踊跃建言者。仅据《清世祖实录》所载，清兵入关后的顺治元、二年间，上奏建言之臣不下八九十名，他们无所顾忌地积极建言献策，所条陈疏奏达二百余件，涉及方方面面之问题，蔚为壮观，出现了自清开创以来从未有过的景象。他们或系统而言，或一事一议，皆针对实际，剀切深刻，有的放矢，有些问题相当尖锐，均成为国家大政方针制定的重要参考和依据。多尔衮不仅认真听取，有些更予充分肯定。清廷将诸多奏议付诸行动，从而稳定了天下，汉谋臣功不可没。

对汉谋臣之奏议，除涉及根本重大原则问题外，多言者无罪，即有谬误不当者，直接批驳后，一般不再追究惩治。如顺治元年六月，大同总兵姜瓖，以恐地方无主生乱为由，特将明枣强王请出，使"接续先帝之祀"，并派官驰报朝廷。多尔衮接报后，明确发话："委枣强王以国政，使续先帝祀，大不合理！"警告姜瓖"不许干预一切国政军务，致违我法。"③姜瓖"因王谕切责，内不自安"，于是，"引罪求罢"。多尔衮令其"洗心易虑"，照管总兵事如故。告诫其"倘仍前不悛，越分干预，国有定法，毋自取戾"④。这种处理之态度虽然十分严厉，然而并未追究治罪而仍不失为关怀。顺治二年正月，山东临清总兵官鲁宗孔，提出"自请综核全省兵数"的非分之请；二年十一月，山东巡按李之奇在向朝廷推荐人才中，竟"滥及赀郎（出钱捐官者）"的怪异之举，也仅仅是下旨"切责之"⑤而已。当然，也有严历惩处之例，那就是二年十月，原任陕西河西道孔闻謤，上奏请求孔子后代蓄发复衣冠，被"革职，永不叙用"。本来"薙发令"乃是清朝绝对不可触及的根本之法，孔闻謤之举"已犯不赦之条"，只念其"圣裔"⑥，所以被宽大处理。当然这仅是无关全局的个案。所以，总体说来，谋臣是在比较宽松的环境下尽职尽责。

多尔衮的清朝正是由于清楚认识到汉谋臣对维护其统治的特殊重要性，所以入关后

---

① 《清世祖实录》卷五，顺治元年六月甲戌。
② 《清世祖实录》卷八，顺治元年九月辛卯。
③ 《清世祖实录》卷五，顺治元年六月壬戌。
④ 《清世祖实录》卷六，顺治元年七月庚子。
⑤ 《清世祖实录》卷一三，顺治二年正月丙申；《清世祖实录》卷二一，顺治二年十一月壬申。
⑥ 《清世祖实录》卷二一，顺治二年十月戊申。

降清的一大批汉文臣，纷纷被委以重任而身居显要：或被授以大学士，或被授官至部院大臣、部院侍郎，或任总督、巡抚，或授内阁学士，乃至众多的京卿、言官与谏臣，等等。

上述这些人背景复杂，政治面貌及为人品行各异，其中有些很有争议，甚至投清后行为不检，暴露出毛病者，多尔衮之态度则是只要拥戴清朝，一律兼收并蓄，加以信任、使用和保护，使其各展长才，为清效命。此时最为典型的事例是众言官参劾冯铨一案。冯铨，这位明朝官至文渊阁大学士兼礼部尚书因系魏忠贤阉党干将，被罢官为民，本声名狼藉之人。当清兵入关进京，多尔衮以书征召，乃闻命即至，令以大学士原衔入内院佐理机务，不久，授弘文院大学士兼礼部尚书。冯铨的飞黄腾达却招致众恶，科道各官之交章弹劾，揭发其贪赃索贿，以及其同党礼部左侍郎孙之獬受贿卖官、礼部侍郎李若琳庸懦无行诸事，建议"俱宜罢黜究治"，且"将冯铨父子，肆诸市朝"[1]。御史李森先上疏之语尤为峻刻，称"明二百余年国祚，坏于忠贤，而忠贤当日杀戮贤良，通贿谋逆，皆成于铨。此通国所共知者。请立彰大法，戮之于市"[2]。面对如此局面，多尔衮明确表态，以冯铨等三人皆系率先薙发"恪遵本朝法度者"，抨击连章陈奏各官是"蹈故明陋习"，"结党谋害""忠良"。随而痛斥咬定冯铨乃"党附魏忠贤，作恶之人"的给事中龚鼎孳为"己身不正"，"殊为可耻。似此等之人，何得侈口论人，但缩颈静坐，以免人言可也"。众言官均可谓犯了大忌讳。但多尔衮"既而又曰：'此番姑从宽免尔等罪，如再蹈故明陋习，定不尔贷。'"[3]其最后处理却是除了将言词过甚的李森先革职外，其余皆从宽处理，未予追究，仅示警而已，最大限度地保护了一批为清效命的降清汉官，也维护了对广大汉谋臣信而不疑的既定方针。

终多尔衮摄政之世，尚未见谋臣因言获罪，或因言废弃等重大事件，而谋臣之作用却异常显著，大异于努尔哈赤和皇太极时期。这里观念的更新起了至关重要的作用，也就是说，多尔衮并未坚持满洲传统的旧俗和观念，并以此约束汉臣，恰恰相反，他顺应形势，积极主动向中国传统文化靠拢，使满汉两种文化顺利接轨乃至融合，从而开辟了推进清朝大业发展的更为广阔的空间，因此几乎所有为清效命的谋臣都能在比较宽松的环境下各尽其职，其能量均最大限度地得以发挥。而最大受益者乃是多尔衮摄政的清朝。固步难以进展，更新别有天地。清兵入关的进程，给人们的启示是深刻的。

（张玉兴　研究员　辽宁省社会科学院　110031）

① 《清世祖实录》卷二〇，顺治二年八月丙申。

② 《清史稿》卷二四五，《冯铨传》。

③ 《清世祖实录》卷二〇，顺治二年八月丙申。

“八旗意识”论

张佳生

每个民族都有自己的民族意识,它包括民族自我意识、民族认同感以及对本民族利益的维护与扩展。那么在特定历史条件下出现的“八旗”,是否也有“八旗意识”呢?“八旗制度”在中国历史上三百多年的历史演进中,“八旗”完全成为具有鲜明独立性的社会群体。它不同于其他社会群体的政治、经济地位与社会生活,以及由此而产生的思想文化体系,形成了极具个性化的特征与属性,一方面成为区别于其他群体的标志,另一方面成为八旗内部相互认同的基础,这种情况的存在使八旗不能不产生一种不同于其他社会群体的自我群体意识,即“八旗意识”。

八旗是以满族为核心,以八旗满洲、八旗蒙古、八旗汉军为主体的多民族组成的社会群体。尽管在这个社会群体中满族占主导地位,但它的利益和形成基础并不仅限于满族,因此“八旗意识”既不可能是一个民族的意识的单纯表现,也不等同于一般意义上的民族意识。但却与民族意识有种种联系。这是因为八旗毕竟是由“民族”组成的,不可避免地在多个方面带有浓厚的民族色彩,“八旗意识”的产生以及它具有的内涵一定会受到这些因素的影响。

从历史角度看,八旗是在特定历史条件下以满族为主的多民族联合而崛起的必然产物。从现实发展看,八旗在政治、军事、经济上的优势使它最终成为占据统治地位的社会集团。从文化演进看,多民族文化的融合促进了八旗文化的形成,并一直被坚守发展着。这一切都与八旗内部民族的政治、经济和思想文化有关。因此说“八旗意识”与民族意识之间既有联系又有区别似乎更符合实际。

八旗制度的存在,对当时中国的政治、经济、文化、军事、社会等各个方面都产生过重大影响,即使在当今也或多或少地感觉到这种影响的存在。面对如此重要的课题,笔者感觉还应系统而深入地挖掘八旗制度的历史作用及对当今思想文化的影响,丰富中华民族优秀的文化遗产。从这一想法出发,本文试图从一个新的角度进行探讨,以期推动对八旗研究的深入开展。

一　八旗意识的主要表现

（一）八旗自我意识

八旗的自我意识鲜明而强烈，从上层到下层无不视八旗为一整体。

从清代历朝的上谕来看，各朝皇帝无不以“八旗为国家根本”，视为统治全国的核心力量，故给予特别的关切。

康熙四十五年（1706）十一月上谕：“朕念八旗禁旅为国家根本所系，每加恩爱普用，俾生计充盈。或动支公帑数百万，代清积逋；或于各旗设立官库，资济匮绌，所以为众甲兵筹画者甚切。”①

雍正二年（1724）二月上谕：“八旗文武官人等，国家念尔等祖、父皆属从龙旧臣，著有勋绩，故加恩后裔，量才授官，冀收心膂驱策之效，尔等自当恪守官箴，勤劳王事，建股肱之盛烈，垂清白之家声。”②

乾隆七年（1742）四月上谕：“八旗为国家根本，凡有教养之处，朕无时不系于怀。著各旗都统、副都统等悉心筹画，或有益于生计，或有益于风俗者，各抒所见缮写交与大学士。汇齐之后，著大学士会同各都统详加斟酌，择其果有裨益者，公同举出。”③

嘉庆九年（1804）五月就铁保等所编《熙朝雅颂集》所发上谕：“八旗臣仆，涵濡圣化，辈出英才。自定鼎以来，后先疏附奔走之伦，其足任干城腹心者，指不胜屈。而于骑射本务之外，留意讴吟、驰声铅椠者，亦复麟炳相望。”④

以上清代皇帝的上谕，都强烈地表现了视八旗为一整体的思想与观念，也是八旗自我意识的一种典型反映。

八旗的自我意识还表现思想文化的某些方面。如相关图籍的纂修，从官修图书来看，以《八旗通志》最为宏大，也最有代表性，可以说是八旗自我意识最为鲜明、最为集中的一个例证。

《八旗通志》曾两次编写：初集雍正五年开始纂修，乾隆四年完成，下限至雍正十三年八月二十三日。重修始于乾隆五十一年，完成于嘉庆初。下限延至乾隆六十年。两书在体例、结构和内容方面多有不同，但意在为八旗编写重要志书却是相同的。雍正五年十一月初八，上谕中说：“今各省皆有志书，惟八旗未经纪载。我朝立制，满洲、蒙古、汉

① 《驻粤八旗志》卷首，敕谕。

② 《钦定八旗通志》卷首九，敕谕三，页172，吉林文史出版社2002年。

③ 《钦定八旗通志》卷首一一，敕谕五，页240。

④ 铁保辑：《熙朝雅颂集》序。

军俱隶八旗。每旗自都统、副都统、参领、佐领，下逮领催、闲散之人，体统则尊卑相承，形势则臂指相使。其规模宏远，条理精密，超越前古，岂可无以记述之盛？其间伟人辈出，树宏勋而建茂绩。与夫忠臣孝子、义夫节妇，潜德幽光，足为人伦之表范者。若不为之采摭荟萃，何以昭示无穷？朕意欲论述编次，汇成八旗志书。"①将为八旗编写一部志书的原因意义讲得十分明白，其中一个最重要的原因是将旗人归为一类，与汉人等民人区别开来。雍正帝曾在《大义觉迷录》中说："本朝之为满洲，犹中国之有籍贯"②，此处之"满洲"代指八旗，八旗人之旗籍，即同各省民之籍贯。

由于是书"专志八旗"，故涉八旗的内容较其他任何书籍都更为广泛详细，并不分满洲、蒙古、汉军，都给予同样的重视。如"旗分志"中，分别详细记载了八旗满洲、蒙古、汉军各旗的缘起、规制、方位及户籍管理。"氏族志"则专记八旗姓氏源流及谱系、原居地。其他如"人物志"中的大臣传、忠义传、循吏传、孝义传、列女传，也都以满洲、蒙古、汉军顺序排列。其中"循吏传"因"本朝外吏藩臬大员，满汉参用，道、府、州、县，则汉军人员为多"③，故专为八旗汉军而设。

《八旗通志》对旗人产生重大影响的是《人物志》的内容。其中有宗室王公、大臣、忠义、循吏、孝义、列女等传。入传者既有八旗上层人物，也有大量的八旗中下层人物，尤以忠义、孝义、列女为多。显名于当时又流芳于后世，对家族及个人是一种荣誉。这种做法既是八旗上下自我意识的显现，也是增强八旗凝聚力的一种方式。

在官修书籍中，还有《八旗处分则例》和《熙朝雅颂集》（八旗人诗集）等数种，都是在八旗自我意识的基础上，以八旗为一体思想指导下编纂而成的。

由于驻防八旗与京师八旗多有不同，其规制、事件、人物等在《八旗通志》中多有缺略，于是各驻防八旗亦仿效《八旗通志》体例，编纂志书，如《驻粤八旗志》、《荆州驻防八旗志》、《杭州八旗驻防营志略》、《绥远旗志》、《京口八旗志》、《福州驻防志》等等。驻防志的纂修意在保存驻防八旗的史实与传统。如《荆州驻防八旗志序》中说：驻防之地："二百余年间，生聚教诲，不惟材官技卒有勇知方，而且户习诗书，家兴仁让，名臣宿将，代不乏人。大政所关，载在国史，而私家著录，迄无成书，父老传闻，久或失实。"④故纂修志书，同时亦可有益于后世。"后之官斯土者，沿流溯源，申明国家教养之恩与操防之义。俾八旗子弟者览是编，鼓舞奋兴，入有以教家，出有以敌忾。"⑤驻防八旗的志书纂修，均是驻防八旗的自发行为，并非出于朝廷的命令，由此也可见八旗人等自我意识的强烈。

---

① 《八旗通志》初集，奉敕纂修八旗通志谕旨。东北师范大学出版社 1985 年（以下同此）。

② 《大义觉迷录》卷一。

③ 《八旗通志》初集，卷二三二，页 5269。

④ 《荆州驻防八旗志》春元序。

⑤ 《荆州驻防八旗志》春元序。

八旗自我意识的存在，还表现在本群体中一些个人编辑的一系列文学艺术的图书。如满洲旗人伊福纳编有《白山诗钞》、卓奇图编有《白山诗存》、铁保编有《白山诗介》、那清安编有《梓里文存》、盛昱编有《八旗文经》、蒙古恩华编有《八旗艺文编目》、汉军杨锺羲编有《白山词介》，其他还有《八旗书录》、《八旗画录》、《八旗诗媛小传》等，以及以记录旗人为主的笔记诗话，如满洲旗人昭梿的《啸亭杂录》、蒙古法式善的《八旗诗话》、满洲英和的《恩福堂笔记》、汉军福格的《听雨丛谈》、汉军杨锺羲的《雪桥诗话》、满洲震钧的《天咫偶闻》等等。

这些作者也都是将八旗作为整体看待的，在他们心目中旗、民有着鲜明的界限。盛昱在《八旗文经》叙录中说："取大石、兴安以南，库叶岛以西，松花江、嫩江合流处东，六甸以北之人百分之一，曰满洲旗。取黄河以东，瀚海以南，嫩江东岸以西，长城以北之人千分之一，曰蒙古旗。取故明辽东都司，以及十三布政使司之人万分之一，曰乌珍超哈旗，今名汉军。喀尔喀、准噶尔、回部、番子，亦时编入。以黄、白、红、蓝镶正别之。宗室、觉罗各随其所食采之户，亦系旗。是曰八旗。凡不入旗之满洲、蒙古曰丁，汉人曰民，番、回仍其称。"①以此可知，在旗人心目中，虽汉、回、番人入旗者即为旗人，虽满洲、蒙古未入旗者亦非旗人，只能称丁、旗、民的区别与界限在他们的认识中相当清晰而明确。

从另一角度看，盛昱致力于《八旗文经》的编选，并非仅仅因为"八旗人为古文词者，未有撰集之本"②，更主要的是，有感于晚清之际八旗之人不重经史，以巧趋避为德，以工钻刺为才的风气已形成。为了振兴八旗文教，规劝旗人"勿汩于时趋，勿惑异说，勿以畛域自封，勿以骄贵而不学"③，从"文章经国之大业"的角度出发，精选人品、道德、学问、功业俱可称为典范的八旗名士文章为一集，作为旗人的思想行为的典范，以期望八旗之人"日从事于学问之中，而以文为表见之资。凡利禄纷华，靡丽之心，不以萌于心而夺其志"④。故盛昱邀其表弟杨锺羲共编是书，以旗人身份为入选标准，凡道德学问优长者，不分满洲、蒙古、汉军皆可入选。从中不仅可以看出作为旗人的编选者对整个八旗现状的忧患意识，更可以看到旗人强烈的八旗自我意识。

以上所列举的其他旗人的著述，也都以八旗的著作、规制、事件、人物、掌故为主要内容。如福格所著《听雨丛谈》，全部内容均写八旗，其中有八旗源起、八旗方位、八旗科目、八旗直省督抚大臣考、八旗直省巡抚考、八旗姓氏等等。震钧的《天咫偶闻》和敦崇的《燕京岁时记》，主要记述了八旗的历史、风物、民俗、掌故和人物。《天咫偶闻》以北京皇城、南城、东城、北城、西城、外城东、外城西、效坰、琐记各为一卷，详记八旗的各种情

---

① 盛昱:《八旗文经叙录》卷六〇，页1。

② 盛昱:《八旗文经叙录》卷六〇，页2—3。

③ 盛昱:《八旗文经叙录》卷六〇，页2—3。

④ 盛昱:《八旗文经叙录》卷六〇，页4。

况。其中如记八旗妇女能诗者、八旗能书画者、八旗品行高洁者、八旗之大文学家、藏书家、书法家，以及名臣才子，表彰八旗杰出人物，对一代风范，记八旗之功业，八旗之风节，无不饱含感情，充满旗人自豪之感。

杨锺羲原隶满洲旗，他的八旗自我意识极为强烈，毕生留心于搜集整理八旗文献。他除与盛昱合编了《八旗文经》之外，还编辑校刻了八旗词人总集《白山词介》，刊印了其高祖虔礼宝的《椿荫堂存稿》，蒙古博明的《西斋偶得》，汉军姚斌桐的《还初堂词钞》，满洲盛昱的《意园文略》、《郁华阁遗集》。其成就影响最大的是他以毕生精力完成的《雪桥诗话》，共四集四十卷，百数十万言。缪荃孙序是书言："此虽名诗话，固国朝之掌故书也。由采诗而及事实，由事实而详制度，详典礼，略于名大家，详于山林隐逸，尤详于满洲。直与刘京叔之《归潜志》，元遗山之《中州集》相埒。"[①]此书之中，作者对于旗人，虽为蒙古、汉军，他都以"我乡"称之，故缪荃孙所言"满洲"实代指八旗。

对于八旗诗人，杨锺羲给予了特别关注，从"满洲文学之开，始自公始"[②]的鄂貌图，直至清末之宗室、王公、官吏、布衣、妇女诗人，凡目力所及，均收录评介，保存了大量不见于他书的旗人文学资料。从其收录铁保所作《读乡前辈遗诗十二首》、蒙古法式善所作《奉校八旗人诗集题咏五十首》，可知清中叶以前八旗诗坛成就之大略。而对其他数量众多的名不见经传的八旗诗人的论述，生动地反映出八旗文坛的繁荣，实际已勾勒出八旗文化的盛况。

（二）八旗的认同意识

从根本上说，自我意识与认同意识在本质，两者密切关联，互为表里。不过在表现上尚有细微的差别。自我意识侧重于对本民族、本群体、本国家自觉与自我觉醒，单方面的主观认识占主导地位。而认同意识则以自我意识为基础，是本民族、本群体、本国家内部的相互理解与认可。从这个角度出发，可以看出八旗认同意识也是客观存在。

八旗内部认同意识在其政治、经济、文化生活中都有表现，本文前后文所论述的大量事实史料中，有很多与八旗认同意识有关。此处再举较为典型的证据如下。

在婚嫁方面，八旗内部的限制逐渐消除。乾隆二年四月谕："向来包衣管领下女子不准聘与包衣佐领下人，包衣佐领下女子不准聘与八旗之人。盖因从前包衣佐领下户口尚少，且男妇俱各当差，恐人生规避之心，是以定例如此。今国家教养休息百有余年，生齿繁庶，若嫁娶仍遵旧制，则待字逾期在所不免。今包衣佐领下妇人俱已免其当差，并无可规避，则嫁娶自毋庸分别。八旗暨包衣佐领下人等俱朕之臣庶，嗣后凡经选验未记名

① 缪荃孙：《雪桥诗话》序言。

② 王士祯：《居易录》。

之女子,勿论包衣佐领、管领暨旗下,听其互相结姻。”[①]也就是说八旗为一体,可自由通婚。而且“凡兵丁娶媳嫁女,无论长次,均许邀恩”[②],即给予婚嫁所用之银两,八旗满洲、蒙古、汉军,一视同仁。

除婚姻外,清政府对八旗的抚恤政策也不偏不倚。康熙年间规定:“凡阵亡卒孀妻,永给食一半俸饷。”乾隆年间又规定:“八旗无钱粮可依赖为生者,以及八旗之孤女,俱加恩给与钱粮以为养赡。”

八旗认同意识还表现在许多具体的认识方面。

如铁保在《白山诗介序》中说:“余性嗜诗,尝编辑八旗满洲、蒙古、汉军诸遗集,上溯崇德二百年间,得作者百八十余人,古近体诗五十余卷,欲效《山左诗钞》、《金华诗萃》诸刻,为《大东诸家诗选》。”[③]山左即山东,金华在浙江。而长白、大东则言东北、长白山,八旗兴起于斯地,故以此名之。他认为八旗诗歌内容、风格、情感相通,自有面目,故可自成一集。他的认识是“及观诸先辈所为诗,雄伟魂琦,汪洋浩瀚,则又长白、混同磅礴郁积之余气所结成者也。余尝谓读古诗不如读今诗,读今诗不如读乡先生诗。里井与余同,风俗与余同,饮食起居与余同,气息易通,瓣香可接。其引人入胜,较汉魏六朝为尤捷,此物此志也”[④]。对八旗的认同意识可谓表达得极为具体而深刻。

八旗意识在小说等文学作品中也有表现。如满洲文康写的小说《儿女英雄传》,男女主人公都是旗人,作者在整部小说中都反映出了八旗非亲即友的观念。书中第三十四回写主人公安骥参加科举考试,入场之际,一位旗人帮他拿东西入考场,安公子要送他银两表示感谢,这位旗人说:“好兄弟咧,咱们八旗哪不是骨肉?没讲究。”这虽是小说中语,却来自于八旗实际生活,生动而具体地表现出八旗的认同意识。

(三)八旗意识中的“大一统”思想与爱国主义精神

八旗入关之后,大一统思想便开始成为清朝的治国方针。自康熙朝与沙俄的雅克萨战争开始,八旗的爱国主义精神逐渐发扬。自顺治元年(1644)八旗先后占领北京及京畿地区,攻占西安,崩溃大顺政权;进入四川消灭了大西政权;进兵中原、江南消灭了南明政权。自康熙初,先后平定“三藩之乱”,重新统一台湾。康熙二十九年至乾隆二十四年统一了漠北、青海、西藏和天山南北,加强了对西北的统治,同时平定了西南大小金川土司的反叛,对西南边疆地区的管辖也得到加强,大一统的局面得到巩固。

加强大一统局面的稳固,需要思想、文化等等方面的支持。这方面也多有表现。

---

① 《钦定八旗通志》卷首一一,敕谕五,页233。

② 《钦定八旗通志》卷首一一,敕谕五,页235。

③ 铁保:《白山诗介》自序。

④ 铁保:《白山诗介》自序。

八旗占据北京之后，广泛宣传“得统之正”的观点，以求得明朝汉人的认可。如睿亲王多尔衮《与明福王史相书》云：“国家抚定燕京，乃得之于闯贼，非取之于明朝也。”[①]以此来证明继承明朝大统的合理性，并以此坚定八旗内部的自信心。

儒家思想是中国社会的核心思想，根基既深，影响亦远。八旗在入关前就已崇祀孔子，从天聪年间清太宗祭祀孔庙开始，清朝历代皇帝尊孔崇儒，以汉人之传统儒家思想作为大一统的统治思想。与此同时，康雍乾三朝大兴文字狱，凡反抗与诋毁清政权者，或监或斩或流放。最有代表性的是雍正六年发生的吕留良、曾静案。曾静借吕留良反清思想，企图策反川陕总督岳锺琪，被告发逮捕。吕、曾的反清思想主要是汉族传统的“华夷之防”，视“满洲”为“夷狄”，为异类，即“夷狄异类，詈如禽兽”[②]。雍正对此案十分重视，作《大义觉迷录》予以辩解，驳斥曾静的言论，其根据皆取之《尚书》、《论语》、《诗经》、《孟子》，从旗人之角度，给予“华夷”全新的解释，从而打破“华夷之防”的固定思想模式。

《大义觉迷录》称：“盖从来华夷之说，乃在晋、宋、六朝偏安之时，彼地丑德齐莫能相尚。是以北人诋南为岛夷，南人指北为索虏。在当日之人，不务修德行仁，而徒事口舌相讥，已为至卑至陋之见。”[③]并指出：“《孟子》云：舜，东夷之人也；文王，西夷之人也。”[④]“自古中国一统之世，幅员不能广远，其中有不向化者，则斥之为夷狄。如三代以上之有苗、荆楚、狁，即今湖南、湖北、山西之地也。在今日而目为夷狄可乎？至汉唐宋全盛之时，北狄、西戎世为边患，从未能臣服而有其地，是以有此疆彼界之分。自我朝入主中土，君临天下，并蒙古极边诸部落俱归版图，是中国之疆土开拓广远，乃中国臣民之大幸，何得尚有华夷中外之分论哉。”[⑤]故他认为华夷之分在于是否为一统，而不在于是否为异族，“惟有德者可为天下君，此天下一家，万物一体，自古迄今，万世不易之常经”[⑥]。并借用孔子的话“大德者必受命”来证明清统一中国的合理性。

正是在这打破“华夷之防”，扩大和重新树立“大一统”内涵的认识基础上，清朝统治者实行了一系列适宜的民族政策，稳定了东北、北方、西北、西南和广大汉族地区的政治局面，在更为深刻意义上的大一统的“中国”观念深入人心，国家意识被赋予新的内涵。在这种国家意识的基础上，中华民族的整体意识和民族间的相互认同观念也开始融合。不仅八旗人等将自己自觉地纳入中华大一统之中，其他民族也均如此，为近代以来的中华民族爱国主义精神的新发展奠定了思想基础。

---

① 盛昱：《八旗文经·书甲》卷三二，页1。
② 胤禛：《大义觉迷录》卷一。
③ 胤禛：《大义觉迷录》卷一。
④ 胤禛：《大义觉迷录》卷一。
⑤ 胤禛：《大义觉迷录》卷一。
⑥ 胤禛：《大义觉迷录》卷一。

八旗入关以后，一直自视为“国家根本”，或留守京师，或驻防各地，担负着维护大一统国家的重任。近代以来，帝国主义瓜分中国，发动侵华战争，也正是从这个时期开始，中华民族近代意义上的爱国主义精神空前高涨，八旗官兵以他们浴血奋战、为国捐躯的实际行动对此做出了重要贡献。

如在道光二十二年(1842)英军进攻乍浦的战役中，驻防八旗在副都统长喜率领下，于天尊庙、观山一带阻击英军，与之殊死战斗，佐领隆福、额特赫，防御贵顺相继战死。乍浦城破后，长喜与协领该尔杭阿等率兵巷战，亦为国捐躯。“是役死天尊庙火者二百人，观山战役者五十余人，守营阵亡者兴柱、寿成等二百六十七人”[①]。

在镇江战役中，京口驻防副都统海龄率八旗将士抗击英军。“迨番舶入境，公亲冒矢石，率兵堵御七昼夜。及城北十三门已破，犹率众死占三时之久。力竭回署，夫人及次孙业已投缳，公喝令举火，将尸焚毁，遂向北谢恩，跃入烈火，亦自焚死”[②]。此次战役八旗之人无一人退缩，如防御尚德，“壬寅城陷，身受重伤，至五条街遇贼，犹负痛挺矛刺杀多人，力竭被害。妻那氏闻之，与幼子万昌执刃奔赴，见夫血淋遍体，身首异处，抚尸大恸，自刺而死，幼子万昌亦自刺死”[③]。据统计，此次战役除阵亡八旗官兵之外，以死抗争而自尽的妇女达六百二十三人[④]。在这两次战役中，八旗的爱国主义精神得到了充分的体现。对八旗官兵抵抗外辱的英勇表现，恩格斯曾给予了高度评价，说他们“决不缺乏勇敢和锐气”，“殊死奋战，直到最后一人”[⑤]。八旗兵的这种表现震撼了世界。

正是八旗将士包括他们妻子儿女这种为国家为民族宁死不屈的英雄气概和大无畏精神，不仅鲜明而强烈地表现出了八旗意识中的爱国主义内涵，而且促进了中华民族爱国主义精神的极大发展。面对帝国主义列强的入侵，从第一次鸦片战争开始，中华民族表现出团结一致、共同抵抗外辱的民族思想与精神。从这个意义上说，八旗意识中的爱国主义精神既在八旗中普遍存在，又成为中华民族国家意识中的重要组成部分。他们为中华民族留下了宝贵的精神财富，对此应该给予充分的认识和肯定。

二　八旗意识产生的条件

（一）八旗制度

八旗制度是八旗意识产生的最根本条件。

---

① 《杭州八旗驻防营志略》卷一一，《筹海志防》。
② 《京口八旗志》卷上，《职官志·名宦》。
③ 《京口八旗志》卷上，《人物志·忠节》。
④ 《京口八旗志》卷下，《烈女志·孝列》。
⑤ 《马克思、恩格斯全集》卷一二，《英人对华的新远征》。

1583年清太祖起兵之后,1615年“太祖削平各处,于是每三百人立一牛录厄真,五牛录立一扎拦厄真,五扎栏立一固山厄真。固山厄真左右,立美凌厄真。原旗有黄白蓝红四色,将此四色镶之为八色,成八固山”[①]。固山即是“旗”。在这个阶段,随着战事的发展,被征服人口日益增多,其中一部分被编入八旗。此时满洲、蒙古、汉、朝鲜、锡伯等民族之人,混编于八旗之中。此后,于1635年3月,编审内外喀喇沁蒙古壮丁,合原八旗内一部分蒙古,另建“八旗蒙古”。1642年7月,将八旗内汉人与被征服之汉人壮丁另编成“八旗汉军”。自此,八旗中有了“八旗满洲”、“八旗蒙古”、“八旗汉军”三大部分。不过在八旗满洲中仍保留了为数不少的蒙古和汉人,以及锡伯、高丽等民族之人,而在八旗蒙古和八旗汉军中,也有少量的满洲人。

八旗中虽有满洲、蒙古、汉军三种建制,但在管理上却并不独立成军,而是混编。如正黄旗下,分别统辖正黄旗满洲、正黄旗蒙古、正黄旗汉军。驻防、出征皆依旗行走,而户籍、人丁之管理则依本旗。这种分别编建统一管理的方式,使八旗合中有分,分中有合,简言之仍为一整体。

八旗制度的确立对关外社会的发展是一大进步。原关外各地各族不相统属,互相征战,社会状况杂乱无序,自八旗制度建立之后,情况大为改观。努尔哈赤曾对诸贝勒大臣说:“推尔等之意,以为国人众多,稽察难遍。不知一国之众,以八旗隶之,则为数少矣。每旗下以五甲喇而分隶之,则又少矣。每甲喇以五牛录而更分隶之,则又少矣。今自牛录额真以至什长,递相稽察,各于所属之人。自膳夫牧卒以及仆隶,靡不详加晓谕,有恶必惩,则盗窃奸宄,何自生哉。”[②]由此可知,八旗建立之初管理已很严密,凡八旗之人俱受约束。

八旗入关之后,制度更加缜密。

在八旗人丁管理方面。雍正五年规定,除八旗佐领下兵丁严格管理之外,对闲散人丁加强详查。严格执行三年编审一次的制度,遇编审之年,凡十五岁以上、身高至五尺者,各佐领均查明并登记造册。同时满洲、蒙古旗下家奴及八旗家下壮丁,也俱列名册。一册保存于本旗,一册送户部存档。雍正七年又规定,以后八旗人等所生子女,满月后需报佐领注册,十岁时呈报本旗都统。凡抱养之子女也按此规定执行。如此以来,八旗之中几乎所有人丁均被造册入档,这样做虽然重在管理,但它产生的更为重要的后果是增强了旗人的自我意识,旗民之界限更为清晰。

此外,八旗还有一系列严密的制度。如在八旗土地制度方面,有“八旗土田规制”,包括畿辅、奉天、直省驻防、井田等规制。在兵制方面,有“八旗甲兵规制”,包括在京、守陵、畿辅驻防、奉天驻防、各省驻防等甲兵规制。在八旗职官制度方面,有八旗官制、诸王

---

① 《清太祖武皇帝实录》卷二,页9。

② 《清太祖武皇帝实录》卷二,页9。

属下官制、守陵武职官制、八旗驻防官制、八旗部院官制、盛京八旗官制。在学校制度方面，有国子监、八旗官学、宗学、觉罗学、咸安宫官学、景山官学、八旗义学、盛京八旗官学、黑龙江两翼官学等等。在营建方面，有诸王府第规制、八旗都统衙门规制、八旗驻防衙门营房规制、八旗房屋规制等等。另外还有八旗俸禄制度、八旗军礼制度、八旗婚礼制度、八旗丧礼制度、八旗官员品级制度以及缺除授升补制度、八旗法律制度、八旗军令制度、八旗军功制度等等，可谓详备。

以上这些制度产生的一个重要后果，是强化了旗人对八旗的人身依附。每一种旗人都在八旗制度的严格管理之中，他们无法摆脱这种束缚，而脱离八旗则又难以生存。

八旗制度对上层、中层、下层旗人的管理都极严密。除上文所举对旗人有严格的户籍人丁管理制度之外，其他方面的束缚也所在多多。以宗室王公而论，宗室王公亦分隶各旗，并设宗人府管理，有相应的册封、俸禄、朝仪、仪仗、服饰等制度。而宗人府专为管理宗室而设，其职责为主掌有关宗室之政令，玉牒纂修、封爵、议叙、惩罚、教育、以及族务诸事，有关宗室事务几乎无所不包，故宗室成员均在八旗控制之中。

八旗中的各级官员是维系八旗正常运转的关键阶层，所以相关管理制度极为缜密。《钦定八旗通志》等史籍中，详细记载了六部、府衙、部院以及八旗都统以下，笔帖式以上各级官吏的设置、升转、题补、候补、补放、开缺、降级、议叙、违限等规定，八旗驻防之地亦不例外。由是八旗各级官吏各司其职，环环相扣，使八旗成为严整而细密之整体。

八旗的官制既如此严密，对八旗兵丁之管理自然也就非常周全。“本朝兵制，各旗官员、兵丁户口属籍，无不隶于都统。至于简用充补，自骁骑营而外，则各该管大臣分领焉”①。以京师八旗为例，设有领侍卫府、骁骑营、前锋营、护军营、圆明园护军营、步军营、火器营、健锐营、虎枪营等等，各旗也均有划定的驻防居住之地，不得擅离本旗。盛京、吉林、黑龙江、直隶、山东、山西、河南、江南、浙江、福建、广东、湖广、四川、陕西、甘肃、伊犁、西北各处驻防，皆有详细规定之各级官员数额及兵丁数额，设置既细，管理亦严。同时还规定了各种恩恤政策，如养廉、封荫、叙功、受伤、阵亡、休退、赏恤等皆有细致规定。以此八旗各级官员、各类兵丁无不在八旗制度的统辖之中，即其家眷子女亦不例外，旗人在人身方面依附于八旗，是他们自身无法选择的一种历史现实。

对下层旗人的控制也极严密，除八旗佐领下人之外，地位更低的是八旗满洲包衣佐领下人、包衣管领下人和户下人。包衣佐领和管领下人多是被俘之人和罪犯，以及买入之人口，是本旗旗主之私属，因此除了朝廷规定的制度之外，旗主对他们的管理更为严酷。上三旗包衣佐领下披甲之人主要承担内廷守卫、扈从出行职务，男妇则主要担任尚膳茶、鹰狗房、行宫管理、御药、造办等差使。管领下人主要工作是分管承应供用等事，凡

---

① 《钦定八旗通志》卷三二，兵制一，页562，吉林文史出版社。

内廷洒扫糊饰，及三仓出纳酒菜器皿，皆司之。包衣管领下人地位不如包衣佐领下人，包衣佐领下人地位不如八旗佐领下人。故规定包衣管领下女子，不准聘与包衣佐领下，包衣佐领下女子，不准聘与八旗之人。在这当中，上三旗之包衣佐领、管领地位又高于下五旗，因上三旗包衣主要为皇帝服务，下五旗包衣则为王公旗主服务，不过对有军功劳绩者可拔出归入旗分佐领。至清中叶，皇帝认为包衣佐领、管领下人皆系满洲旧仆，给予他们更多出路与宽松的政策。如乾隆年间，镶黄旗满洲包衣佐领下人英廉，官至刑部尚书、大学士；原隶镶黄旗包衣佐领的高斌，官至河道总督、文渊阁大学士。

包衣佐领、管领下人虽然地位低下，但是他们担任的是直接为皇帝旗主服务的差事，入关之后历经数代，旗主对他们给予了特别的信任，有一种封建社会主与仆的关系与感情，在许多情况之下，他们对八旗的依附更为紧密。

户下人的情况有些不同。他们是依附于正身旗人的一个阶层，没有户籍，是旗人的奴婢、壮丁和各种差丁，完全是旗人的私属。他们世代为奴，可以被售卖、责罚，无人身自由。自乾隆元年，凡主人认为效力年久的，可准其开户，即为另记档案人。乾隆三年同意主人放出契买家人为民。乾隆二十一年另记档案人可出旗为民。除出旗者之外，留于八旗中奴婢壮丁的情况也有了较大变化。

留下来的奴仆多系“旧人”，与主人关系深远而紧密，地位也在慢慢变化。如乾隆五十五年上谕：“庄头俱系旧人，伊等子弟，亦著考试。”①另如雍正朝大将军年羹尧因平青海功，封一等公，其家奴魏之耀赏四品顶戴，家产到十数万金。大学士和珅家奴刘全、呼什图亦有家产数十万金。此外，另记档案人等如有军功亦可奉旨转入正户，成为正身旗人，享受旗人待遇。至于官庄中的壮丁，在清朝末年已被承认为正身旗人。“此项官庄壮丁，既与庄头同册并列，已属册档有名，曾准置买旗地，即与正身旗人无异”②。

从以上情况可以看出，各类旗人在八旗制度约束下，必然产生依附于八旗的后果。他们的生活方式、组织形式、心理状态、道德思想，自然与民人有所不同。在这种情况下，八旗意识的产生也就在自然的情理之中了。

（二）八旗共同的社会生活

八旗的社会生活条件在许多方面与民人有所区别，这也是八旗意识形成的主要因素。

1. 八旗特殊待遇。八旗的特殊待遇表现在各个方面。以旗人出路而言，一般旗人可以挑补甲兵，有一定背景的旗人可以通过荫封和挑补专为旗人设置的各种不同官缺，还可以通过科举入仕。同时，朝廷还为旗人在政府机构中设立专门的职位，如六部之中的

① 《总管内务府现行则例·会计司》卷四。
② 《谕折汇存》光绪十七年十月十八日裕禄奏文。

吏部,从尚书到笔帖式共一百二十二人,其中旗人职位一百零四个。其他各部大同小异。另外还有专为旗人设职的内务府、领侍卫内大臣、步军统领、前锋护军统领、八旗都统等一系列官位和职务,使旗人的出路更为宽广。而民人入仕基本上只有走科举一途。

在法律上也是旗民不同刑。旗人犯罪一般是另行处理,如《大清律》中规定,凡旗人犯罪,笞、杖,各照鞭数责。军、流、徒,免发遣,分别枷号,显然与民人的处理不同。

八旗更为重要的待遇是除分给田亩之外,还有固定的俸饷和粮米,这基本保证了旗人的生活。此外,对八旗之人还有许多特殊的赏赉和照顾。如对"八旗贫苦、孤独、无有生业者,每月各给银一两、米一斛"[①]。"前锋、护军、领催、兵丁阵亡并被伤身故者,其妻支给饷银、饷米"[②]。对年老或因伤废退休之官员,给予半俸。对于八旗下层官兵的婚丧之事考虑得也很周到。雍正元年定,"八旗护军、骁骑校、前锋、护军、领催等,喜事拟给银十两,丧事二十两。马甲等喜事拟六两,丧事十二两。步兵及食一两钱粮执事人等,喜事拟四两,丧事八两"。[③] 康熙六十一年又决定:"八旗出征满洲、蒙古、汉军兵丁,效力行间,劳苦堪悯,所借银两,尽与豁免。"[④]这种情况在有清一代经常发生。另外对八旗还有各种名目的赏赉,如登极、亲政、万寿、册立、特恩、谒陵、殿工等赏赉。

以上种种做法和措施增强了旗人的感情和凝聚力,使"八旗禁旅为国家根本所系"的观念深入人心,从而增进了旗人的责任感和旗、民不同的意识。

2. 居处相近。八旗入关之后,呈大分散而小聚居的状态。约半数之人口留驻京城,另半数之人口分驻各地。无论驻扎何地,他们都独立居住,不与民人混杂。

留驻京师者主要驻扎在北京内城,以旗别之不同分驻不同方位。另有京西外三旗、檀营驻防八旗等,拱卫京城。各地驻防虽规模较小,情况有所不同,但是形式上基本一致,或于原城中圈占民房,或另建新城,都成独立的体系。如《荆州驻防八旗志》载:"康熙二十二年,旗兵设防于此,虑兵民之杂而也,因中画其城。自南纪门东,迄远安门西,缭以长垣,高不及城者半,名曰界城。其东则将军以下各官及旗兵居之。迁官舍民于界城西。"[⑤]绥远八旗驻防则是在归化(今呼和浩特市西城区)城东北五里处另建的新城。雍正十三年始建,乾隆初年建成,城内建有各级衙门、关帝庙等庙寺、教场、演武厅、仓库、粮仓、学校、八旗官兵之住房[⑥],完全是自成体系。其他驻防八旗的情况也基本如此。

有清一代,八旗的完整性和系统性一直被不断加强。各层组织的设立和制度的严密,使八旗一直保持其独立性。京师八旗的情况自不必说,驻防八旗的情况也是如此。

---

① 《八旗通志初集·典礼志四》卷五三,页1015,东北师范大学出版社1985年。

② 《八旗通志初集·典礼志五》卷五四,页1030。

③ 《八旗通志初集·典礼志五》卷五四,页1032。

④ 《八旗通志初集·典礼志五》卷五四,页1032。

⑤ 《荆州驻防八旗志》卷四,建置志第一。城内军事设施、官衙、生活设施乃至学校、庙宇,一应俱备。

⑥ 《绥远旗志》卷二,城垣。

其最高长官除负责保卫地方、训练军队外，举凡婚丧、诉讼、教育、救济，乃至生活中种种琐事，均在其管辖之内，但却不参与地方事务。而地方之官员，亦不准干预旗人事务。对于八旗之管理原则上也不再分满洲、蒙古、汉军，凡本驻防之旗人，统按八旗规制管理。如此以来，使居处相近的驻防八旗内部关系更加紧密，也更划清了与民人的界限。

3. 相同或相近的生活方式。由于受八旗制度的制约和生活环境的限制，八旗满洲、蒙古和汉军的生活方式总体上是相同或相近的，并且在不断地交融。

以驻防八旗为例。驻防八旗的形式分为数种，有单为八旗满洲者，如成都；有满洲、蒙古合驻者，如江宁、开封；有满洲、蒙古、汉军合驻者，如西安、绥远。有以汉军为主的驻防者，如福州、广州。驻防八旗的组成成分虽然各地有所不同，但是在规制与管理上却是统一的。满洲、蒙古驻防之地自不必说，以单独由汉军驻防的福州而言，也是如此。《福州驻防志》卷一"圣谟"中言："盛京及各省大小驻防建置之始，虽满洲、蒙古、汉军八旗、四旗之不同（注：福州驻防为汉军镶黄旗、正白旗、镶白旗、正蓝旗），而官员之铨补，甲兵之操演，刍粮之赡给，军械之修整，仰烦历圣诰诫者，莫不恪遵而共戴也。"如习射演枪、旗营合操、演放炮位、旗营大点、巡查城门，以及补放官员、挑补甲兵、编审丁册、官兵俸饷、红白事赏银、旌表节孝、官员守服等等，皆与京师及其他驻防八旗相同，八旗之规制传统由此而得以保持。

为了保持八旗的独立性，清廷特别在"国语骑射"和文化教育两方面提出了严格要求。自入关以来，清廷一直强调"骑射国语乃满洲之要本，旗人之要务"，这种要求并非仅对满洲而言，而是针对整个八旗。嘉庆以后对旗人的这种要求也丝毫没有放松。如嘉庆帝《御制八旗箴》就提出"国语勤习，骑射必强"。道光十八年五月上谕中说："各省额设驻防，相沿已久，立意深远，自应以骑射清语为重。"咸丰四年上谕中说："八旗人员，骑射清文是其本务。即使于清文义理不能精通，亦岂有不晓清文、不识清字，遂得自命为旗人之理？"[①]旗人必须精通"国语骑射"，汉军当然也不能例外。这在雍正五年给福州副都统阿尔赛的一条上谕中说得更为清楚："尔福建汉军，原是旗下，若不晓满文，即昧根本，尔回去时必教导他学满洲话、满洲书方好。"[②]因此国语骑射也成为汉军的本务。

以此相同或相近的生活环境，造成了八旗心理和意识上的接近。

4. "汉军出旗"所产生的影响。由于八旗人口繁衍迅速，康熙末年始"八旗生计"问题已初现端倪。乾隆七年始令京师汉军出旗，但效果甚微。于是汉军出旗的重点转向驻防八旗汉军。除东三省和伊犁驻防的汉军，以及驻防福州三江口水师营汉军和驻广州半数汉军未被出旗之外，直省驻防汉军，如驻福州、京口、杭州、绥远、凉州、庄浪、西安等驻防之地的汉军，基本被全数出旗。

---

① 《荆州驻防八旗志》卷三，敕谕。

② 《福州驻防志》卷九，志官学。

除了大批汉军被出旗为民之外，一部分旗下开户和另记档案人也被出旗。乾隆二十一年下令："著加恩将现今在京八旗、在外驻防内另记档案及养子、开户人等，俱准其出旗为民。"[①]一部分汉军和开户人等被出旗为民之后，"八旗生计"问题虽未得到彻底解决，但是在一定程度上得到了缓解，八旗的生活条件较以往要相对稳定。"汉军出旗"所产生的另一个重要后果，是促进了"只分旗民，不分满汉"观念的形成，无论是旗人还是民人，对此都有一致的认识。

在八旗汉军中的一部分被出旗之前，满洲、蒙古、汉军的区别较为明显。自八旗汉军被出旗之后，关内直省驻防中汉军甚少，驻防之满洲与蒙古成为八旗之代名词。而在京城之中，除另户旗人之外，开户、记档案人及旗人养子被陆续出旗，八旗中所保留的人员数量减少，成分也相对单纯。从汉军情况看，留于旗内的多为入关前入旗的"陈汉军"，这部人一直留在了八旗之中，"旗人"的资历很深。

同时，在八旗满洲中的包衣佐领、管领之内，除有满洲、蒙古人外，还有高丽佐领、回子佐领，以及由原为汉人组成的旗鼓佐领。八旗满洲中，还有由达斡尔、鄂温克、锡伯等组成的"新满洲四十佐领"，以及由蒙古人组成的佐领。可见八旗之中尤其是八旗满洲之中，民族组成成分最为复杂。不过尽管如此，他们仍通称为八旗满洲，相互之间的区别逐渐淡化。

在这种情况之下，随着大量汉军被陆续出旗，强化了留在八旗之内的旗人对自己身份的认识。被出旗为民者也有不少不愿出旗，经过经营复入旗档占有兵丁额缺的人。这是因为旗人不善务工经商，世代以来依赖于八旗，旗人的思想和生活已成模式，难以一时改变之故。鉴于这种情况，乾隆二十七年五月下令再次甄别，"今此等业经为民，复入旗档之人内，如果十五日限其自行出首，不过不治其罪亦不赏赉而已"。"如尚隐忍不肯自行出首，至限期已满，经大臣等查出，从重治罪"[②]。经过这次大清查，应出旗者基本全被出旗，留于旗内者皆为核心力量。故乾隆二十八年二月初十之上谕中强调"满洲、蒙古、汉军皆朕之世仆"[③]。因此汉军及另记档案人等的出旗不仅是八旗史上的一个重大事件，也是八旗意识被强化的一个因素。自此以后，八旗中满洲、蒙古、汉军的旗别意识有所减弱，而以八旗为整体的旗人意识得到强化。

（三）八旗共同的政治利益

共同的政治利益是维系八旗一体的政治基础，也是八旗意识产生的主要条件之一。八旗建立之后，始终有着共同的政治利益，而政治利益的不断获得，不仅巩固了八旗

---

① 《清高宗实录》卷五〇六，乾隆二十一年二月庚子。

② 《钦定八旗通志·谕六》卷一二，页252。

③ 《钦定八旗通志·谕六》卷一二，页255。

的地位，也增强了八旗内部的凝聚力。

政权的建立与巩固扩大是政治利益的依托。努尔哈赤于1583年起兵，1587年在费阿拉“定国政”，1616年在赫国阿拉建立后金政权，1636年皇太极改国号为大清政权，1644年八旗入关，夺取北京成为统治全国的政治中心。在不断发展的过程，八旗的政治利益也不断扩大。

从八旗内部来看，获得利益最大的是八旗贵族。其一是爱新觉罗家族。具体说便是清太祖努尔哈赤子侄及其后代。自努尔哈赤建立政权，一直到清代末年，爱新觉罗氏一直掌握政权的最高权力，也掌握着八旗的最高权力。其二是满洲贵族。被编入八旗之满洲是八旗的核心力量，其都统、参领都有重要的政治、军事地位自不待言，以佐领而论，八旗分为勋旧佐领、世管佐领、公中佐领三种，勋旧、世管基本为世袭，公中佐领则选派有功劳者担任。如此以来，八旗满洲逐渐形成了贵族阶层，成为八旗制度的忠实拥护者与保卫者。其三是蒙古贵族。八旗蒙古设立之前，已有大量蒙古人被编入八旗，其中明安、古尔布什、莽果尔代、明安达礼、恩格德尔等，均得到优厚的待遇。八旗蒙古设立之后，一大批蒙古贝勒、台吉成为八旗蒙古的各级长官。与外藩蒙古相比，八旗蒙古的地位自不可与之同日而语，他们是特别受到朝廷善待的群体。八旗满洲与八旗蒙古的广泛通婚，也从一个侧面反映出八旗蒙古特别是蒙古贵族地位在政治上的优越。其四是汉军贵族。汉军贵族主要由三部分人组成，一为原地位低下早年入旗者，如范文程、宁完我、沈文奎等，属于“旧汉军”范畴。一为原在明朝为官身居要位者，如原任明朝总督后任清大学士的洪承畴、尚书率泰、都统左梦赓等，则属“新汉军”范畴。当然还有一部分人，他们原有一定的地位而又入旗较早者，如原为商人的佟养性，任游击世职，首领汉兵一旗。其侄佟图赖官至都统，加太子太保。侄女为康熙帝生母。佟图赖子佟国纲任都统袭一等公，本支由汉军改入镶黄旗满洲。佟氏一族在朝为官者甚多，有“佟半朝”之说。王、公、侯、伯、子各级爵位，汉军以及蒙古旗人也为数不少。如异姓王中，正红旗汉军孔有德为“定南王”，正黄旗汉军耿仲明为“靖南王”，镶蓝旗汉军尚可喜为“平南王”，正白旗汉军孙可望为“义王”。在公爵中，正白旗汉军沈志祥为“续顺公”，正白旗汉军白文选为“承恩公”。在侯爵中，正白旗汉军朱之琏为一等侯，镶黄旗汉军马得功为一等侯。二等侯中有镶黄旗汉军田雄。正红旗汉军郑芝龙为同安侯，镶黄旗汉军施琅为靖海侯[①]。

此外，八旗汉军、蒙古中下层也多有被授各等级世职者，有轻车都尉、骑都尉、云骑尉等，均为世袭。因人数太多，仅举一例。镶黄旗汉军傅大受，“崇德七年，以军功授牛录章京，恩诏加至二等阿达哈哈番，军功加至一等，又一拖沙喇哈番。今汉文改为一等轻车都尉，又一云骑尉”[②]。除此之外，对八旗满洲、蒙古、汉军还有其他表彰形式，如载入《八

---

① 《八旗通志初集》卷七八，封爵世表4，页1533—1554。

② 《八旗通志初集》卷一〇三，世职表21，页2443，东北师范大学出版社1985年。

旗通志》名臣传、勋臣传、忠烈传、循吏传，以及儒林、孝义、列女传，增强了旗人的荣誉感。

政治地位是政治利益的集中体现，除了以上所列举的八旗具有特别的封授之外，八旗在清政府中也设有专门的各级官缺，在科举中设有特设的名额，在出征中有特设之军功，在法律中有特定之律条，在教育中则有特设之八旗各类官学、义学。总之，八旗与民人相比在许多方面都有其特殊性，使八旗的政治地位高于民人，八旗的政治利益也由此得到保障。

当然在八旗之中满洲、蒙古、汉军的政治地位有所不同，汉军的地位稍低，但这仅是八旗内部的差别，汉军也并未因此而减少维护八旗政治利益的热情。如在天聪年间，皇太极还未下决心攻占山海关进而攻取北京之前，一批汉军官员已经开始献策。《天聪朝臣工奏议》收录了许多这样的奏章，很多都极力主张攻占山海关与北京，其心情较满洲、蒙古更为急迫。这种思想意识既是出自于对本身利益的考虑，也出自于对八旗利益的考虑。如果攻占北京进而成为全国政权，那么汉军包括八旗的利益就有了更大的保障。

在八旗入关之前，大清成为全国政权之后，整个八旗仍在各个方面努力为维护八旗的政治利益而奋斗。八旗政治利益的一致性和八旗政治地位的稳固，成为大清政权的根本保证。

（四）八旗共同的经济利益

共同的经济利益也是维系一个社会群体的基本条件。

八旗在入关之前，主要是通过战争抢掠人口、财物、土地和牲畜，这成为他们的主要经济来源。这些掠获之人畜物品，大部分“八家分取之”，凡出征之甲士也多有收获，这就是当时所说的“抢西边”和“捉生”。此外，抢占的大量土地也按“计丁授田”制度分配给八旗。此时八旗之人已较富裕，故已开始征赋，《满文老档》天命八年二月初十载，“一年每男丁应纳之赋：官粮、官银、军马饲料，共银三两”。不过此时获得利益最多的是女真人，其次是投顺的蒙古人和少数上层汉人。

自天聪朝开始，随着八旗蒙古和八旗汉军的单独编旗，八旗中蒙古和汉人的地位开始上升。八旗入关之后，大清成为全国性政权，“抢掠”已不是八旗进行战争的目的，占有更多的土地，开展农业生产成为八旗的主要经济来源。

八旗入关之初便开始圈占土地，至康熙二十四年才最后停止。据《八旗通志》记载，各旗均占有大量耕地，如镶黄旗满洲、蒙古、汉军三次给“共壮丁地三十九万三千八百九十垧”①，正黄旗满洲、蒙古、汉军“共壮丁地三十九万二千三百九十六垧九亩”②。这些

① 《钦定八旗通志》卷六九，土田志八，页1206。

② 《钦定八旗通志》卷六九，土田志八，页1207。

土地自诸王贝勒以下至壮丁皆分给土地，顺治二年定："给诸王、贝勒、贝子、公等，大庄每所地一百三十垧，或一百二十垧至七十垧不等。半庄每所地六十五垧，或六十垧至四十垧不等。园每所地三十垧，或二十五垧不等①。王以下各官所属壮丁给地六垧。"②除农庄之外，各级官员还拨给园地，顺治五年题准："亲王给园十所，郡王给园七所，每所地三十垧"，"公、侯、伯、子各三十垧，男二十垧，轻车都尉十五垧，骑都尉十垧"③。因为制度规定，旗人不许擅离驻地，不许务工、经商，所以尽管八旗下层兵丁生计较为困难，但还算有基本保障，他们的经济来源几乎全部依靠八旗制度，故这种经济关系对他们来说，是至关重要的。

除土地之外，八旗各级官员兵丁皆有固定钱粮收入，且较汉官、绿营兵待遇优厚。如王公俸禄，自顺治元年始，定王公俸禄额数，屡有变化，至乾隆末年定例：亲王岁银10000两，米5000石；郡王岁银5000两、米2500石……至最低等级的宗室封爵奉恩将军岁银110两、米55石。另外公主、郡主、县主、县君、乡君及其额驸也都有固定的俸禄④。

以上为宗室封爵，此外之一、二、三等公、侯、伯、精奇尼哈番、阿恩哈尼哈番、阿达哈哈番等等也有规定的钱粮俸禄⑤。

此外八旗满洲、蒙古、汉军各级官员的俸禄也俱按品级发给。如雍正十年议准、八旗官员中都统、尚书给银180两、米180斛。副都统、侍郎岁银155两、米155斛。参领、一等侍卫、郎中岁银130两、米130斛。佐领、二等侍卫、员外郎岁银105两、米105斛。三等侍卫、主事岁银80两、米80斛。护军校、骁骑校、六品官岁银60两、米60斛。七品官岁银45两、米45斛。八品官岁银40两、米40斛⑥。

八旗兵丁的钱粮自清初以来屡有变化，至康熙九年题准：前锋、护军、领催，月给饷银四两。甲兵，月给饷银三两⑦，并给米若干。

八旗官兵除都有俸禄钱米之外，还有一些特殊的待遇。如官兵之休退、阵亡、受伤都额外加给钱粮。出征作战，各级官兵也都有数额不等之钱粮补贴。如雍正七年十二月上谕中云："平时因八旗兵丁乃国家根本，所以养之者恩甚高厚。偶有差遣征剿之事，复加意体恤，赏给各项银两，行粮之外，复给坐粮，所以筹画其用度养赡其身家者，至周至渥矣。"⑧此外，八旗在住房、坟地、养老、抚恤、荫叙等等许多方面，都有周密的制度安排。在这种情况下，尽管后来出现了"八旗生计"问题，旗人的生活水平有所下降，但旗人依

---

① 《钦定八旗通志》卷六二，土田志一，页1112。
② 《钦定八旗通志》卷六二，土田志一，页1116。
③ 《钦定八旗通志》卷六二，土田志一，页1116。
④ 《钦定八旗通志》卷七八，典礼志，页1343。
⑤ 《八旗通志初集》卷四五，职官志，页858。
⑥ 《八旗通志初集》卷四五，职官志，页862。
⑦ 《八旗通志初集》卷二九，兵制，页550。
⑧ 《钦定八旗通志》卷首一〇，敕谕四，页212。

附于八旗生存的本质没有变，他们依赖于八旗而生存的心理也没有变，八旗制度仍然是旗人经济利益的基本保障。

（五）八旗文化之基础

八旗是一个切实存在的有具体社会属性的群体。它有与“民人”相区别的政治、经济、军事体制，这种区别必然会导致相应文化即八旗文化的产生。

八旗文化以八旗制度为制约条件。八旗之中，有共同遵守的政治、经济、法律、军事和等级制度，有共同遵守的社会生活制度和生产制度，有与“民人”相区别的社会地位。故而他们有在共同条件环境下产生的思想、伦理和道德观念，有在共同利益基础上产生的群体心理，有基本一致的群体性格，有与时代相适应的理想追求与目标，有相同或相近的文化（包括文学艺术）风格，有群体内相互认同的浓郁情感，这一切既是八旗文化的本身，也是八旗文化的基本内涵。

在八旗之中，占据核心地位的思想文化是八旗满洲文化，但这并不是八旗文化的全部，同时存在的还有其他民族文化特别是汉族文化和蒙古族文化因素。应该弄清楚的是，八旗文化并不是多民族文化的简单组合，它是在多种文化融合的基础上形成的。它的主要来源，一是女真传统文化，一是汉族儒家文化，一是蒙古传统文化。不过在八旗文化中这三种文化的内涵与样式也都发生了变化。

在八旗中，满洲文化的形成是女真转化为满洲的主要条件。女真向满洲转化过程中，吸收汉族文化和蒙古族文化是一个关键。

在明代中晚期，女真仍处于部落制阶段，不具有高层次的文化传统与结构，从这个时期开始他们大量吸收了汉族文化和蒙古族文化，致使其文化迅速发展。

在满族肇兴时期应该说吸收最多的是蒙古族文化。自古以来女真与蒙古居处相近，习俗相仿，认同感很强。1607 年，努尔哈赤曾向朝鲜人表白“我是蒙古遗种”[①]；1620 年，曾向察哈尔林丹汗说：“我二国语言相异，然服发亦雷同”[②]，应结为联盟。1634 年，皇太极也对察哈尔诸蒙古说：“我与尔两国，语言虽异，衣冠则同。与其依异类之明人，何如来归于我”[③]，而认为明国、朝鲜属于同类。在事实上，当时也多在语言、制度上模仿蒙古。如汗、巴图鲁、札尔固齐、达尔罕、巴克什等名号皆采自蒙古，并借用蒙古字而创制出满文。在女真三大部中，海西女真与蒙古关系最近。据史书记载，海西女真中之叶赫部、乌拉部、哈达部族，均有蒙古族成分，他们所具有的蒙古族文化一定会影响其他女真各部。

---

① 《朝鲜宣祖实录》卷二二，四十年二月己亥条。

② 《满文老档》页 130，天命五年正月十七日，中华书局 1990 年。

③ 《清太宗实录》卷一八，页 27。

满族文化在形成发展中吸收最多的还是汉族文化。

女真在转化为满族乃至在继续的发展中，一直没有停止对儒家思想文化的吸收。这种吸收经历了一个从不自觉到自觉的过程。努尔哈尔早年曾在汉族地区生活过，并懂汉、蒙古语言，《博物典汇》记载他好看《三国》、《水浒》二书。这两部小说主要宣扬忠义思想并表现了大量的军事谋略，而这一切都是以儒家思想文化为出发点。儒家思想道德的推行，对规范归附不久的女真各部及其他人等产生了巨大影响，使八旗社会的社会秩序向有序化发展。

到了皇太极时期，儒家思想和伦理道德得到了进一步推广。在汉官的建议下，皇太极不仅自己学习儒家经典，还下令翻译《通鉴》、《六韬》、《孟子》、《三国志》、《大乘经》等典籍，八旗子弟也入学校学习这些汉文典籍，使儒家思想和伦理道德向中、下层渗透。《清太宗实录》天聪六年七月记："初我国未谙典故，诸事皆以意果行。达海始用满文译历代史书，颁行国中，人尽通晓。"皇太极本人受汉文书籍影响也有许多例证。如天聪七年六月："上曰：昔张飞尊上而凌下，关公敬上而爱下，今以恩遇下，岂不善乎？"皇太极所建宫殿之后宫，其中"关雎宫"、"麟趾宫"皆取自于《诗经》，其影响之深可见一斑。

八旗入关之后对汉文化的吸收更为深广。

首先，建立了正规的学校以教授八旗子弟，八旗官学、宗室学、觉罗学、景山官学、咸安宫官学、八旗义学，以及各驻防八旗学校相继建立，学习的内容主要是满、汉文义和翻译的汉文典籍及原文汉文典籍，致使八旗子弟对儒家思想和伦理道德有了系统深入的领悟。

其次，在学习汉文化的同时，八旗之人对汉族传统的书画和文学产生了浓厚的兴趣，他们不仅熟读了汉族历史悠久的诗词文赋和小说，而且积极参与创作。深厚的汉文化的基础和对汉文学的喜爱，使八旗之中许多人走上了文学创作的道路。

第三，入关之后，八旗在汉文化方面不仅达到了进入自由王国的程度，而且能够总结汉文化了。康熙朝编纂《康熙字典》、《古今图书集成》、《全唐诗》等大型图书；乾隆朝编纂空前规模的《四库全书》，都是他们达到了相当高的水平和能力的象征。

第四，入关之后，儒家的大一统、仁政勤民等核心思想，也无不成为八旗思想的主体。这既使八旗融入了中国整个的大社会之中，又使八旗在保持自身特点的同时增强了自我认同意识。因此可以说，旗人中普遍存在的思想道德观念既有其特征，又与民人之思想道德观念相联系，而这一切正是八旗文化产生发展的基础。

另如在制度上依照明朝制度。依照明朝制度是八旗学习汉文化的一个重要方面，这种学习有些是"照搬"，有些则是"参汉酌金"。尽管如此，其本质仍是吸收。

仿照明朝制度表现在多方面，如设立政权机构六部，制定等级制度、典礼制度、服饰制度、科举制度等等。在法律方面，《大明律》成为《大清律》的蓝本。这些方面在入关之前已见端倪。入关之后各项制度愈加严密详备，如六部于天聪五年七月（1631 年 8 月）设立之初，官制设置较为简单。八旗贝勒分管各部事，其下每部设满洲、蒙古、汉军承政各一员，参政八员，启心郎一员至三员，笔帖式若干。而入关之后各部官员不仅职位增加，而且八旗满洲、蒙古、汉军以及汉人皆有定员。如六部之中的吏部，设满洲、汉人尚书各一人，左右侍郎满洲、汉人各一人，文选司郎中满洲、蒙古、汉人各一人，文选司员外郎满洲、汉人各一人，文选司主事满洲一人、汉人二人，考功司郎中满洲三人、汉人一人，考功司员外郎满洲二人，蒙古、汉人各一人……笔帖式满洲 57 人，蒙古四人，汉军 12 人。六部的这种官制虽形式上模仿了明朝式制，但却兼顾了八旗和汉人任职额数，在一定程度上平衡了八旗和汉人的关系。

又如实行科举制度也是从汉人处学来，天聪八年四月举行第一次科举，崇德三年八月、六年七月又相继举行科举，然仅考取秀才、举人。入关之后，顺治元年在汉人中举行科举，八年在八旗中举行科举，此时为满、汉分榜。顺治九年汉军归入汉榜。康熙六年八旗的文化水平已与汉人相去无几，“八旗满蒙汉与汉人同场，一体考试”[①]，八旗满洲向汉文化的靠拢，使八旗蒙古对汉文化有了更深层次的认识，使八旗汉军原本就具有的汉文化情结得到舒展。与此同时，八旗蒙古、汉军在八旗制度环境中，也从未停止过吸收满洲文化，这种在同一环境中的文化交融，使八旗整体的思想文化有了共同的基础。但是我们还应看到问题的另一个方面，即八旗从未放弃过坚持继承属于自己的特色文化，如祭祀、风俗、语言、骑射、服饰等等，一直是他们坚守与发扬的文化要素。

以上两方面的因素使八旗在心理、观念、道德、伦理、文化追求与文化特色方面，形成了自身的系统与内涵。这种由特殊主体组成，在特定环境条件下产生的八旗文化，便成为八旗意识形成的最为直接的条件。

余　论

“八旗制度”是中国历史上出现过的一种具有极为特殊意义的社会制度，“八旗”是一种极具创造力的社会组织形式，“旗人”是中国历史上从未出现过的多民族的社会群体。在中国历史、中国文化思想史和中国民族关系史上具有崭新的面貌，并具有深刻的历史与现实意义。它所蕴涵的社会、民族、思想、文化、心理、意识、伦理等方面的内容，以及由此而产生的对中国历史发展所起到的作用，都非常需要认真对待。

应该承认，八旗制度至清代中后期，表现出种种弊病，但我们应该更多地认识了解它存在的积极内涵和它存在的必然性。从某种角度来看，八旗制度是中国历史和中国民族

① 福格：《听雨丛谈》卷七，页 150，中华书局 1984 年。

关系发展一定程度的必然产物，这种打破民族界限由多民族结成联盟现象的出现，表明中国民族间的认同程度已有所增强，是在中国民族关系出现良性运转的大前提下实现的，因此八旗的出现就有了适应历史发展趋势的合理性，也因之在中国历史的进程中发挥了种种作用。

就八旗意识而言，尽管旗人将八旗之各族人等视为本社会群体，而将“民”（汉人）、“丁”（蒙古人）、“回”（维吾尔等人）、“番”（藏人）划出本群体之外，但是在“国家”的大概念下，亦视民、丁、回、番人等为一体，并未将其视为异类。八旗入关面临的最大现实是要建立一个“大一统”的天下，故视天下为一体，统一全国、奠定版图，是八旗的最高目标。在这种认识之下，以八旗为核心建立一个各族共存的一统天下的国家，成为八旗意识中另一个极为重要的内涵。这也是八旗能够长期存在，并在统一中国过程中扮演了重要角色的思想背景与民族背景。雍正帝对此曾有过明确的表述：“我朝肇基东海之滨，统一中国，君临天下，所承之统，尧舜以来中外一家之统也；所用之人，大小文武中外一家之人也；所行之政，礼乐征伐中外一家之政也。内而直隶各省臣民，外而蒙古极边诸部落，以及海山陬、梯航纳供之异域遐方，莫不遵亲，奉以为主……总之，帝王承天御宇，中外一家也，上下一体也。”[①]从历史事实来看，有清一代在制定各项政策法律，实施各项措施之际，“中外一家，上下一体”的确成为八旗的基准点。而清朝能够实行近300年的统治，并出现了“康乾盛世”的繁荣局面，以及中华各民族相互认同感和凝聚力较以往朝代的明显增强，都与八旗的这种思想意识有密切的关系。

总之，在中国最后一个封建历史时期，八旗在国家统一、经济发展、民族融洽、文化进步等诸多方面，都起到了一定作用，而这种作用的实现，无不与八旗意识相关联。八旗意识不仅表现在对本社会群体的认同感上，也表现在对中华各民族的认同感上，这是八旗意识中不可或缺的两大内涵。因此可以说，八旗意识中所具有的积极意义的内涵，突出表现了中华各民族密不可分的本质关系，从而丰富和巩固了国家意识和爱国主义意识。那么今天对“八旗意识”进行系统深入的理性研究，了解中华民族在最后一个封建时期的走向以及对今天的影响，也就具有了重要的现实意义。

（张佳生　研究员　辽宁省民族研究所　110031）

① 《荆州驻防八旗志》卷二，敕谕。

康熙时期
中华文化在欧洲的传播
——以莱布尼兹为例

武　斌

公元1644年,满族人在中国东北建立的大清国由盛京(沈阳)迁都北京,经过十几年的时间,基本确立了在全中国的统治。至康熙年间(1662—1722),已经逐步发展为强盛的东方大帝国,不仅为我国统一多民族国家的形成奠定了坚实的基础,也为中华文化的对外传播提供了有利的条件。16至18世纪初,以地理大发现和中国一度开放海禁之后,欧洲耶稣会传教士来华为主要契机,中国和欧洲的文化交流进入了一个前所未有的黄金时期。由于大量介绍中国的书籍和报道被传入欧洲,在欧洲掀起了一股"中国热潮";特别是在华传教士将他们的所见所闻以书信等形式介绍到欧洲,更激起人们对中国产生浓厚的兴趣;中华文化进入了欧洲思想家们的视野,成为时常谈论的话题。思想家们以哲人的睿智和敏感,发表了至今看来仍然可能还有启发价值的对中华文化的种种评论。然而,当时从笛卡尔到马勒伯朗士到培尔,还有维柯等,他们对"东风西渐"以及对欧洲的冲击、对于欧洲思想和文化发展将会有何种程度的影响,认识尚且不足。实际上,"认识中华文化对于西方文化发展的重要性,莱布尼兹实为第一人"①。

莱布尼兹是最早研究中华文化的德国人,他所处时代在中国正是清朝康熙时期,因受中国《易经》启发发现了"二进制"算术,其哲学思想也受到了中华文化的深刻影响。本文将以莱布尼兹为例阐述康熙时期中华文化在欧洲的传播的一些事情。

一　与中华文化接触并挚爱

莱布尼兹(Gottfried Wilhelm Leibniz ,1646—1716)是十七世纪末至十八世纪初德国

① 利奇温:《18世纪中国与欧洲文化的接触》页69,商务印书馆1962年。

最重要的哲学家、历史上少有的渊博学者和科学巨匠。他在数学、物理学、法学、史学、比较语言学、以及应用科学技术等方面，都做过研究并有不同程度的贡献。作为微积分的发明人之一，奠定其在数学史上的不朽地位；在哲学领域内，"单子论"哲学使他在近代西方哲学史上成为一代宗师；而对于中华文化的研究又走在时代的前列，成为最早研究中华文化和中国哲学的德国人。

现代英国科学史家李约瑟说："在17世纪欧洲的伟大思想家中，莱布尼兹是对中国思想最感兴趣的一个。"①莱布尼兹所处的时代是欧洲了解中国的一个重要阶段。康熙时期由于来华传教士众多，大量的中国信息通过传教士涌入欧洲。莱布尼兹熟读有关中国的书籍和报道，与赴欧传教士广泛接触，成为"狂热的中国崇拜者"，与中国和中华文化结下了不解之缘。

莱布尼兹在20岁时，就阅读了施皮策尔（G. Spizel）的《中国文献评注》（De Re Litteraria Sinensium Commeutarlus）和基歇尔（Athanasius Kircher）神父的《中国文物图志》。前者是一本谈论中国文字的书，著者认为中国字像是古埃及那样的会意字；书中提到了阴阳、《易经》、五行、算盘和炼丹术。1666年，莱布尼兹发表《论组合的艺术》一书，成为数理逻辑或符号逻辑的开创者，这一观念的刺激公认是来自汉字的会意特征。《中国文物图志》主要谈及中国的建筑、道路、桥梁等。1676年他在汉诺威图书馆任职期间，已经开始研究孔子的学说。该图书馆藏有五十多部关于中国的书。1687年柏应理的《中国哲学家孔子》一书出版不久，莱布尼兹便仔细地阅读。

莱布尼兹出于对中华文化的挚爱，积极倡导对中国学的研究。1669年，他起草了《关于奖励艺术及科学——德国应设立学士院制度论》一文，建议把对中国和中华文化的研究，列入德国学士院之中。这是欧洲学术界提出把"中国学"列为研究学科、进入国家研究院的第一次建议。同年，他倡议创办"德意志艺术和科学促进会"。为便于与中国交流科学信息，1670年他建议创办"费拉德尔菲亚协会"，要求该会以耶稣会为榜样办成一个国际性的科学家团体，并在远东设立科学联络处。1700年，在他的大力推动下成立了柏林科学院，并由他本人担任了第一任院长。他明确地说，他想以柏林科学院为"手段"，"打开中国门户，使中华文化同欧洲文化互相交流"。他还曾多方设法说服波兰的国王、俄国的沙皇和奥国的皇帝在德莱斯顿、圣彼得堡、维也纳都建立这样的科学院，作为联系西欧同中国交流的分机构。据说他还曾写信给康熙皇帝，建议在北京也设立一所科学院。这些设想虽然都未能实现，但他那一心要推动科学事业发展、加强中西文化交流的热情却是十分难能可贵的。

1679年，莱布尼兹编纂出版了《中国近事》一书。这本书的书名很长：《中国近

① 李约瑟：《中国科学技术史》卷二，页528，科学出版社、上海古籍出版社1990年。

事——现代史的材料,关于中国最近官方特许基督教传道之未知事实的说明,中国与欧洲的关系,中华民族与帝国之欢迎欧洲科学及其风俗,中国与俄罗斯战争及其缔结和约的经过》这部著作收录了在华耶稣会士关于当时中国以及关于中国与俄国之间关系的报告和信件,是当时欧洲人了解中国的一个很有参考价值的文献。后来,莱布尼兹还将白晋所著《康熙大帝传》一书亲手从法文译成拉丁文,和康熙皇帝像一并收入 1699 年出版的《中国近事》第二版中。在《中国近事》卷首,莱布尼兹撰写了一长篇序言,集中表达了他对中华文化的看法,充分论证了中华文化对于激励和促进欧洲文化发展的重要意义。

直到晚年,莱布尼兹还对中国情有独钟。1715 年,即他去世的前一年,他给当时法国摄政顾问德雷蒙(M. de Remonde)写了一封《论中国哲学》的长信,全面阐述了他对中国哲学的看法。这封信主要是针对龙华民(Nicolaslongbardi)的《论中国宗教的若干问题》和马安史(Antoine de ste Marie)的《论中国传教会的若干重要问题》两本书而写的。龙华民和马安史的抨击中国哲学中的无神论倾向,指责中国人是偶像崇拜者。莱布尼兹认真阅读了这两本书,并在书上作了许多批判性的批注。他在给德雷蒙的信中根据这两本书中所载的材料得出了与之相反的结论,并对龙华民和马安史的观点提出系统的批评。

二　通过传教士了解中国并受启发

莱布尼兹从未到过中国,他之所以能在中国学研究方面走在前列并使自己的哲学思想深受启发,除大量阅读有关中国著作外,与到过中国传教士广泛接触、密切联系,是他获取中国第一手资料的途径。

康熙时期来华西方传教士人数众多,康熙帝对传教士采取的是容留和利用的态度,在很长时间内,或在很大程度上表现出了对西方传教士的信任,这就为传教士们了解清朝中国各方面情况提供了便利条件。康熙帝善待宫廷中供职的传教士,鼓励他们学习汉文与满文,了解中华文化,传教士将其在中国的所见所闻以书信报道等形式在欧洲发表,充当了中西方文化交流的桥梁。

康熙皇帝几度派传教士赴欧,如白晋(1697 年到欧洲)、洪若翰(1700 年赴欧)和艾若瑟(1707 年赴欧),这些赴欧传教士将中华文化直接带到欧洲,他们本人成为“中国学”研究者追逐的对象。传教士作为文化传播的使者,在这一时期起到了中学西传初始者的作用。对于他们所作的工作,莱布尼兹对此曾结合自己亲身体会有过如下评价:“我认为这个教会(指在华耶稣会)对于上帝的荣耀、人类的普遍利益、科学和艺术的发展,无论在我们这里还是在中国人那里,都是我们时代最大的事件,这是一次互相的启蒙,这使我们一下子了解了他们几千年做的工作,也使他们了解了我们做的工作,其中的伟大意义超越了我们所能想象的。"①

莱布尼兹终其一生与许多耶稣会士保持经常的接触,联系密切,其中闵明我和白晋是莱布尼兹接触联系的传教士中比较重要又极有影响的。

1689年莱布尼兹访问罗马时,遇见了当时正从中国回来休假的耶稣会士闵明我(Philippus Maria Gramaldi)②,与闵明我的接触对他以后关于中国的兴趣和研究有着决定性的影响。他与闵明我多次接触,交流对中华文化的看法,并且在闵明我回中国后两人书信往来频繁。莱布尼兹的一生,对中国科学的每一部门、对中华文化的各个方面,都有着广泛的兴趣。他在给闵明我的信中附了一份问题目录,列举了希望闵明我帮助他了解的有关中国的三十个问题,范围十分广泛,涉及的方面有养蚕、纺织、造纸印染、冶金矿产、农业园林、化学医学、天文地理、数学文字等许多方面。从这三十个问题中我们可以得知莱布尼兹的巨大求知热情和对中国的广泛兴趣。他迫切希望通过闵明我获得有关中国各方面更多的情况。1691年5月和1692年3月,莱布尼兹先后致函闵明我探讨中西文化交流的问题。

莱布尼兹在与闵明我交往和通信中,获得了许多关于中国的知识。他十分珍惜与闵明我的这种学术友谊。在给闵明我的一封信中写道:

> 最尊敬的神甫,我极为珍视和您交往。我是如此地看重与您的交往,以致于我希望天天都能同您交谈,如果我不曾学会应该考虑到您的工作繁忙而去抑制自己的愿望的话。对于一个求知好学的人来说,没有其他任何事情能够比拜望并且亲耳聆听一个人向我们讲述埋藏于远东已经长达许多世纪的珍宝和奥秘更加令人渴望了。

莱布尼兹在给闵明我的另一封信中又说:

> 我相信,由您作为中介,我们的求知欲可以从中国人那里得到大大的激发。③

莱布尼兹与白晋(Joachim Bouvet)④的通信是从《易经》的研究开始的。从1697年

---

① 见朱静编译《洋教士看中国朝廷》"前言",页1,上海人民出版社。

② 闵明我,意大利人,1669年来华,1673年自中国返回欧洲,发表《历史评述》一书,介绍在华传教士经历及礼仪之争中反耶稣会派的观点,引起广泛注意,礼仪之争从此由中国扩展到欧洲。1686年奉康熙皇帝派遣,经欧洲至莫斯科给沙皇送信,后到罗马。

③ 莱布尼兹:《致辞闵明我的两封信》,夏瑞春编:《德国思想家论中国》页17、24,江苏人民出版社1989年。

④ 白晋,法国人,于1687年入华,向康熙皇帝讲授数学,参与编制中华帝国大地图。编写数部有关其传教区的记述。在他致莱布尼兹的书简中,他自认为在二进位数学与被称为"伏羲八卦"的图像之间,找到了某种联系,并撰写《易经要旨》。编写了有关中国的书籍如《诗经研究》、《汉法字典》和《中文研究法》。1697年著《中国皇帝的历史画像》出版。

开始，莱布尼兹开始了与白晋长达六年的通信。在他们的通信中有大量内容是关于对《易经》的研究，“这件事是中国和欧洲的学术交流中最引人注目的例子之一”[1]。

莱布尼兹是一位伟大的数学家。在他的数学成就中，最重要的发现之一就是“二进制”算术。二进制系统是最简便的可能的数字记数法。我们通常用的十进位制系统中每个位数（个位、十位、百位等等）都有十个符号可供选择，在二进制系统中就只有两个符号，一个表示空位，另一个则表示实位。莱布尼兹于1679年写的一篇论文《论二进制算术》中，对这个系统做了最早的描述。

在1701年2月15日莱布尼兹给白晋的信中广泛地谈论了他的二进制，并寄给他二进制数字表，使白晋对二进制发生了浓厚的兴趣。白晋从莱布尼兹的信中受到启发，将《易经》中的六十四卦重新作了排列，画成六十四卦圆图和圆内按八卦配列的方图，于1701年11月4日寄给莱布尼兹，并建议莱布尼兹把《易经》的原理应用到数或代数的证明中去。莱布尼兹收到白晋的信后，对图中卦的数学排列顺序加以仔细研究，发现此图与他发明的二进制吻合无间[2]。它们在思维建构的方式上完全相同：两者都采用了两个符号交错使用的方法，来表示不同的事物和数字；两者都引进了“位”的概念，以增大两个简单符号的容量；两者都用“位”数的增加来表示量的增加，而且是成二倍递增。因此，莱布尼兹自谓是第一个能读懂《易经》的德国人。他在给白晋的回信中说：

> 人们都知道伏羲是中国古代的君主，世界有名的哲学家，中华帝国和东方科学的创立者。这个“易图”可以算现存科学之最古的纪念物。然而，这种科学，依我所见；虽为四千年以上的古物，数千年来却没人了解它的意义。这是不可思议的，它与我的新算术完全一致，我依大函便能给以适当的解答。[3]

莱布尼兹在此之前给普鲁士国王的一份备忘录中就曾说到，两千多年前中国人的一些古老符号，现今不能懂得，但其中确实保存着某种“新的数学钥匙”。在白晋的启发下，他终于发现了《易经》的二进制原理。1703年，他发表了《二进制算术的解说》（Explication）的论文，这篇论文的副标题是：“……它只用0和1，并论述其用途以及伏羲氏所使用的古代中国数字的意义。”看来，莱布尼兹对在《易经》的六十四卦中发现了他为63至0的数字序列而采用的二进制记数法感到十分兴奋，直至晚年仍然不时提起他和白晋的共同发现。例如在1716年致德雷蒙的那封论中国哲学的长信中的第四部分，标题即为“论中华帝国创始者伏羲氏在其著作中使用的字与二进制算术”。莱布尼兹在这

---

① 李约瑟：《中国科学技术史》卷二，页529。

② 吴孟雪：《明清欧人对中国文献的研究和翻译》，《文史知识》1993年第9期。

③ 严绍璗：《日本中国学史》卷一，页216，江西人民出版社1991年。

封信中回忆了他和白晋发现《易经》与二进制关系的过程，他说：

我们的比他们更准确的表达方式，会使我们在如此古老的中国记载中发现比近代中国人甚至以及他们后来的注释家们（人们认为他们的注释也都是经典）知道得更多的东西。就是这样，我和尊敬的白晋神父发现了这个帝国的奠基人伏羲的符号的显然是最正确的意义，这些符号是由一些整线和断线有很多迹象表明，我们欧洲人如果对于中国文字有足够的知识，那么加上逻辑、评论、数学，以及组合而成的……是最简单的，一共有六十四个图形，包含在名为《易经》的书中。《易经》，也就是变异之书。在伏羲的许多世纪以后，文王和他的儿子周公以及在文王和周公五个世纪以后的著名的孔子，都曾在这六十四个图形中寻找过哲学的秘密……这恰恰是二进制算术。这种算术是这位伟大的创造者所掌握而在几千年之后由我发现的。在这个算术中，只有两个符号：0和1。用这两个符号可以写出一切数字。当我把这个算术告诉尊敬的白晋神父时，他一下子就认出来伏羲的符号，因为二者恰恰相符：阴爻“——”就是0（零），阳爻“—”就是1。这个算术提供了计算千变万化数目的最简便的方式，因为只有两个，……①

莱布尼兹非常重视这一发现，因为在他看来，由此可以证明古代中国人的学说的价值，证明古代中国人不仅在道德方面，而且在科学方面也大大地超过了近代人。不仅如此，正如有的学者指出的，莱布尼兹的发现实际上蕴涵着中国人在远古时代就对零和位置有了某些理解。

在科学史上，莱布尼兹发现的二进制算术具有特别重要的意义。正如控制论创始人维纳所说，在莱布尼兹心目中，他的二进制“只不过是他的全部人造语言这一思想的推广”②。而这种算术已被人发现是对今天的计算机最适用的系统。另外，布尔（Boole）的类代数实际上也与二进制算术有关。“因此，莱布尼兹除发展了二位进制算术而外，也是现代数理逻辑的创始人和计算机制造的先驱”。然而，李约瑟（Joseph Needham,）指出：“中国的影响对他形成代数语言或数学语言的概念至少起了部分作用，正如《易经》中的顺序系统预示了二进制的算术一样。”③

---

① 莱布尼兹：《致德雷蒙先生的信：论中国哲学》，清华大学思想文化研究所编：《世界名人论中华文化》页151—152，湖北人民出版社1991年。

② 维纳：《人有人的用处——控制论和社会》页10，商务印书馆1978年。

③ 李约瑟：《中国科学技术史》卷二，页371，科学出版社、上海古籍出版社1990年。

三　关于中华文化的评述

莱布尼兹是一位百科全书式的伟大科学家，他不仅自己从事多方面的科学研究，并且十分热心于推动科学事业的发展。他多次对中华文化进行评述并进行中西文化比较，以希望人们都能认识到中华文化将对世界产生的冲击力。

1.把金苹果交给中国人

莱布尼兹在其一生与中华文化的接触，使他体悟到中华文化的博大精深和无尽意蕴，并且在其哲学思考的历程中留下中国思想影响的痕迹。他以理性主义者的眼光审势世界文化大势，敏锐地洞察到中华文化的冲击和影响，将对欧洲文化的革新和发展起到不可低估的重要作用。因此，他大力促进中国和欧洲的文化交流，希望东方文化智慧能给欧洲大陆注人新鲜的活力并启发人们心智。莱布尼兹在关于中国的评论中，充满赞誉和仰慕。他在中国发现了一片崭新的文化天地，他漫游于其中并且常常流连忘返，情不自禁。他这样介绍中国说：

> 中国是一个大国，它在版图上不次于文明的欧洲，并且在人数上和国家的治理上远远胜于文明的欧洲。在中国，在某种意义上，有一个极其令人赞佩的道德，再加上有一个哲学学说，或者有一个自然神论，因其古老而受到尊敬。这种哲学学说或自然神论是从约三千年以来建立的，并且富有权威，远在希腊人的哲学很久很久以前……①

莱布尼兹在欧洲文化和他所了解的中华文化之间进行比较，认为欧洲与中国在许多方面的发展水平是不相上下的。他说，在日常生活以及经验地应付自然的技能方面，我们是不分伯仲的；在思考的缜密和理性的思辨方面，显然我们要略胜一筹，在数学方面亦比他们出色，但中国人的天文学可以和我们的相媲美。然而，在道德修养方面，中国人则远远高于欧洲人。莱布尼兹写道：

> 然而谁人过去曾经想到，地球上还存在着这么一个民族，它比我们这个自以为在所有方面都教养有素的民族更加具有道德修养？自从我们认识中国人之后，便在他们身上发现了这点……在实践哲学方面，即在生活与人类实际方面的伦理以及治

---

① 莱布尼兹：《致德雷蒙先生的信：论中国哲学》，清华大学思想文化研究所编：《世界名人论中华文化》页139—140，湖北人民出版社1991年。

国学说方面，我们实在相形见绌了。[①]

莱布尼兹指出，中国人较之其他国民是具有良好规范的民族，他们对公共安全以及共同生活的准则考虑得非常周到。他们极为尊长，尊重老人，彼此之间也都互相尊重，礼貌周全，相敬如宾。在中国，不论邻里之间，还是自家人内部，人们都恪守习惯，保持着一种礼貌。莱布尼兹特别提到了康熙皇帝，说他尽管高高地踞于万人之上，却极为遵守道德规范，礼贤下士，具有言行公正、对人民仁爱备至、生活节俭自制等等美德。莱布尼兹对中国人的道德生活极为推崇，他说：假使推举一位智者来裁定哪个民族最杰出，而不是裁定哪个女神最美貌，那么他将会把金苹果交给中国人。

无疑中华帝国已经超出他们自身的价值而具有巨大的意义，他们享有东方最聪明的民族这一盛誉，其影响之大也由此可见[②]。

2. 中华民族使欧洲人觉醒

莱布尼兹认为中国人可以对其他民族起到典范作用。在他看来，中国的道德和政治，是以儒学为中心的仁政德治模式和以“礼”为调和剂的社会关系原则。在他的理性主义眼光的审视中，中国社会正是一个由“理性”创造的和谐王国，正是他孜孜以求而不可得的“大和谐”理想的体现。中国儒学仁政德治模式为欧洲社会的现实带来了理想之光。他说：

> 我担心，如果长期这样下去，我们很快就将在所有值得称道的方面落后于中国人……我只是希望我们也能够从他们那里学到我们感兴趣的东西……我想首先应当学习他们的实用哲学以及合乎理性的生活方式。鉴于我们道德急剧衰败的现实，我认为，由中国派教士来教我们自然神学的运用与实践，就像我们派教士去教他们由神启示的神学那样，是很有必要的。[③]

莱布尼兹充分认识到中华文化的传人对于欧洲文化发展的重大意义。因此，他主张大力加强和中华文化的交流。他认为，“相隔遥远的民族，相互之间应建立一种交流认

---

① 莱布尼兹：《〈中国近事〉序言：以中国最近情况阐释我们时代的历史》，夏瑞春编：《德国思想家论中国》页4—5，江苏人民出版社1989年。

② 莱布尼兹：《〈中国近事〉序言：以中国最近情况阐释我们时代的历史》，夏瑞春编：《德国思想家论中国》页9，江苏人民出版社1989年。

③ 莱布尼兹：《〈中国近事〉序言：以中国最近情况阐释我们时代的历史》，夏瑞春编：《德国思想家论中国》页16，江苏人民出版社1989年。

识的新型关系”。“交流我们各自的才能,共同点燃我们智慧之灯”①。他主张欧洲人对中国文字应该有足够的知识,并且希望来华传教士们多做向欧洲介绍中国的工作。他希望他们把中国的医学、采矿技术、畜牧耕作和园林建筑、天文学方法等等都传回欧洲,“再就是各类书籍、植物及其种子、工具仪器的设计图纸和模型以及其他能够运送的东西,依我看也都应运到欧洲来。甚至可以把那些既擅长讲授语言又善于传授事物的人也一块带来。这样,我们便可以像熟悉阿拉伯语那样通晓汉语,并且有可能从我们拥一有的、但至今尚未得到利用的那些书籍中汲取有用的东西”②。莱布尼兹说,位于大陆两端的欧洲和中国,拥有全人类最伟大的文化和最发达的文明,现在,这两个文明程度最高的同时又是地域相隔最为遥远的民族携起手来,逐渐地使位于它们两者之间的各个民族都过上一种更为合乎理性的生活,大概是出于命运的特殊安排。莱布尼兹认为“东方和西方的关系是具有统一世界的重要性的媒介”③。他也许已经意识到,中国和欧洲两大文明的接触、交流和互相吸收、融合,将对整个世界文化格局的变迁和发展、对全人类文明的历史性进步,都会产生意义深远的重大影响。

莱布尼兹说,我们发现了中华民族,它使我们觉醒了。

四　中华文化影响之哲学思想

莱布尼兹一生中与中华文化的接触、对中国哲学的深入了解,对他的哲学思想的形成和发展也产生了一定的影响。“人们不难在他的哲学中找到中国思想的反响”④。利奇温在《18世纪中国与欧洲文化的接触》中具体阐述了莱布尼兹哲学与中国古代儒家哲学的关系,他指出:他的单子学说,在许多方面和代表中国生活的三大派——老子、孔子及中国佛学所表示的“道”的概念,有很可惊异的一致的地方。所谓“先、定的和谐”,在中国则有所谓天道。莱布尼兹亦如中国圣人一样,相信实体的世界是一个整体,是精神实体的不断继续充实提高。两者对于先定的和谐的信仰和对于天道的信仰,产生了无限的乐观精神(可能的最好的世界——天邦)。莱布尼兹与孔子都认为宗教的精义(包括基督教),在于实际生活中。宗教的主要服务在于创造知识;宗教的目的,在于教育群众,使他们的举动符合社会的利益。它与孔子所谓“道也者,人德之门”,意思十分相近。两者都是认为品德就表示快乐,为善最乐,亦即一切思想的崇高目的⑤。

日本学者五来欣造也曾提出,莱布尼兹“对于儒教的赞美,有时竟超过了赞美的领

---

① 莱布尼兹:《致闵明我的两封信》,夏瑞春编:《德国思想家论中国》页21,江苏人民出版社1989年。

② 莱布尼兹:《致闵明我的两封信》,夏瑞春编:《德国思想家论中国》页22,江苏人民出版社1989年。

③ 利奇温:《18世纪中国与欧洲文化的接触》页74,商务印书馆1962年。

④ 李约瑟:《中国科学技术史》卷2,页531,科学出版社、上海古籍出版社1990年。

⑤ 利奇温:《18世纪中国与欧洲文化的接触》页69—70,商务印书馆1962年。

域，而进到狂热之境"。"莱布尼兹借助于儒教，以实行其学说，所以儒教是莱布尼兹学说的一部分，在这一点上，我们也可以说儒教不仅使莱布尼兹蒙受了影响，也使德意志蒙受了影响"[①]。莱布尼兹哲学思想体系通常叫做"单子论"，他自己有时也称之为"前定和谐系统"。莱布尼兹的"单子"，是根本不具有广延性而只有一定的质的精神实体。宇宙间单子的数目是无限的，每一单子都是一个"不可分的点"，而全部单子又构成了一个连续的整体。就好比一个庞大的乐队，每一乐器都按照上帝预先谱就的乐曲演奏各自的旋律，而整个乐队所奏出的就自然是一首完整的和谐乐曲一样[②]。莱布尼兹的这种学说是针对笛卡尔和其他机械唯物主义的世界观提出来的，他们把世界看成一个庞大的机器。这种观点曾在西方哲学界流行一时。与此相反，莱布尼兹则把世界看成一个庞大的活的有机体，它的每一部分也是一个有机体。这种有机主义世界观的出现在西方哲学史上具有重大的意义。"单子是有机主义在西方哲学舞台上的第一次露面"[③]。从莱布尼兹开始，西方哲学打破了机械唯物主义解释世界的观念框架，开始进入辩证的、有机的、综合的思考。莱布尼兹思想中的辩证法因素，是德国古典哲学的直接思想来源之一。

现在我们来讨论莱布尼兹的这种"单子论"或"前定和谐"哲学与中国哲学的关系。当然不能认为莱布尼兹的这种有机主义哲学完全起源于中国哲学，但正如许多研究者所指出的，他的思想确实受到"具有中国特色的有机论世界观的激发"[④]。莱布尼兹从中国哲学得到了很多刺激。李约瑟在解释他的这一看法时说，当莱布尼兹讲到机器和有机体之间的区别在于，组成有机体的每个单子总是有生命的并且在意志和谐之中相合作的时候，我们不禁联想到中国"通体相关的思维"体系所特有的"意志和谐"，其中全宇宙的各个组成部分都自发地协调合作而没有指导或机械的强制。一个单子是很理想也影响着别的单子，这不是外来的，而是通过内在预定的一致或和谐。"这样的话可以最完美地运用于中国的通体相关的思想体系所构想的事物关系类型，在那里一切都按计划而发生，任何事物都不是任何别的事物的机械原因。莱布尼兹的前定和谐是一种致力于以17世纪的不完善术语来解决身一心问题的学说，它本身并没有维持多久，但是人们可以了解它在当时的有机主义中所占的位置，而且它与中国传统思想的一致是非常显著的，不容忽视"[⑤]。这并不是牵强附会。如前所说，莱布尼兹对中国哲学有较多的了解，而他的单子论哲学的最后形成则是在他生活的晚年，自然不能否认他关于中国哲学的知识对形成单子论哲学的直接或间接的影响。不仅如此，在他按照自己的理解方式对中国哲学

---

① 五来欣造:《儒教对于德国政治思想的影响》，引自杨焕英:《孔子思想在国外的传播和影响》页173、175，教育科学出版社1984年。

② 陈修斋:《莱布尼兹》，钟宇人、余丽常:《西方著名哲学家评传》卷四，页413—417，山东人民出版社1984年。

③ 李约瑟:《中国科学技术史》卷二，页530，科学出版社、上海古籍出版社1990年。

④ 李约瑟:《中国科学技术史》卷二，页530，科学出版社、上海古籍出版社1990年。

⑤ 李约瑟:《中国科学技术史》卷二，页531，科学出版社、上海古籍出版社1990年。

所作的评论中,实际上已经论及了这种相关性。莱布尼兹指出:“我看不见有什么能阻止我们来赞成中国人的经典学说”,因为“中国人的理就是我们在上帝的名称之下所崇拜的至上实体”“要判断中国人(是否)承认精神实体,就特别应该考虑他们的理或规范,它是其他事物的第一推动者和理由,我认为它和我们的神的概念是一致的。不可能把这一点理解为一种纯粹是被动的、生硬的、对任何东西都是无所谓的,因而是无规律的,和物质一样”。在分析朱熹关于“理”与“气”的论述时,莱布尼茨提出,朱熹说的“理”是万物的精华、精力、力量和主体,在这里好像一般地意味着精神实体——他还说,“理”被称为天的自然规律,因为正是由于理的运作,万物才按照它们各自的地位受着重量和度量的支配。这个天的规律就叫“天道”,莱布尼兹似乎已经意识到他的有机主义世界观与中国理学的思想有许多吻合之处,他说:

当近代中国的论释家们把上天的统治归之于自然的原因时,当他们不同意那些总是在寻求超自然(或者不如说超形体)的奇迹和意外救星般的神灵的无知群氓时,我们应该称赞他们。同时在这些问题上,我们也能把那些对于自然界的许多伟大奇迹提供了几乎是数学的解释并使人们懂得大宇宙和小宇宙的真实体系的欧洲新发现告诉他们,并以此来进一步地启迪他们。①

无论如何,莱布尼茨哲学世界观的形成和发展,部分地受到中国哲学思想的影响是显而易见的。由于莱布尼茨哲学在西方哲学史上的特殊地位,中国哲学的这种影响就更具有历史的意义。

李约瑟指出,由于受到中国理学家思想的启发,莱布尼兹对欧洲思想做出了独创性的崭新贡献,而

随着莱布尼兹而传入欧洲的那股潮流,它推进了今天对有机自然主义的广泛采用。

……

自17世纪开始为了克服欧洲神学活力论和机械唯物论之间的二律背反而作的综合努力中,欧洲至少有负于中国的有机自然主义的是一种非常重要的刺激……也许,最现代化的“欧洲的”自然科学理论基础应该归功于庄周、周敦颐和朱熹等人的,要比世人至今所认识到的更多。②

① 李约瑟:《中国科学技术史》卷二,页535,科学出版社、上海古籍出版社1990年。

② 李约瑟:《中国科学技术史》卷二,页328,科学出版社、上海古籍出版社1990年。

五　中华文化影响之影响

英国哲学家罗素说莱布尼兹是“一个千古绝伦的大智者”[①]。由于莱布尼兹是一位百科全书式的人物，由于他在世界文化史上所占有的重要地位，所以他接受中华文化的影响，其意义就不仅仅在于他个人的学术生涯和思想发展，而是经过他的媒介，经过他的理解和解读，把这种影响延伸到历史之中，甚至延伸到我们今天的生活中。例如上面已经提到过的，莱布尼兹对中国社会礼治秩序和道德生活的充满激情的赞誉，直接影响到法国启蒙思想家对中华文化的理解，并引申为对欧洲封建专制主义和宗教神学的批判；莱布尼兹对机械论世界观的批判和所提出的有机主义哲学思想，成为德国古典哲学辩证法思想的起源，并且开创了现代哲学中有机自然主义的传统；他发明的二进制算术则启发了现代的计算机和数理逻辑。而在后两个方面，如前面说明的，他都受到中国哲学思想的刺激或启发。

在莱布尼兹的同时代人中，他的两个学生佛朗克（A．H．Francke）和沃尔夫（Christian wolff）因受中华文化影响之影响，在当时也成为很有名的人物。

当莱布尼兹的《中国近事》出版后，佛朗克于1697年7月9日给莱布尼兹写信说：“您刊行的《中国近事》及其中的导论，言词优美，体例完善，我不能不为这部伟大的著作而向您致谢。”从此佛朗克与莱布尼兹开始通信，一直持续了十几年，其中主要是讨论与中华文化有关的问题。佛朗克主要是从政治思想和宗教方面继承莱布尼兹，对中国问题的关注也主要是从传教方面来考虑，他在教育方面做了许多工作，对于中国学进人西方正规教育系统具有开创性的贡献。1692年，佛朗克曾在哈雷（Halle）大学讲授东方语言，1707年又在那里建立了东方神学院，把汉语列入正式课程，同时开设中国哲学研究一科，目的在于培养赴东方的传教士或东方学研究者。佛朗克还写过一篇有关中华文化问题的论文，题目是《普鲁士腓特烈大帝统治时代基督教会的中国道德观》，不过没有公开发表。

莱布尼兹的另一位学生沃尔夫在西方哲学史上的影响更大一些。沃尔夫是莱布尼兹理性主义哲学的继承者，他把莱布尼兹的理论系统化，建立起一种彻底的形而上学体系。这个被称为“莱布尼兹—沃尔夫哲学”的体系曾一度统治了德国乃至欧洲大学的哲学讲坛。康德前期也是这种哲学体系的信奉者。后来康德说休谟的怀疑主义打破了他的“独断主义”的“迷梦”，即指摆脱了“莱布尼兹—沃尔夫哲学”的影响。

沃尔夫也继承了莱布尼兹对中华文化和中国哲学的浓厚兴趣，并对中国哲学有较多

---

① 罗素：《西方哲学史》下卷，页106，商务印书馆1976年。

的了解。在沃尔夫的哲学体系中,道德问题是主要部分之一。他从理性主义的立场出发,提出一种所谓"完全论",主张人生的目的在于奋勉精进,成为完人。他也正是以这样的理论出发点来讨论中国的道德学说的。曾有一篇《关于中国人道德学的演讲》,利奇温指出:"沃尔夫的演词,除了作为宗教史上的一种文献外,有一个特殊功绩:即根据卫方济的中国经书译本,对于中国儒家哲学第一次给予了充分的评价。沃尔夫采取真正的'启蒙'原则的立场,也是古代中国所根据的立场,认为品德的知识本身就导致道德的行为。"[①]在这篇演讲稿中,沃尔夫主要讨论的是中国的道德学说。他首先论述了中国的政治道德,并盛赞孔子说:

> 即使不能把孔子看作是中国智慧的创始者,那么也应当把他视为中国智慧的复兴者。孔子的所作所为并非为了沽名钓誉,而是出于希望百姓幸福安康的爱。……他以其深邃的哲理自古至今都享有崇高的威望……如果我们把他看作是上帝派给我们的一位先知和先生的话,那么中国人崇尚他的程度不亚于犹太人之于摩西,土耳其人之于穆罕默德,我们之于耶稣基督。[②]

沃尔夫进一步探讨了中国道德学说的基础。认为中国人是一个永远追求道德完善的民族。所有的行为都以自身的和他人的最高的完善为最终目的。"中国人还有一个值得称赞的地方是:他们不仅仅是制定道德规范,他们还培养学生养成道德习惯,使他们的品德合乎规范"[③]。因此,沃尔夫赞扬中国的教育制度。

他在这篇演讲的最后说:

> 亲爱的听众,我已经把古代中国人的哲学基础展现在你们眼前。不论是在其他的公开场合,还是在这个庄严的会场上,我都要讲,中国人的哲学基础同我个人的哲学基础是完全一致的。[④]

沃尔夫对中国儒家的道德学说充满了激昂的赞誉之情。这也是当时欧洲知识界比较普遍的一种激情。在与沃尔夫同时的德国人中,他的学生图宾根的布尔芬加在沃尔夫发表这篇著名的演讲之前,就已经在进行介绍中国哲学的工作。他曾著《由儒家典籍所见的政治与道德的学说及实例》一书,论及中国政治、道德、哲学和文学,并将中国的儒

---

① 利奇温:《18世纪中国与欧洲文化的接触》页76,商务印书馆1962年。

② 沃尔夫:《关于中国道德学的演讲》,夏瑞春:《德国思想家论中国》页42,江苏人民出版社1989年。

③ 沃尔夫:《关于中国道德学的演讲》,夏瑞春:《德国思想家论中国》页42,江苏人民出版社1989年。

④ 沃尔夫:《关于中国道德学的演讲》,夏瑞春:《德国思想家论中国》页43,江苏人民出版社1989年。

家学说与欧洲基督教神学和道德进行比较，尤其推崇中国政治与道德结合的传统，把中国皇帝也看作是一个哲人，把中国看成是理想之邦，因而是一个值得羡慕的国家。另一位德国学者路德维希著有《评论莱布尼兹哲学之全部发展史》一书，在其序言中说："研究莱布尼兹与沃尔夫之世界观，必须研究柏拉图与中国哲学。"①

（武斌　教授　沈阳故宫博物院　110011）

① 引自方豪：《中西交通史》页1060，岳麓书社1987年。

《清明上河图》所画非“秋景”辨

——兼及其画名意义的探讨

戴立强

1953年1月，北宋张择端《清明上河图》(《石渠宝笈》三编著录本，今藏北京故宫博物院)在东北博物馆(今辽宁省博物馆)展出，同年10月，又在北京故宫博物院展出。千年遗珍首次公之于众，引起极大关注。

五十多年来，相继发表的有关论文、专书达二百五十余篇(部)，涉及美术史、科技史、经济史、医学史、民俗学、地志学等诸多领域，各类简介、相关报道更难以数计。可见《清明上河图》在公众与学界的影响之深广，无任何一件绘画名迹可与之比拟，堪称“千年一奇画”。

随着研究的不断深入，也引发了对一些问题的争论，诸如：张择端及其作品属于哪个时代、今本《清明上河图》是否为张择端原迹、画卷是否完整、所画景色是哪一季节等等。本文试图在前人研究的基础上，对《清明上河图》所画为“秋景”之说加以辨析，进而对其画名的意义进行探讨，以就教于方家与同好。

一

关于《清明上河图》画名中的“清明”、“上河”的含义，有多种不同的说法。对“清明”一词，有“清明节”、“清明坊”、“政治清明”等不同的解释，进而引出“春景”、“秋景”、及“四时景”等见解；对“上河”一词，则有“上冢”、“上集”(赶集)、“上水”(在汴河上逆水行舟)、“汴河”等不同的解释。这些问题的澄清，既有助于对画名意义的正确理解，也可较为准确地把握画家真正的表现意图。1981年，孔宪易《清明上河图的“清明”质疑》[①]一文，率先打破传统的“清明节”之说。1984年，高木森再用其意，发表《叶落柳枯

---

① 孔宪易：《清明上河图的“清明”质疑》，《美术》1981年第2期。

秋意浓——重释清明上河图的画意》[①]一文。孔、高二文就画面内容，举出几个实例，证明画中描写的乃是秋天的景色，而非“清明节”的春景。

此说曾引起一定的波动，及至今日仍有影响。如某电视台的知识竞猜节目中，就将《清明上河图》所画景色是“秋景”，列为“正确”答案。

孔文的“秋景”说大致有六点论据：

1. 画卷的开始，有五匹驮着木炭的驴子向近郊而来，这些木炭是东京准备过冬御寒用的；

2. 画面的一家农场中放着石磙，看样子好像刚打过秋庄稼，这标志着是“报秋成”之意；

3. 扇子和草帽的出现，用以驱暑遮阳；

4. 在画面上有两处挂“饮子”招牌的茶水桌，一处招牌上写着“口暑饮子”（“暑”字也可能是“香”字）；

5. 在虹桥的南岸、北岸、桥上有几处摊子上放着切好的西瓜块；

6. 酒店前的旗上写着“新酒”二字。

先说“木炭”。侯素云撰文认为，驴队驮着的是煤炭，图中所画，是北宋时期使用煤炭的重要形象资料，在古代科技史上有重要意义[②]。不论木炭或是煤炭，作为一个偌大的都市来说，燃料是一年四季之中不可缺少的，不仅仅为冬季所需。

再说“饮子”招牌，孔氏所见《清明上河图》或为印刷品，因清晰度较差，故孔文在提及此招牌时，于“口暑饮子”这几个字后面的括号中特别注明：“暑”字也可能是“香”字。然而，有的学者不顾“暑”字也可能是“香”字这一情况，又难以见到原图，在几篇文章中直接引用“口暑饮子”，如此一来，自然是“秋景”说的一个重要证据。其实，即使未见原图，质量稍好的《清明上河图》印刷品上，所谓“口暑饮子”之“暑”字，清楚可见是“香”字，而非“暑”字。

至于说到“西瓜”，也近乎同样。不久前，笔者有幸亲睹原迹，图中的几处摊位，以“虹桥”上的一处较为清晰，其中一个桌子上摆放着一些条形块状物，无论如何也难以与“瓜类”相联系，因此，说《清明上河图》中有“西瓜”，似过于牵强。

二

在上引“秋景”说的几个论据中，最主要、最具体的就是“新酒”——临河一家酒店的

---

① 高木森：《落叶柳枯秋意浓——重释清明上河图的画意》，（台北）《故宫文物月刊》（总18期）第2卷第6期，1984年9月。

② 侯素云：《张择端画中的科技二题》，《中州今古》1994年第2期。

彩楼欢门上挂有"新酒"字样的旗子(望子)。孔、高二文根据《东京梦华录》所记"中秋节前,诸店皆卖新酒",认为图中所画的不是"清明时节",而是中秋前后。

对于"新酒"是指中秋节前后的说法,周宝珠《〈清明上河图〉绘的是春景而非秋景》①举出有关记载,特别是宋人的诗作,指出"宋人喝新酒、卖新酒的季节相当多,不要看见一个'新酒'市招就认为只有中秋节才有此物"。由于周文所举"新酒"的场合,均与酒楼无关,因而显得证据薄弱。文中又将《东京梦华录》记载四月八日,"京师初卖煮酒",误解为"卖新酒",而引来李祥林的反驳,指出"煮酒"与"新酒"不能混为一谈。李氏又举宋范成大《减字木兰花》词,明言"'新酒'是'熟'于橙黄菊香的秋日而非清明时节";认为"周文用作否定'秋景'说的重要论据之一的关于'新酒'的考证,是难以令人信服的"②。

周宝珠《〈清明上河图〉与清明上河学》一书再次强调,图中画的是春景,而非"秋景"。书中引北宋张方平(1007—1091)《都下别友人》③诗:

> 海内故人少,市楼新酒醇。与君聊一醉,分袂此残春……

在这里,本文再举出南宋陆游的两首诗。其一,《题跨湖桥下酒家》④:

> 湖水绿于染,野花红欲燃。春当三月半,狂胜十年前。小店开新酒,平桥上画船,翩翩幸强健,不必愧华颠。

其二,《春日杂兴》(十二首之十)⑤:

> 阴晴不定春犹浅,困健相兼病未苏。见说市楼新酒美,杖头今日一钱无。

上引三诗,皆谈到"新酒",季节是宋代的春天,地点也与酒楼相关,尤其是张方平《都下别友人》诗,描写在都下(汴京)的酒楼中,以"新酒"为友人饯行。楼内出售"新酒",楼外自然要悬挂"新酒"的旗子(望子)。如此,"新酒"是指中秋节前后,即《清明上河图》描写的是"秋景"之说,必难以立论。

---

① 周宝珠:《〈清明上河图〉绘的是春景而非秋景》,《美术》1994年第8期。
② 李祥林:《〈清明上河图〉中的"新酒"》,《美术》1995年第1期。
③ 张方平:《乐全集》卷二,页14上。影印文渊阁《四库全书》本。
④ 陆游:《剑南诗稿》卷一七,页28下。影印文渊阁《四库全书》本。
⑤ 陆游:《剑南诗稿》卷八一,页6上。

三

1991 年，萧琼瑞《清明上河图画名意义的再认识》[1]一文，结合画卷中所描绘的景物，博引广征，对《清明上河图》的画名意义进行了较为透彻地分析。

将“清明”解作“清明节”的说法，一方面是沿袭前人旧说，一方面则是将画面内容与宋孟元老《东京梦华录》的记载两相印证，获得结论。

萧文指出，《东京梦华录》关于“清明节”的记载有十六项，被认为可与各本《清明上河图》画面相互呼应者，计有四项：(1)野宴、(2)纸马铺、(3)门外土仪、(4)轿子装饰。但此四项内容，在画面的实际表现上，仍有诸多可疑之点。“与《东京梦华录》中所记载的清明习俗，显然非但没有必然的关系，甚至还有相当突兀、冲突的地方”。

透过文献记载可知，检验画面是否以“清明节”为主题，其重要标准就是清明“插柳”、“簪柳”（或称“戴柳”）之风。萧文说：

> ……这些节目，在画家表现“清明节”的图画时，或许可能并未一一纳入画面，但以如此重要而明显的清明习俗，则不可能不在以清明为主题的众多屋舍、人物身上出现，除非这幅图画根本画的就不是“清明节”的景象。
>
> 因此，以“插柳”“簪柳”的内容之有无，来作为判定各本《清明上河图》是否描绘“清明节”之依据，应该是较明确、可靠的一种方式。

以此标准，考察目前得见的各个本子，我们明显发见：几无任何一个本子，在“插柳”与“簪柳”的风俗上有所表现。《清明上河图》不以“清明节”当天情景作为画面描绘主题，应是可以确认之事。

萧文进一步指出，画题“清明”二字，当为“清明盛世”之意。张择端以宣和年间的京都繁华、歌舞升平、郊市晏如为题材，称颂“清明”，乃是极为切题合旨的作法。对应于“清明”的承平之意，“上河”的意义，亦变得较易理解，“清明”作形容词用，之后衔接的应当是一个名词——“上河”，即“汴河”之别称。以“描写清平盛世，都城沿河两岸人们繁华生活的情形”，来解之任何一个时代的摹本，均为妥切。

萧文最后说：

> ……英国艺术史家苏立文在《中国艺术史》一书中，以简短篇幅提及该作，独具

---

① 萧琼瑞：《清明上河图画名意义的再认识》，《中国艺术文物讨论会论文集 · 书画》（上）页 111—133，台北故宫博物院编辑，1991 年。

卓见，认为：这幅画非常出色，主要描写开封城春天“清明节前”的景象。此“清明节前”数字，跳脱了一般以“清明节当天”为定论的看法；庄申近有一文《禊俗的演变——从祓除邪恶、曲水流觞到狩猎与游船》，对“清明节”前数日，三月三日的“上巳日”，中国传统游河习俗之演变，有详尽析论，或可为《清明上河图》一作在“清明盛世”此一主题下，确切描绘的时间，再提供另一可能探讨的线索。

萧文考证《清明上河图》画面描绘的非“清明节”当天情景，进而指出“清明”一词为“清明盛世”之意，为画名意义的再认识打开了一个新思路。

四

郑振铎说：“……时节是‘清明’的时候，也就是春天的三月三日”[①]；杨伯达说：“‘清明’是指节气，即农历三月三日清明佳节之意”[②]。然郑、杨二文对“清明节”与“三月三日”两者之间的关联未作详考。

明叶子奇《草木子》卷四下：“古人之节，抑有义焉。如元旦、上巳、重午、七夕、重阳，皆以奇阳立节，偶月则否，此亦扶阳抑阴之义也。”

据庄申的研究，禊的风俗，在先秦时代，是为了清洗鬼魂的干扰。禊俗经历了宗教性到非宗教性的演变，到了南北朝时代，当时的三月三日，是春季之中一个特别欢乐的日子[③]。

农历三月初三日（上巳日），也称“重三”。唐张说《三月三日定昆池奉和萧令得潭字韵》：“暮春三月日重三，春水桃花满禊潭。”宋杨万里《诚斋集》卷三十一《上巳寒食同日后圃行散》：“百五重三并一朝，风光不怕不娇娆。”陆游《剑南诗稿》卷五十七《上巳》：“残年登八十，佳日遇重三。”

宋人沿前代之风尚，也很重视“上巳”这一节日。

在宫廷内，除了赐宴群臣百官与放假之外，皇帝每于上巳日，游幸金明池，以观水嬉[④]。

---

① 郑振铎：《〈清明上河图〉的研究》，后收入《郑振铎艺术考古文集》页202，文物出版社1988年。

② 杨伯达：《试论风俗画宋张择端〈清明上河图〉的艺术特点与地位》，“提要”见日本国际交流美术史研究会主办第四届国际学术讨论会——“东洋美术中的风俗表现”论文集，1985年9月；全文载《辽海文物学刊》1989年第1期，页322。

③ 庄申：《禊俗的演变——从祓除邪恶、曲水流觞、到狩猎与游船》，载《考古与历史文化——高去寻教授八十生辰纪念论文集》，页113—114，台北正中书局1991年。

④ 脱脱等：《宋史》卷一二一，页2831：“……臣吕颐浩曰：‘方右武之时，理当如此。祖宗时，不忘武备，如凿金明池，益欲习水战。’张浚曰：‘祖宗每上巳，游幸（金明池），必命卫士驰射……’”；卷142，页3359：“每上元观灯，上巳、端午观水嬉，皆命作乐”。北京：中华书局1977年。按：据上引《宋史》皇帝每于上巳日游幸金明池，观水嬉，作乐之记载，《东京梦华录》卷七“三月一日开金明池琼林苑……驾幸临水殿观争标锡宴”之“三月一日”，疑为“三月三日”之误。

在文人中间，上巳日则是饮酒赋诗、舞文弄墨的一个题材。韩琦（1008—1075）《上巳西溪同日清明》[1]：

拍堤春水展轻纱，元巳清明景共嘉。人乐一时看开禊，饮随节日发桐花。红芳雨过妆新拂，绿柳含风带尽斜。欲继永和书盛事，愧无神笔走龙蛇。

韩氏作诗之日，恰逢上巳与清明两个节日同在一天，诗题及诗中，均将"上巳"安排于"清明"之前，或表明与"清明"相比，诗人更看重"上巳"这一节日。

在民间，沈遘（1028—1067）《和少述春日四首之二》[2]也有描述：

风流自古吴王国，一一湖山尽胜游。上巳清明最佳节，万家临禊锦维舟。

沈诗中描写三月三日这一天，人们将舟楫装饰一新，荡漾于山水之间。这是江南的情景，北方的汴京自然也不例外。需要注意的是，上引韩、沈两诗中，将"上巳"与"清明"连在一起，是因为这两个节日挨得很近，有时前后仅相差几天，甚至为同一天（参见下表）。这是由于"清明"是以"阳历"（地球围绕太阳一周为一年）计算，而"三月初三日"则按"阴历"（月球围绕地球一周为一月）计算。今据有关资料，制成"北宋宣和（1119—1125）年间清明日所在阴历、阳历月日对照表"[3]：

纪年	宣和元年（1119）	宣和二年（1120）	宣和三年（1121）	宣和四年（1122）	宣和五年（1123）	宣和六年（1124）	宣和七年（1125）
阴历	二月十九日	二月廿九日	三月十日	二月廿一日	三月三日	三月十三日	二月廿四日
阳历	3月31日	3月30日	3月30日	3月30日	3月31日	3月30日	3月30日

"清明"即"清明节"之说，盖发端于明李东阳的题跋，其跋诗云："宋家汴都全盛时，万方玉帛梯航随。清明上河俗所尚，倾城士女携童儿。"其题曰："上河云者，盖其时俗所尚，若今之上冢然，故其盛如此也。"这一认识对后人理解《清明上河图》画名的意义，产生了很大的影响。然而，有几位清代学者并未受此束缚，而是不约而同地将《清明上河图》与"三月三日"（上巳节）联系在一起。

① 韩琦：《安阳集》卷七，页11下，影印文渊阁《四库全书》本。

② 沈遘：《西溪文集》卷二，页31上、下，《四部丛刊》本。

③ 本表参考陈垣《中西回史日历》（中华书局1962年影印本）、《中华五千年长历》（该书编写组编，气象出版社2002年），以春分日后第16天为清明日计算。

（一）顾镇《虞东学诗》[①]卷五引《诗·陈风》之二："东门之枌，宛丘之栩。子仲之子，婆娑其下。穀旦于差，南方之原。不绩其麻，市也婆娑。穀旦于逝，越以鬷迈。视尔如荍，贻我握椒。"后注云：

> 《汉志》称，陈俗巫鬼，引此二诗为证，则此二诗当为淫祀歌舞之事，如后世"清明上河"之类。

清方平润《诗经原始》[②]卷七，谓"东门之枌"三章与《诗·郑风·溱洧》"采兰赠勺大约相类"。庄申考"溱洧"诗云：郑国的风俗，人们在三月的上巳日，到溱、洧的水边集会，以"招魂续魂"、"拂除不祥"[③]。由此可知，陈人"淫祀歌舞之事"，是在三月上巳之日。

（二）雍正《山西通志》[④]卷十八"山川二"：

> 济溪，在县南五里……流泉活活，上巳祓禊，有宋时"清明上河"之风。

可见，在古代山西地区，人们在三月三日这一天的活动，有宋人"清明上河"之遗风。

（三）张笃庆《仇十洲摹〈张择端清明上河图〉歌并序》[⑤]，其歌云：

> ……宣和以前号全盛，繁华自昔雄三都……时和正值清明节，汴堤官柳何萦纡……永和三日修禊事，兰亭遗韵方未徂……我闻此画入神品，争标不独传西湖……飘零兵火更出世，仇英临本非小巫……

张诗虽是为仇英摹本而作，但其中也谈及张择端的《清明上河图》，指出图中描画的是宣和年间汴京繁华之盛事，其具体时间虽言"正值清明节"，但随之又提及三月三日"修禊"之事。

上引三则资料，均未受"清明"即清明节之说的影响，而是将"清明上河"与"上巳日"相联系，这种认识给人以启示。

张择端以春景入画，名图为"清明上河"，却未描写清明节当日的景物，使人联想到春季中的另外一个重要节日——三月三日的上巳节，也就是说，图中所描绘的情景当与上巳节有关。鉴于"上巳"与"清明"两个节日相近，时前时后，时而又为同日，故《清明上

---

① 顾镇：《虞东学诗》卷五，页21上，影印文渊阁《四库全书》本。

② 方平润：《诗经原始》卷七，页283，中华书局1986年。

③ 庄申：《禊俗的演变——从祓除邪恶、曲水流觞、到狩猎与游船》，页119。

④ 见《山西通志》卷一八"山川二"，页34，影印文渊阁《四库全书》本。

⑤ 见《河南开封（旧名祥符）县志》卷二一"丽藻"，页34上—36上，清光绪二十四年六月刊本。

河图》题名之“清明”一词,当为一语双关,作为形容词,有“清明盛世”之意,用来修饰名词“上河”;作为副词,有“上巳、清明时节”之意,以表示所绘内容之所处时间。

如此,其画名之意或可解释为:图中描写的是“在上巳、清明时节,清平盛世之汴京沿河两岸人们的繁华生活”。

四

在赏析图中汴河上的船舶时,有一个引人注目的情形:河上船只均朝往一个方向行驶;停泊船只的尾部亦均指一个方向。

杨伯达指出:“此卷所绘船只由纤夫牵引,正是从东向西,表现逆水行舟的情景……‘上河’即在汴河逆水行舟之意。”[①]

刘益安《〈清明上河图〉旧说疏证》[②]说:“河里行驶满载的船只不是从东南外地而来,而是离开街市逆水而上地向北驶去……河畔停泊的船只尾部,均指向下方:河中行船的纤夫及船上的船夫摇橹桨的姿态,均确切表明河水是由左上方(或可称北方)远处流来……”

杨文认为“上河”即“逆水行舟”之意,刘文说图中之河并非汴河,此二说或有可商榷之处,但河中船只行驶或停泊的方向一致,正如图中所绘。

汴河引黄河之水入河,受冬季封河及枯水期的影响,全年漕运的时间有限。《宋史》“河渠四·汴河下”:“元丰元年(1078)五月,西头供奉官张从惠复言:‘汴口岁开闭,修堤防,通漕才二百余日……’”可见一年之中,受到各种条件的限制,汴河要停航一百余日。而汴河有如京都的一条大动脉,《东京梦华录》卷一“河道”:“运东南之粮,凡东南方物,自此入京城,公私仰给焉。”《续资治通鉴长编》卷三〇二:“发运司岁发头运粮纲入汴,旧以清明日”,后虽有改变,但头纲入汴仍于清明之际。每年春季开河放水之后,都城两岸的人们必然翘首企盼漕运船只的早日到来。

图中所画船只均朝着一个方向,河中未见返航之船,此为画家的精意之笔;所画上巳、清明之际,正值汴河开航不久,由东南而来、运送物资的纲船或私人商船,刚刚抵达,或抵达不久,返航的船只尚未起锚。这或许是张择端选择春景入画的又一原因吧?

(戴立强　副研究馆员　辽宁省博物馆　110000)

① 杨伯达:《试论风俗画宋张择端〈清明上河图〉的艺术特点与地位》,《辽海文物学刊》1689年第1期。

② 刘益安:《〈清明上河图〉旧说疏证》,《河南大学学报》1987年第4期。

浅谈院藏袁江、袁耀作品之艺术特色

李理　邓庆

清前期至中期的山水画，以“创新”和“摹古”两派对立并存于画坛，前者有一定的创造性，适合社会发展的总趋势，尽管在当时不受世人重视，但仍然在发展着；后者持“正统”的态度，符合统治者粉饰太平、稳定政治的需要，取得当权者的支持倡导。以著名画家袁江、袁耀为代表的界画派，一方面生于扬州，受到了改革派的影响，融进“非正统派”的风格，使其作品具有了创新精神；另一方面他们又曾经供奉于宫廷，必然要迎合统治者的口味。因此，他们既通过楼阁台榭来表现自己坚实的写实能力，又将画家的丰富想象力和独特审美情趣发挥到极致，这是一种既不同于文人画，也不同于正统派的较为独特的画派；他们在古代界画中独树一帜，以其宏大的气势、夸张的构图、独特的墨韵、深远的意境，克服了传统界画的一些弊端，展示出界画于山水画中的另一种风采，并在清代宫廷绘画中占据一席之地。本文以沈阳故宫博物院所藏袁江、袁耀的绘画作品为例，简略探讨其艺术思想、绘画成就及审美情趣。

袁江，字文涛，晚年号岫泉，关于其生卒年，据《清代绘画史》载：“约1671—约1746年以后。”①早年师法明代“吴门四家”的仇英，所作青绿山水、浑朴有致。中年对唐宋作品多加追摹，特别对宋代山水画做过细心摹绘，并很好地继承了两宋院画的艺术风格，技遂大进；作品多为绢本，林木仿宋代郭熙、李唐、马远诸家；建筑物刻画工整精巧，合乎规矩；画面色彩鲜艳浓郁，其界画在清朝画坛独树一帜。袁江早期往来于扬州等地作画，一度为画家高其佩大幅作品着色烘染，后应在扬州经营盐业的太原尉姓商人之请，北上转道北京赴山西作画多年。他一生勤奋创作，最终创立了“袁氏画派”。

---

① 薛永年、杜娟：《清代绘画史》页103，人民美术出版社2000年。

袁江《设色出峡图》

绢本设色，全幅308厘米×186.5厘米，画心110厘米×92厘米。画面为起伏的山峦之间，一盘曲之大峡谷急流于山石掩映下载船而出的一幅惊涛骇浪的壮观景象，右侧山间耸立一六角重檐亭榭作为点缀。

《设色出峡图》笔法高雅强劲，用笔秀美，设色古朴，场面巨大；背景的配合则绚丽精妙，显然脱胎于明代仇英的艺术风格；其构图富于变化，对比强烈，风格师李唐而神气过之，楼阁画严整工致，山石倾向于李思训派青绿山水的画法，以勾线为主，间用小斧劈皴。画右上自题："出峡图　法李昭道"。李昭道，唐宗室，父思训官至右武卫大将军，人称"大李将军"。画以金碧山水见长，昭道号小李将军。继承家学，擅画青绿山水，风格工巧繁缛，山石勾勒无皴法，敷青绿重色。笔力未及其父，但"妙又过之"。袁江非常推崇李氏父子的画法，故其许多画的画法多自称取自李昭道。画下款："戊寅长至二日　邗上袁江"。款下钤白文方印"袁江之印"、朱文方印"文涛"。戊寅为康熙三十七年(1698)，是年袁江二十七岁，此画是其早期作品之一。此外，袁江还创作了许多对照实景写生的画作。如描绘扬州乔国桢私家园林的《东园图》卷(现藏于上海博物馆)，也是他园林风景画的代表作；而绘画江宁布政司署的《瞻园图》卷(现藏于天津市文物管理处)及《观朝图》轴(现藏于浙江美术学院)等，也是此类风格画的上乘之作。袁江生前的创作活动除山西之外，在江浙带的时间也相当长。他的这一类画作多是描绘江南园林风景的。

袁江《设色村居即景图》

绢本，全幅274厘米×81厘米，画心111厘米×62厘米。全图绘丛树村舍，舟泊堤岸；路亭之前绘一人驱群驴而行；岸泊一舟，右侧又为村舍，一妇人携儿持篮，前有农夫五人，方踏水车。画下左部为柳荫楼屋，有人眺望。柳荫之下，又有屋宇数间，人物十余人，各有操持，或伏案读书，或织染操作，或撒网捕鱼。村前一舟中乘有二人，另有牧童驱牛过桥等等。描绘的是一幅恬静而富于活力的村景图画。画面左上自题七绝一首，其诗为："花满人家水满溪，桔槔声杂乳莺啼。他年准拟归休计，卜筑茅檐此地栖。"诗后落款："壬辰夷则月　邗上袁江并题"。款下钤朱文长方印"臣江印"、朱文方印"文涛"。壬辰年为康熙五十一年。

此为袁江带有"臣"字印章的作品之一。他曾于雍正年间供奉宫廷之养心殿，但创作此画时尚未进入宫廷供职，故此画虽然带有"臣"字印章，但非属宫廷画类。带有"臣"

字印章的画即画家在姓名前署有一个“臣”字，这与习惯上称为“臣”字款的绘画很相似。清代的臣字款绘画，或宗室为皇帝作画署臣字的，或大臣奉命及取悦皇帝而作画署臣字的，或宫廷职业画家所作画署臣字的，另外还有民间画家在皇帝巡视各地时，向皇帝进献绘画时署上臣字的。袁江的此幅作品落款并未署“臣”字，但在印上署有“臣”字，能在印上刻有臣字，这说明袁江为康熙皇帝而作的绘画应不止一幅。此画是属于袁江以诗句入画的诗意画类。这种画中有诗，诗中有画的作品；典型是吸收了文人画的风格。此外尚见有其所作《山雨欲来图》轴、《杨柳风多图》轴、《归猎诗意图》轴等，也属于这一类。

袁江《设色立马看秋山图》

野山坡之上，有二官人骑马远眺，一童仆负担后随，其上秋山重叠，村居溪流，分散楼阁。画中部烟云缭绕，一片秋山高远之意。画右上端自题：“立马看秋山　用赵大年笔意”。赵大年即北宋赵令穰，字大年，宋宗室赵匡胤五世孙，生长于宫廷中，曾饱览历代名画，常运用优雅温柔之笔调来创造抒情美之意境，他的山水空间布局非巍峨壮观之类，常画江湖小景，风格清新，给观赏者以亲切之感。袁江此画正是以这种风格来描绘了一幅秋山的美景图画。他仿照赵大年笔意，在人物与远山之间，以横卷形式扩展空间图景，并表达时间上的持续意境，他利用“白云悠悠然如带”之法来横贯画面，活跃气氛，以烟云留白来拓展画意，深化意境，从而加强虚实变幻的幽深感，丰富画面，调动观者的想象和联想；他巧妙地发挥水墨作用来处理静与动、疏和密的节奏变化，并和高山、村居、溪流等景物有机配合，形成整体气韵流转，有一气贯注之势。这种画风，体现出于理法中拓展境界的内涵，以朴实的手法来显现审美的深度和广度。

该画下款“壬辰夷则月　邗上袁江”。款下钤白文方印“袁江之印”、朱文方印“文涛”。“壬辰”即康熙五十一年(1712)。邗为古地名，春秋时吴地，在今江苏扬州市东南。“邗上”是袁江对扬州地区的别称。此画按题款所记为袁江于康熙五十一年在扬州地区所作。此画虽是袁江对照实地进行写生之作，但高远之秋山有画家美画的成分，如通过祥云以截断法把远山放在看秋山的二官人的对面，并实写三山，让看画人去想象；最有创意的是把界笔楼阁巧妙地安排在环山之中，似有“万绿丛中一点红”之意，并精致描绘，这一小部分的“界画”，似乎是点缀的部分，但却是画眼所在；没有它，整个画面将大失魅力，画家正是在极妙的构思下，把所善长的“界画”技法突出地表现出来，笔墨不多，确实极为珍贵。

“界画”多以界笔、直尺为画线方法，其内容以宫室、楼台、屋宇等建筑物为题材，又称“宫画”或“屋木”。它是我国传统绘画的画科之一。界画讲究规矩整齐，有一定透视关系，也是工笔画的一种，即以工整细致的笔墨描绘物象，以楼阁台榭、佳木瘦石为表现对象；或以界尺为之，或以徒手绘制，来表现楼台殿阁，这是山水画的另一种技法，它反映出界画家高超的写实能力和精湛技法。界画的经典之处，常常描绘虚构的仙山幻境。界画讲究中规中矩，线条匀称，但因其平板细碎，类似于工匠所为，有时流于时俗，并不代表画坛主流。即使如此，界画以其准确细腻、着色艳丽、玉栋朱栏，而在历代画坛中占有较为独特的位置。界画与楼台有密切关系，最初的界画就是在建筑设计图的基础上，经过画家的艺术实践，不断丰富其表现手法，使之完善成为专门画科。最早的界画，只有从敦煌壁画中才可以看到。现存唐懿德太子墓壁画中的《阙楼图》是目前我国已知现存最早的一幅大型界画。宋徽宗时画院日趋完备，将“画学”正式纳入科举考试之中，招揽天下画家，把画学之业分为佛道、人物、山水、鸟兽、竹木、屋木等六科。元代将绘画分为十三科，其中就有“楼台界画”一科。袁江初于扬州作画时，当地画家很多，但善画工笔楼台的画家却凤毛麟角，可谓“继起绝学”。因为“界画”到清代，作者非常之少，几乎已经断绝了。历代界画能手，均善画楼阁、台榭，而至袁江、袁耀时代，不仅工细巧整，又设色多变，雅俗共赏，别具一格，所作青绿山水，浑朴有致，深得宋人精髓，并有所发展。

袁耀，字昭道，关于他与袁江的关系，在画史上主要有两种记载：一说为袁江之子，据《中国绘画史要》载：“袁耀约生于康熙后期，卒于乾隆四十三年（1778）以后。有关生平记载甚少，只知其为袁江从子。”①一说为袁江之侄。据《山水画谈》载：“清袁江…雍正间曾在宫廷作画。袁耀为其侄，并称‘二袁’，为康、雍、乾隆间活跃画坛，清代卓越的独树一帜的楼台界画山水画家。”②因现藏南京博物院的《阿房宫图》屏为袁耀作于乾隆四十五年，故笔者认为其卒年应在乾隆四十五年（1780）以后。

袁耀《设色山水图》

绢本，全幅246厘米×106厘米，画心72厘米×93厘米。全画描绘了一幅春光明媚的水村渔家风光。画面的三分之一处是一个湖面，是典型的江南风光，为烘托气氛，画家在湖中还画上灵动的舟船，划船之人则以简练的用笔将意点到；舟随着空隙距离的推远，也越驱简括；近岸背靠村居的土坡有人在垂钓，就在村居前面画家还夸张细绘渔家院门一组树木以遮掩楼阁，丛树的组合，处理得非常得当，树在丛间交叉避让，最近的一棵作欹斜状，为主体，以笔墨加以强调，主次与笔墨、造型相辅相成，成为有机的整体，并且连湖光也要透窗而入楼。画家运用了对比和夸张的手法，创造了一幅令人想往的美妙画卷。袁耀在不多的“屋木”部分，并未全用界笔画楼阁，其“屋顶”多为徒手绘制。在整个画面的布局上，画家极力缩小“屋木”画的面积，以平远之法绘远山，留白大片茫茫的天

---

① 何延哲：《中国绘画史要》页284—285，天津人民美术出版社1998年。

② 王克文：《山水画谈》页125，上海人民美术出版社1993年。

空，以映衬春山平湖，湖堤也掩映在树木和“屋木”之后，而清新淡雅的色调，更使画面充满春天的明媚。界画家不用界尺而以粗笔寥寥勾出村居、水榭、人物、树石颇有生拙之趣，极具文人画气息，并在湖光山色的映衬之下，显得清秀、明净。在溪水的流出处，画家还安排了一个小木桥，笔法比较简约，虽然小而简，却丰富了画面的内容，又增添了生活的气息，并在透视中富诗意。画面左侧所绘形象为山势高耸、峭壁陡立，虽非纯界画，主要为山水配景，却使之达到了一个新的艺术境界。

为了表明自己并非纯界画家，而是一位具有较高“文人”风范的职业画家，他不仅使用意笔楼阁的画法，而且还将文人画风融入其中，他在既点缀有缺少“士气”的楼阁画中，题上诗文，以美妙的山水景色，展示了一种理想化的湖光山色之意境，画右上角自题：“山色遥连树，湖光欲上楼。”下款：“辛巳夏月，邗上袁耀画”。辛祀年即为乾隆二十六年，故而这幅画创作于乾隆二十六年(1761)。

袁耀曾随袁江赴晋作画，颇得亲传；尤擅长画山水楼阁，深得宋人精髓，画风近似袁江，但他的绘画多作大幅描绘，传世作品较多，也成为有清一代的界画名家。此画款后钤白文方印“袁耀”、朱文方印“昭道”。从其字号和印文称“昭道”可以看出，袁耀非常崇拜唐代李思训和李昭道父子。《设色山水图》充满了诗情画意，这是受北宋文人画理论的影响，刻意创造出的如诗一般的意境；属于袁江、袁耀作品中的诗意画类。中国古代绘画自明末董其昌提出“南北宗”理论以来，文人画思想进一步流行，传统界画山水被认为缺少“士气”而受到轻视，画的人也越来越少。袁江、袁耀生活在康乾“盛世”时期，他们以谨严的工笔楼阁山水，在画坛上独树一帜，创造了既不同于“正统派”，又不属于“非正统派”的独特画风，取得了与众不同的突出成就。

袁耀《设色海峤春华图》

绢本，全幅260厘米×70厘米，画心146厘米×54厘米。上部画秋松峭壁，下部画怒海行舟。右上题款：“海峤春华”，后钤白文方印“袁耀”、朱文方印“昭道”。画家通过一动一静的组合，形成鲜明对比；构图之巧妙，气势之大，意境之旷达，感人入胜。其所描绘的雄伟峭拔的山势，却具有北方山水的特点，峭拔的山峰、巨大的岩石、硕大的山体，气势撼人。作者通过构图造境，创造气氛，以表现主题，更加接近自然。尤其是此画的章法可以说是曲折有致，气势翻江倒海、令观者惊心动魄。其苍松虬曲多姿，各尽其态，物象描绘严密不苟，山岩结构严整，纹理繁密，间以壮如“弹涡”的点皴，气象峥嵘，势如云动，与舟船的精巧也构成鲜明对照。他还用淡墨线勾出来龙去脉，行笔流畅而强劲，并于大动势中求得细微变化，以淡墨渲染出凹凸关系；这种画法使袁耀的山水画发展，达到了更为成熟和丰富的境地。

袁江、袁耀均是具有扎实绘画功底和传统画风的艺术家，他们勤于创作，勇于探索，其所具备的坚实写实能力、丰富的想象力和独立的审美情趣更使其作品独具匠心，因而备受在扬州经营盐业的山西富商的欢迎，并被他们聘至山西作画多年。从传世的作品来看，他们的画作大都集中在山西一省，画幅的尺寸大小都与主人房间的格式相配合。在北洋军阀统治时期，北京的古董商人，由山西运至北京的袁氏真迹大小不下百幅。沈阳故宫所藏的袁氏作品当在此列。袁江在雍正时，供奉养心殿，袁耀则供奉于如意馆，楼阁界画与袁江并称。袁耀在此画中打破了一贯绘制的静态楼阁的沉寂，使易流于平板的界画风格，表现出紧张的情节和热烈的生趣，妙在他摆脱界画的传统束缚，不为法拘而神气飞动。

袁耀《设色盘车图》

绢本，水墨浅设色，全幅240厘米×155厘米，画心187厘米×144厘米。画家把房屋置于近景处，显然占有主要地位，这应与画家长于界画有关系，也表现了作者的立意不仅是描写自然风光，而主题在于表现人和自然的和谐与享受。背景的高山、流水、瀑布，则利用不同的方位和树石，或遮掩或联系，使画面不感到雷同，创造出不同特征的表现境界。画中部绘以高山，山上多虬松，并以垂直的线条勾出下注之瀑布；与迂回曲折的山峦对比，曲直相映，构成山谷的幽深和瀑布特有的气魄，并以较重的墨色皴染山崖，以此黑白对比的方法突出泉水的清澈；瀑布画至下端时逐渐虚化，以虚衬托出瀑布的高峻和烟云缥缈的幽深感。右侧作村居，或多人聚欢，或骑马而行，或饲养牲畜，中为庙宇回廊，有僧一人，其下作盘车，有多人涉水。画左上题款："法郭河阳盘车图意"。郭河阳即郭熙，字淳夫，北宋画家。此画袁耀意在学习郭河阳的画法。下款："邗上袁耀"。款下钤白文方印"袁耀之印"、朱文方印"昭道氏"。

以盘车为主题的风俗性界画，流行于五代两宋，以卫贤所作最为著称。《设色盘车图》不仅反映了画家深厚的写实能力，也表现出他不局限于对真物真景的描摹，更以理想化色彩加入表现内容和表现形式当中；袁耀还将结构精严的殿宇点缀于岩壑佳水之间，恍如仙山琼阁，令人悠然神往。一改其偏于柔逸的格调，而充分反映出其雄肆刚健的风格。这种界画题材内容，在正统派占据画坛的时期，应该具有鲜明的时代意义和创新精神。袁江、袁耀的绘画作品在布局上，多把远山清晰地放在中轴线上，让读画者感到清净凉爽，仿佛也置身画内。画面建筑物具体而精致的描绘，给人以高度的真实感，由其和其他景物的配合安排，可以体会到画家的匠心。

袁江、袁耀流传至今的绘画作品：除上述以诗句入画和对照实物进行写生的作品外，还有一种即是一描绘想象中的古代著名建筑物的作品。如《九成宫图》、《梁园飞雪图》

轴、《阿房宫图》屏(袁耀作于乾隆四十五年,现藏南京博物院)、《骊山避暑图》轴(现藏北京市文物局),《骊山避暑十二景图》屏(现藏于日本)、《海上三山图》(现藏于南京博物院)轴等。

结　语

袁江、袁耀对清中期宫廷绘画的贡献在于,在"四王"垄断下的宫廷绘画,严格按传统摹古风格作画,"非正统派"无法染指。而袁江、袁耀的绘画作品,尤其有楼阁题材的绘画,其突出的地方在于极其工整、细腻和富丽堂皇,甚至尤胜于"正统派";但这些绘画作品是保留了其独特的创新风格,并在"界画"即与古建图纸几乎一样的"形式"掩护下,被带进了宫廷,这无疑会给统治者以新的感觉,使其在宫廷绘画中占有一席之地。袁江、袁耀或于雍正时供奉内廷、或于乾隆时供奉如意馆,自然靠他们极深的传统绘画功底。虽然在清代中期的画坛上,他们的影响远远不及"四王"等正统派,甚至也不如畅行民间的"扬州画派",但他们能把山水和楼阁有机结合而浑然一体的独特的审美情趣带进严格的宫廷绘画领域,即是对清代宫廷绘画的重大贡献,其意义要比他们留下的作品本身更为深远。

从中国绘画史上看,"二袁"对于中国古代绘画技法发展的贡献还在于,他们在明清以来理论上起支配作用的提倡"聊以自娱"的文人画的影响下,也已经潜移默化的将"南画"所推崇的"士气"融入了界画为主题的山水画中,为界画的发展开辟了新的领域,虽然他们因作为匠人出身和严谨刻画的作品被后世书画评论家们贬为"北宗",但他们独树一帜的既反映现实生活又加以理想化的艺术风格,无疑有利于中国山水画多种风格的繁荣和发展,并直接将中国古代界画艺术推向了顶峰。

(李理　副研究馆员　邓庆 副研究馆员　沈阳故宫博物院　110011)

辽宁省档案馆藏《满洲实录》版本探析

程大鲲

《实录》是记载皇帝执政活动的大事记，内以干支纪年，凡嗣皇帝即位，均依例开设实录馆，为前朝皇帝纂修实录，记述前朝政治、军事、外交、经济、民族、文化等方面的重大活动和事件，是内容十分丰富的史料。《清实录》是我国历代实录中保存最完整的，尤其是其中的《满洲实录》独具特色，为几种文字的合璧本，并附有详图。主要讲述清朝皇帝爱新觉罗家族祖先的源流及努尔哈赤起兵统一女真各部并进攻明朝征战辽东的经过，从神话传说开始叙述，直到努尔哈赤去世为止。

由于种种原因，学者们一直以为《满洲实录》仅有当年的上书房本保存下来，现藏于中国第一历史档案馆。实际上原存于盛京故宫（现为沈阳故宫博物院）崇谟阁的《满洲实录》亦被完整保存了下来，现藏于辽宁省档案馆。本文即拟对其加以简要分析和介绍。

一　内容特征

辽宁省档案馆现存《满洲实录》共有两部，以黄绫为封面，封面长签亦用黄绫，每部均为两函八册。

一部为满、汉、蒙三体合璧写本：开本为23厘米×36.8厘米，封面黄签画有墨色双栏边框，内分为上、中、下三栏，依次书以满、汉、蒙文的书名。书内每页版心亦均为墨色双栏边框，正文同样分为三栏，内容分别用满、汉、蒙三种文字叙述，遇有努尔哈赤、皇太极及被其追尊为肇、兴、景、显四祖皇帝之名时空白并加贴黄签，以示避讳。正文每页八行，版口为白口单鱼尾。每段正文前附有丰富且精美插图（又称“太祖实录图”或“太祖实录战图”），插图有满、汉、蒙三种文字的图名。全书共有插图83幅，其中第一册有插

图13幅、第二册有17幅、第三册有14幅、第四册有5幅、第五册有13幅、第六册有10幅、第七册有8幅、第八册有3幅。每图的篇幅因描绘的场景及事件而大小不等,有一幅一页、一幅多页等情形,多为一幅两页。其中有9幅插图为1页,如"三仙女浴布勒瑚里泊"等;70幅为2页,如"长白山"等;1幅为3页,即"太祖克沈阳";3幅为4页,即当其遇有大的战役,如"太祖率兵克辽阳"、"四王皇太极射死囊努克"便是每幅四页,气势恢宏。

该部《满洲实录》每册的正文首页钤盖有朱红色3.3×4.1厘米的椭圆形印章,印文为"乾隆御览之宝";尾页钤盖有朱红色直径为4.5厘米的圆形印章,印文为"古稀天子"。第八册结尾附有乾隆四十四年(1779)皇帝亲撰的"敬题重绘太祖实录战图八韵",为该部《满洲实录》绘写之说明。最末页结尾钤盖有朱红色印章六枚,分别为满、汉、蒙三种篆字的"乾""隆"连珠印,其中"乾"为直径2.4厘米的圆形印章,"隆"为边长2.6厘米的正方形印章,寓意着"天圆地方"。(见图)

三体合璧本《满洲实录》

另一部为满、汉合璧写本,只有正文,没有任何插图及其他说明文字,只是在遇有清初皇帝之名时并未避讳空白,而是写上名字后再粘贴黄签以示尊重。

《满洲实录》的主要内容,首先描述了满族的源流:起于长白山下的布勒瑚里泊,三仙女佛库伦沐浴上岸,见神鹊衔朱果置于衣上,喜含口中,误吞入腹成孕,产一男孩,生而能言,相貌非常,其母告之其为平定战乱而生。该子来至纷争的三姓,自称姓爱新觉罗,名布库哩雍顺,被众人拥为国主,定国号为"满洲",此即满族爱新觉罗家族的始祖。这是满族在神话中出现的故事。书内叙述了其后人孟特穆、充善、锡宝齐篇古、福满、觉昌安、塔克世,即是史实中弩尔哈齐(即努尔哈赤)的先人。书内对努尔哈赤的形象描述得十分生动具体:凤眼大耳,声音响亮,一听不忘,一见即识,龙行虎步,心性忠实刚果,武艺超群,英勇盖世,深谋远虑,用兵如神……因此号为明汗。此外,还详细介绍了女真族诸部世系。如:"乌拉国,本名呼伦,姓纳喇,因居乌拉河岸,故名乌拉,始祖名纳齐卜禄……。"

全书大量篇幅记述的是努尔哈赤对女真各部的兼并、结亲及统一。同时,记述了与蒙古各部的征战、遣使交往与和亲。建国"大金"(史称"后金")称汗。是书以重墨讲述了固伦城主尼堪外兰唆构明宁远伯李成梁攻古呼城并杀努尔哈赤祖父觉昌安、父亲塔克世,而促使努尔哈赤以遗甲十三副起兵复仇。后来愤书对明的"七大恨",先后攻克明铁岭、沈阳、辽阳等辽东诸城,建都辽阳,迁都沈阳,奠定帝业的丰功伟绩。所述史实至后金天命十一年(1626)止。

二 《满洲实录》的绘写

《满洲实录》绘写的部数，依据所见记载共绘写了四部。

第一部是天聪九年（1635）在盛京（沈阳）绘写成书。描述了自远古至天命十一年努尔哈赤的出生及业绩，是皇太极执政期间为其父所修典籍，除在前部分增加了满族始祖布库哩雍顺诞生的神话之外，其余大部分史实均采自《满文老档》，插图则出自当时名手张纶、张应魁两位画师，所绘景致为实地写生，图内的太祖及诸王等出征形象，也是仿照其人物容貌临摹入画[①]，神采毕现，栩栩如生，精细绝伦，且系用白描表现，较之故宫所藏各像尤为神似。

顺治入关定都北京，是书随之移存北京乾清宫。乾隆四十四年清高宗弘历谕旨："实录八册，乃国家盛京时旧本，敬贮乾清宫，恐子孙不能尽见，因命依式重绘二本，以一本贮上书房，一本恭送盛京尊藏，传之奕世，以示我大清亿万年子孙，毋忘开创之艰难也。"[②]并为重绘《满洲实录》题辞，追溯满洲源流及太祖"草创大东"，"战无不克，惟仁是用……"。并于文尾钤盖"古稀天子"圆章一枚。此为第二、三部绘写之始末，辽宁省档案馆藏之满、汉、蒙三合本《满洲实录》结尾附有乾隆的谕旨说明，表明其为此次所绘写之本。第四部于乾隆四十六年（1781）再度绘写，送承德避暑山庄收藏。

三 盛京本《满洲实录》

1930年，辽宁通志馆相关人员看到盛京崇谟阁藏本，认为此部典籍"叙述真实，文字朴茂……为有史以来未有之奇书。关系历史、舆地、文学、美术甚大，本馆深虑其日久湮没，且无以公诸世人也，亟付影印以广流传"。于是，选定了当时的东北大学工厂，影印了盛京藏本，但是仅选印了三合文字中的汉文及附图，并于影印之前，先行参照沈阳故宫崇谟阁所藏无讳名之满汉两体《满洲实录》，填补了三合本正文人名之空白，对于附图标题处避讳的人名则未进行处理。然而让人意想不到的是辽宁通志馆在影印的说明中最后有这样一句话："是书不翼而飞，不独洛阳纸贵。"[③]从此再没人看到过盛京崇谟阁藏本的《满洲实录》，在当时通志馆工作过的人后来曾经回忆说在影印制版后曾有某权贵借阅过该书，因而后人均怀疑是书为该权贵所匿，只是时人畏于其权势而均语焉不详。

事实上，辽宁省档案馆现存之《满洲实录》即应为当年盛京故宫崇谟阁之藏本。

---

① 《清太宗文皇帝实录》。

② 乾隆皇帝《敬题重绘太祖实录战图八韵》。

③ 辽宁通志馆《满洲实录》"影印说明"。

首先，辽宁省档案馆满、汉、蒙三合本第八册结尾附有乾隆四十四年皇帝亲撰的“敬题重绘太祖实录战图八韵”，为该部《满洲实录》绘写之说明，说明该本即为当年重绘应存于北京皇宫上书房或盛京尊藏中之一部。而当年上书房本现存于中国第一历史档案馆，则该部毋庸置疑应为盛京尊藏本。

其次，辽宁省通志馆影印说明中曾提到：“乃摘取《满洲实录》附有详图者计一部八大册，专以汉文及图付之影印。”言外之意，即《满洲实录》不仅有带图者而且有未绘图之版本，且1930年的影印本中，附图的图名亦均为满、汉、蒙三种文字，据此可以推测其所采用的底本应为满、汉、蒙三合文本，而正文遇有避讳空白的人名则参照满汉两体无绘图本的人名进行了补充。此正与辽宁省档案馆现存版本情况相符。

再次，在绘写的四部《满洲实录》中，现藏于中国第一历史档案馆的上书房本与盛京崇谟阁本同为乾隆四十四年开始绘写。在1986年中国第一历史档案馆、北京大学图书馆、故宫博物院图书馆、中华书局联合影印出版的《清实录》中影印了中国第一历史档案馆所藏的满、汉、蒙三合上书房本《满洲实录》，笔者将其与辽宁省档案馆藏本进行了详细的比较，发现各方面细部特征二者完全相同，甚至满文、蒙文每个字所处的位置均完全相同。笔者经向中国第一历史档案馆的同志核对，知该馆除满、汉、蒙三合本外，亦有一部满、汉无绘图的《满洲实录》，与辽宁省档案馆现存版本相同，除此之外，《满洲实录》再未见其他形式的早期版本及相关记载。由此应该肯定，辽宁省档案馆现存的两种版本是完整的一套。

笔者推测，可能1930年影印《满洲实录》制版后，由于某种原因，影印者未再看到《满洲实录》原本，误以为被曾经借阅的某权贵所匿，而原本由于标签丢失，被人误放于近千包满文《清实录》中，后人也由于只看到该影印本的后记，而未能看到辽宁省档案馆藏本，于是相信其原本已下落不明。

辽宁省档案馆所存满、汉、蒙三合本，其正文首页钤有“乾隆御览之宝”印，说明当年乾隆皇帝曾经翻阅过此部《满洲实录》，可以看出乾隆对其书的重视。该部《满洲实录》书尾钤有“古稀天子”之印，而乾隆皇帝生于康熙五十年（1711），其七十古稀之年为乾隆四十五年。当年乾隆皇帝特意为此撰写了《古稀说》，说明乾隆四十四年弘历下旨绘写此部图书后，当年并未完工，而是在次年绘写完成并恭呈皇帝御览的。

《满洲实录》是祖国文化宝库的重要组成部分，它是研究清朝前期历史、人物、文字、绘画等多方面的珍贵文献。它的出现，不仅影响了中国的文化，同时，也受到了海内外满学界人士的瞩目。希望我们能够多加关注和利用祖国丰富的文化宝藏，使之为人类作出更多更大的贡献。

（程大鲲　副研究员　辽宁省档案馆　110032）

中国沈阳故宫·世界文化遗产论坛暨沈阳故宫创建三百八十周年学术研讨会综述

2005年是沈阳故宫申遗成功一周年，也是沈阳故宫创建三百八十周年。在这追思纪念的时刻，讨论故宫的现在和将来，是一件非常有意义的事。因此，在2005年7月和9月，沈阳故宫相继举办了“中国沈阳故宫·世界文化遗产论坛”和“沈阳故宫创建三百八十年学术研讨会”两次重大学术活动，邀请来自国内、省内的知名学者及清史、文化史、民俗学、建筑学等方面的专家八十余人，围绕世界文化遗产的保护与开发、沈阳故宫建成研究型博物院的具体发展思路等问题进行了广泛而深入的讨论。现将这两次学术活动情况综述如下：

沈阳故宫博物院是在清入关前宫廷遗址基础上建立起来的，具有历史和艺术双重性质的博物馆。2004年7月1日，已是全国重点文物保护单位的沈阳故宫正式成为世界文化遗产。从此，沈阳故宫的文化价值与层次在更大程度上得到认可，超越中国而进入了世界。对于沈阳故宫而言，申遗成功不是一个结束，而是一个新的开始，它将“被放在一个更自觉、更高、更广泛的理论层面和范围中进行研究、解释、保护和传承”，沈阳故宫的相关保护、科研、管理工作也将“被放在世界遗产这个平台上按照国际准则和规范来进行”。因此，沈阳故宫博物院提出了“建设研究型博物院、实行企业化管理、打造学习型的团队”的新的办院方针。要建设研究型的博物院，作为世界文化遗产的沈阳故宫博物院，其肩负的使命是多重的，是否有利于保护，是否有利于向公众展示，是否有利于博物馆各项工作全面深入地开展……在这多重的历史使命中，学术研究应是带有基础性质和核心性质的工作。与此同时，北京故宫博物院提出的“故宫学”及其相关运作，对沈阳故宫博物院有着深刻的启示与示范作用。正是在这种背景下，我们相继举办了“中国沈阳故宫·世界文化遗产论坛”和“沈阳故宫创建三百八十年学术研讨会”两次学术活动，希望沟通学界，探讨沈阳故宫具体的发展方向、研究方法等，以达到既不负华夏之瑰宝，又襄进世界之学术的目的。

在研讨会上，辽宁社会科学院彭定安教授发表的《变两难困窘为双赢策略：传统/现代与保护/开发》的主题报告指出，没有“历史”就没有现在，没有“传统”就没有“现代”。因此，要在保护的前提下，开发传统资源，保护不阻挡和禁绝开发；开发不破坏、毁灭传统。这个双赢策略在面对沈阳故宫的时候，则应在保护前提下的物质性开发的同时，注意“开发性的保护”，让“开发”服从“保护”。在深沉的、有效的研究基础上，去开发故宫遗存的内在文化蕴涵与文化价值，作“内涵的扩大再生产”——“内涵的开发”，并且，在研究的基础上，实现“从古老的智慧中去寻找现代灵感”，也就是，从“传统”中去挖掘、寻觅、发现、创造性地开掘对于今天的物质生产和精神生产有价值的东西。这包括建筑的、设置的、艺术的、布局的以至生产与生活的诸多方面。彭定安教授的主题报告，观察敏锐，辨析微细，为沈阳故宫世界文化遗产的保护与开发提供了重要的线索。

中国申报世界非物质文化遗产评委、辽宁大学乌丙安教授对此颇为认同，他在题为《沈阳故宫非物质文化遗产的杰出价值》的主题报告中提出，从“世界遗产”的概念看沈阳故宫非物质文化遗产的杰出价值是非常重大的现实性课题。用“世界遗产”的鉴定标准严格衡量沈阳故宫，就会得出一个重要的结论，那就是：沈阳故宫如果不代表一种独特的建筑艺术成就，如果它不是一种创造性的天才杰作，如果它没能够为一种已经消失的封建王朝文明或文化传统提供出独特的见证，如果它没有以一个建筑群景观展示出人类历史上一个重要历史阶段，如果它不代表一种文化和现实思想传统、文化艺术有直接或实质性的联系，如果它没有了它所承载的上述全部非物质文化遗产，这样的沈阳故宫也就不可能称之为世界遗产。因此，全面细致地探索、挖掘、研究、保存和保护沈阳故宫的非物质文化遗产，全面评估它的杰出价值，将是今后遗产保护工作的重中之重。其观点突破了沈阳故宫作为“物质性”世界文化遗产的格局，背后蕴含的是沈阳故宫未来发展趋向的问题。

清史专家、南开大学杜家骥教授在关于《如何发掘、研究沈阳故宫与沈阳的文化价值与资源》的主题报告中认为，沈阳故宫作为现存仅次于北京故宫的完整的皇宫建筑群，具有丰富的文化内涵，沈阳故宫的学术研究可与北京故宫提倡的“故宫学”结合进行，诸如沈阳故宫的建筑风格、艺术特色、宫廷礼制以及对北京故宫之建筑、宫廷文化的影响等等，确立相应的学科体系。而对于沈阳历史文化名城的研究，则应侧重其特殊性——从“陪都”的角度，对其政治地位、作用及文化影响做系统的考察。报告探幽索微，发掘出诸多研究议题，对沈阳故宫的学术研究具有指点门径的功效。

沈阳故宫博物院院长武斌教授在两次会议的总结报告中，对沈阳故宫未来的发展方向进行了解说。沈阳故宫博物院办院方针的核心是“建设研究型博物院”，而博物馆的学术声誉从来都是第一位的，没有学术声誉，就不可能有博物馆的声誉。那么，沈阳故宫的学术研究如何成为故宫学的重要组成部分，作为沈阳故宫人，怎样做才能不辜负我们的责任，更好地做好世界遗产的守护者等等一系列问题，与会者的真知灼见为沈阳故宫人开辟了一个新天地，不仅带来了视角转换的契机，也留下了进一步扩展的空间，在研究内容、组织形式及成果形式方面勾勒出清晰的线索，值得借鉴。武斌教授进一步表示，作为“故宫学”重要组成部分的沈阳故宫研究，是一个宏大的学术架构，包括建筑、历史、文化、艺术等诸多的研究方面和多学科、多视角的会通。沈阳故宫博物院近期将按照这样的学术架构，制定中长期的学术研究规划，争取在十年左右的时间里使这项学术架构的建设初具规模。

总而言之，这两次主题明确且有着深刻现实意义的学术活动，其成果一定会相继转化并凝聚成沈阳故宫人头脑中的各种“真知”，从根本上决定我们对世界文化遗产的态度，应从者从之，应取者取之，以更深入地了解现在，进而准确地把握和创造未来。

2006年，是沈阳故宫建院八十周年。这八十年的历史承载，其实是沈阳故宫在不断地走向一个更宏大的文化背景之中，经历着在一个复杂的社会背景之下的价值评估和价值实现的过程。而所有这一切都需要有科研认识的支撑。认识是保护与传承的支点，学术研究是核心，学术研究是博物馆的立馆之本。只有求真务实，脚踏实地，以学术研究统帅博物馆的整体工作，博物馆才会有新的、更高的腾飞。

（执笔：王艳春）

征稿启事

一、《沈阳故宫博物院院刊》,由沈阳故宫博物院编辑、中华书局公开出版发行,除特殊情况,每半年出版一辑。

二、《沈阳故宫博物院院刊》为文史类学术研究集刊。主要收录与沈阳故宫历史、文物、古建筑相关的学术论文;兼及清入关前历史、清代满族文化等方面的研究成果。

三、来稿以不超过两万字为宜,以中文简体字打印(引用古籍必须用繁体者,须予注明)并附电子文本;如附有图片、照片,应以不会引发著作权、版权纠纷为原则。稿件文字(含注释、图照)的技术要求,参照国家新闻出版管理部门的最新规范执行。编辑部收到稿件后即回函通知作者。作者收到编辑部回函后两个月未收到采用通知,即可对稿件另行处理。除作者有特殊要求外恕不退稿。请勿一稿两投。

四、文章内容力求采用新的史料及研究方法,具有独创性。对来稿一律采取匿名审稿、择优采用的原则,以保证学术质量和公平性。

五、来稿一经采用,即付稿酬。一般稿件,按国家有关规定支付稿费,重点稿件,稿费从优。

编辑部地址及联系方式:

中国 辽宁省 沈阳市　沈阳路171号　邮编:110011

沈阳故宫博物院院刊编辑部

联系人:王丽

联系电话:(024)24864982

电子信箱:yuankan163@163.com